Lars Lenth

DER BÖSE WOLF VON ØSTERDALEN

LARS LENTH

Der böse Wolf von Østerdalen

ROMAN

Aus dem Norwegischen
von Frank Zuber

LIMES

Die Originalausgabe erschien unter dem Titel
»Menn som hater ulver« bei Kagge, Oslo.

This publication of this translation has been made possible
through financial support of NORLA,
Norwegian Literature Abroad

NORLA
NORWEGIAN LITERATURE ABROAD

FSC
www.fsc.org
MIX
Papier aus verantwortungsvollen Quellen
FSC® C014889

Klimaneutral*
Druckprodukt
ClimatePartner.com/14044-1912-1001

Penguin Random House Verlagsgruppe FSC® N001967

1. Auflage 2021

Redaktion: Maike Dörries
Umschlaggestaltung: www.buerosued.de
Umschlagmotiv: Yann Allègre/EyeEm/Getty Images
JB · Herstellung: sam
Satz: KompetenzCenter, Mönchengladbach
Druck und Bindung: Friedrich Pustet, Regensburg
Printed in Germany
ISBN: 978-3-8090-2724-9

www.limes-verlag.de

Die hier erzählte Geschichte beruht auf Ereignissen, die sich in den 2010er Jahren im norwegischen Østerdalen zutrugen. Aus Rücksicht auf die Überlebenden hat der Autor einzelne Begebenheiten, Daten und geographische Details verändert, ebenso das Aussehen, die Berufe, Hobbys und Nachnamen der Beteiligten. Aus Respekt vor den Toten – Menschen wie Tieren – wird der Rest der Geschichte genau so erzählt, wie sie sich zugetragen hat.

Das Problem der Welt ist,
dass intelligente Menschen voller Zweifel
und dumme voller Selbstvertrauen sind.

Charles Bukowski

1

Man sagt, dass der lange und gnadenlose Winter in Østerdalen einen entweder umbringt oder abhärtet. Viele wissen jedoch nicht, dass auch das Sommerhalbjahr in diesem Tal Mensch und Tier auf harte Proben stellt.

Phung Johansen spazierte durch den lichten Wald nördlich von Elverum. In der einen Hand hielt sie einen Pilzkorb, an der anderen ihren Sohn. Die sanfte Spätsommersonne schien schräg zwischen den dünnen Stämmen der Fichten hindurch und malte Streifen auf den feuchten Waldboden, ein weiches Mosaik aus Rentierflechten, morschen Zweigen, Moos, Blaubeer- und Preiselbeerbüschen.

Das Schönste an Østerdalen war, dass sie nur in den Wald gehen musste, um alles zu finden, was die Familie an Essen oder Heilmitteln brauchte. Alles war so rein und unberührt, nicht wie in der Großstadt, wo sie aufgewachsen war.

Phung hielt ihren Jungen fest an der Hand. Er schaute zu ihr auf, kniff die Augen zusammen und lächelte, den Mund voller Blaubeeren.

Nach dem Regen und der Wärme der letzten Tage bestand Aussicht auf jede Menge frische Pfifferlinge, und Phung wusste, wo sie wuchsen. Für Magic Mushrooms war es noch etwas zu früh, aber man konnte ja nie wissen.

Der Junge war inzwischen groß genug, um ihr zu helfen. Mit seinem neugierigen, wachsamen Blick entdeckte er Pflanzen, Tiere und andere Dinge, die sogar Phung übersah.

Als sie sich einem dichten Laubwald näherten, in dem die besten Giftlorcheln Elverums wuchsen, hörte Phung ein Geräusch, ein Knacken, das nicht dorthin gehörte, gefolgt von dem unangenehmen Gefühl, dass sie beobachtet wurden.

Leise stellte sie den Pilzkorb auf den grün-weißen Flechtenteppich, zog den Jungen dicht an sich heran und starrte in das Dickicht zwischen den Birkenstämmen, wo sich mehrere Schatten bewegten.

»Hallo?« Sie hielt die linke Hand vor die Stirn, um die grelle Sonne abzuschirmen. »Ist da jemand?«

Der Junge bemerkte den plötzlichen Stimmungswandel seiner Mutter. Er kratzte sich hinterm Ohr und schaukelte mit dem Oberkörper hin und her. Seine Mutter sah ihn an und legte den Zeigefinger auf die Lippen. Dann hob sie ihn hoch, setzte ihn auf die Schultern und entfernte sich langsam rückwärts von dem Birkenwald, den sie nicht aus den Augen ließ.

Er saß ganz still, kein Weinen, keine Fragen. Unter sich spürte er den zitternden Körper seiner Mutter.

Da kamen sie aus dem Schatten. Fünf große, helle Biester mit grauem Fell und hechelnden Zungen. Sie stellten die Schwänze auf, fletschten die Zähne und knurrten.

»Hab keine Angst«, flüsterte Phung. »Die sind nicht gefährlich.«

Sie drehte den Kopf und suchte nach einem passenden Baum. Die Stämme waren viel zu hoch. Nur an einer einzeln stehenden, alten und krummen Föhre wuchs ein Ast in etwa zwei Metern Höhe. Dort mussten sie hin, er war ihre letzte Rettung.

Sie behielt die Tiere im Auge und ging seitlich auf den Baum zu, wie eine Strandkrabbe. Dort stellte sie sich mit dem Gesicht zum Stamm.

»Halt dich an den Aststümpfen fest«, sagte sie zu dem Jungen. »Stell dich auf meine Schultern und kletter auf den großen Ast.«

Der Junge tat, was sie sagte. Seine Mutter packte ihn unter den Sohlen der selbstgemachten Sandalen, hob ihn so hoch wie möglich und stellte sich auf die Zehenspitzen. Mit aller Kraft, die ihr magerer Körper aufbringen konnte, hievte sie ihn hoch genug, dass er den Ast mit beiden Händen umgreifen und sich hinaufziehen konnte.

»Halt dich gut fest«, sagte sie und versuchte zu lächeln, als sie ihr Batik-Halstuch abnahm, aber ihre Augen entlarvten sie. Er lächelte nicht zurück, sondern sah die sabbernden, knurrenden Tiere langsam näher kommen.

Phung machte einen beherzten Versuch, selbst hinaufzuklettern, aber der Stamm war zu glatt, und die morschen Aststümpfe brachen, wenn sie sie ergriff. Sie versuchte zu springen und rutschte ab. Der Junge streckte einen Arm aus, um ihr zu helfen, aber sie wollte nicht riskieren, ihn hinabzuziehen.

Phung drehte sich um und sah den Tieren in die Augen. Sie hatten sie im Halbkreis umzingelt, scharrten mit den Pfoten, knurrten und jaulten. Sie konnte sie riechen, sie stanken nach nassem Fell und Tod. Die zierliche Frau hob die Arme und wedelte mit dem Halstuch, sie machte sich so groß wie möglich, stampfte mit den Füßen, hüpfte auf und ab und schrie aus vollem Hals.

Die Tiere ließen sich davon nicht beeindrucken. Ihre bernsteingelben Augen funkelten. Sie kannten weder Angst noch andere Gefühle, nur uralte, gnadenlose Naturinstinkte.

Phung drehte sich um. Mit feuchten Augen und zitternden Lippen lächelte sie ihren Jungen an.

Er ist in Sicherheit, dachte sie. Jetzt könnt ihr kommen.

Genau das taten die Biester. Ihr Gebell hallte über Moor und Heide, durch Wälder und Täler, entlang der Pfade, Waldwege und der verrosteten Zugschienen.

Keine zehn Minuten, nachdem die Vierbeiner verschwunden waren, packten zwei kräftige sonnengebräunte Hände das zitternde kleine Bündel und hoben es von dem Ast herunter. Apathisch starrte der Junge die Überreste seiner Mutter am Boden an, dann den riesigen Mann mit dem wilden grauen Vollbart, dem Schlangen-Tattoo am Hals, der runden Damensonnenbrille und dem gelben Südwester auf dem Kopf.

2

»Wer hat sie gefunden?« Forschungsassistentin Emma Vase stützte das Kinn auf die Hand und betrachtete die traurigen Überreste eines Menschen auf dem Flechtenteppich vor ihnen. Sie und das restliche Team von Norulv waren hastig einbestellt worden, um zu bestätigen, dass es sich um einen Angriff von Wölfen handelte. Norulv war ein Projekt der Hedmark Hochschule zur Erforschung der Wölfe im norwegischen Grenzgebiet. Nun sollten sie bestätigen, dass zum ersten Mal seit dem Jahr 1800 ein Mensch in Norwegen von Wölfen getötet worden war.

»Ein Wanderer, der zufällig vorbeikam«, sagte der Polizeichef Embret Tomteberget, ein großer, breitschultriger Mann mit einem rötlichen, viereckig geschnittenen Vollbart. Er trug eine schwarze Lederjacke mit dem POLIZEI-Aufdruck auf dem Rücken, eine schwarze Hose und eine schwarze Schildmütze, auf der das Reichswappen prangte. »Ihr Junge saß in einem Baum.« Er zeigte auf eine alte Föhre und schüttelte den Kopf. »Er hat wohl alles mit ansehen müssen.«

Es war acht Uhr abends und noch immer behaglich warm in der Sonne, aber ein frisches Lüftchen aus Norden ermahnte sie, dass der Sommer sich dem Ende entgegenneigte. Emma verschränkte die Arme und streckte den Rücken.

Sie konnte den Blick nicht von der Leiche, dem Blut und den Eingeweiden abwenden, die verstreut am Boden lagen. Sie bereute, nicht die Daunenjacke anstelle der dünnen Windjacke angezogen zu haben, und dass sie jemals beschlossen hatte, Biologie zu studieren.

»Sie haben also einen Zeugen?«

»Er ist erst fünf Jahre alt.« Tomteberget nahm die Mütze ab und wischte sich mit dem Handrücken über die Stirn. »Ziemlich harter Start ins Leben.«

»Das kann man wohl sagen«, kommentierte Emma.

Sie sah den Polizisten an, aus dem sie nicht klug wurde. Er betrachtete die Leiche, als wäre sie ein modernes Kunstwerk, das er nicht verstand.

»Aus welchem Stoff ist die Hose?«, fragte der Polizeichef.

»Sieht aus wie Samt«, sagte Emma und beugte sich näher heran. »Lila Samt. Oder Velours.«

»Ein Kind sollte nicht zusehen müssen, wie seine Mutter von Wölfen zerfleischt wird«, sagte Tomteberget. »Das sollte ein Menschenrecht sein.«

Emma schüttelte den Kopf und ging in die Hocke. Bis auf ihre verstorbene Großmutter hatte sie noch nie einen toten Menschen gesehen.

»Ich habe gerade mit dem Vater, also ihrem Mann, geredet«, sagte Tomteberget.

»Kennen Sie ihn?«

»Kaum.« Der Polizeichef setzte die Mütze wieder auf und strich sich mit Daumen und Zeigefinger den Nasenrücken hinunter. »Die beiden waren Pilze sammeln, wie jeden Dienstag und Donnerstag, sagte er. Sie hat offenbar Pilze geliebt.«

»Gibt es auf den Philippinen Pilze?«

Eine junge Frau in Polizeiuniform kam auf sie zu. Polizeimeisterin Sigrun Wroldsen hatte blaue Augen, war nicht besonders groß und etwas pummelig. Unter ihrer Dienstmütze ragte ein blonder, kurzer Pferdeschwanz hervor. Sie warf einen raschen Blick auf die Leiche und rümpfte die Stupsnase.

Tomteberget sah sie fragend an.

»Woher weißt du, dass sie von den Philippinen kam?«

»Nur geraten.«

Emma Vase stand auf und rollte mit den Augen.

»Das ist, als würde ich sagen, dass du aus Belgien kommst, weil du Europäerin bist«, sagte Tomteberget.

»Was ist denn an Belgien so verkehrt?«

»Eine ganze Menge.« Tomteberget kniff die Augen zu. »Aber das ist nicht der Punkt. Du scherst alle über einen Kamm, als wären alle Frauen mit Schlitzaugen, die hier wohnen, von den Philippinen.«

»Aber das sind sie doch«, sagte sie.

»Falsch«, sagte Tomteberget. »Sie war aus Drammen.«

»Schlitzaugen?«, sagte Emma. »Ich finde, sie hat schöne Augen.«

»Ein schönes Auge«, korrigierte Wroldsen. »Das andere ist ja weg.«

»Krähen«, sagte Tomteberget.

Sie schwiegen und betrachteten, was von Phung Johansen aus Drammen übrig war.

»Wer zuletzt lacht, lacht am besten«, sagte Polizeimeisterin Wroldsen.

»Findest du das etwa lustig?«, fragte Tomteberget.

»Ich habe lange davor gewarnt.« Wroldsen zog die Nase hoch und schluckte. »Aber die Wolfsfreunde haben mich als paranoiden Dorftrottel abgestempelt. In Wirklichkeit war es nur eine Frage der Zeit.«

»Dreh eine Runde durch die Büsche, Wroldsen, und sieh nach, ob du irgendwelche Spuren findest.«

Als die Polizistin außer Sichtweite war, drehte Tomteberget sich zu Emma um.

»Was glauben Sie? Eins von Ihren Tieren?«

»Schwer zu sagen, solange wir die DNA nicht untersucht haben, aber die Fellbüschel stammen von einem Wolf, da bin ich mir ziemlich sicher.«

Polizeichef Tomteberget ging in die Hocke, hob ein Fellbüschel auf und hielt es ins Licht.

»Was soll es denn sonst sein?«

»Wölfe greifen keine Menschen an, wenn man sie nicht provoziert«, sagte Emma.

»Vielleicht wurden sie provoziert?«

Ein zwei Meter großer, hagerer Mann in blank geputzten Jagdstiefeln, frisch gebügelter Feldhose und einem grünen Wollpullover mit Reißverschlusskragen humpelte auf sie zu. »Wie lange liegt sie schon hier?«, fragte der Wolfsprofessor Bjarne Gilbert. Seine Augen flackerten wild, die graue Mähne flatterte im Wind.

»Seit der Mittagszeit, sagt der Gerichtsmediziner«, antwortete Emma.

»Wer hat sie gefunden?«

»Ein Obdachloser«, sagte der Polizeichef. »Ein Riese von einem Mann voller Tätowierungen.«

»Ist er von hier?«

»Hab ihn noch nie gesehen. Er kam mit dem Jungen in die Wache spaziert. Sagte, er hätte ihn auf einem Baum gefunden und den ganzen Weg ins Dorf getragen.«

»Hat er gesehen, was geschehen ist?«Gilbert ging neben der Leiche in die Hocke.

»Der Junge soll alles gesehen haben.«

»Ich meinte den Obdachlosen.«

»Der ist nicht besonders gesprächig. Er bleibt über Nacht auf der Wache.«

»Mein Gott«, sagte Professor Gilbert und inspizierte die Leiche mit seinen bernsteingelben Augen. »Das ist ja Phung Johansen.«

»Kannten Sie sie?«, fragte Tomteberget.

»Ich kenne ihren Mann aus dem Verein.«

»Landbewohner für Raubtiere?«

»Richtig.«

»Wie alt war sie?«, fragte Emma.

»Noch ein Kind«, sagte der Polizeichef. »Sie und ihr Mann haben einen kleinen Hof in Åsta. Ziegen, Freilandhühner, Weidekühe.« Er sah Gilbert in die Augen. »Sie bauen lauter komisches Zeug an. Ökologisch.«

»Sie machen ihren eigenen Käse«, sagte der Wolfsprofessor.

»Unter anderem«, erwiderte Tomteberget.

»Käse?«, fragte Emma.

»Eine Art norwegischen Feta«, sagte Tomteberget. »Aus Ziegenmilch.«

»Sieht aus, als müsste Lyder Johansen den Käse in Zukunft alleine machen«, sagte Bjarne Gilbert und kratzte sich an der langen Nase. Sie betrachteten den malträtierten Menschenkörper. Die Flechten ringsum waren rot vom Blut. Käfer und Ameisen krabbelten darüber, Fliegen, Stechmücken und Bremsen schwirrten durch die Luft. Im Westen verschwand die Sonne hinter den Wolken, es kühlte rasch ab.

»Nimm so viele DNA-Proben wie möglich und mach Nahaufnahmen von allen Bisswunden«, sagte Gilbert.

»Es gibt ja mehr Wunden als Körper, der halbe Torso fehlt.« Emma biss sich auf die Unterlippe.

»Stell dir vor, es wäre ein gerissenes Schaf«, sagte Gilbert. Er ging zu der jungen Assistentin, legte den Arm um sie und streichelte ihr über den Rücken »Denk an all die Tiere, die das Opfer in seinem Leben gegessen hat.«

Emma machte einen halbherzigen Versuch, ihn von sich zu schieben, aber er hielt sie fest.

»Was meinst du damit?«

»Wir alle sind Teil der Natur, kleine Rädchen im großen Kreislauf.« Er klopfte ihr auf den Rücken. »Fressen und gefressen werden.«

Emma befreite sich aus der Umarmung des Professors und wischte sich eine Träne von der Wange.

»Ich glaube, sie war Vegetarierin«, sagte Tomteberget. »Sogar Veganerin.«

»Dann denk an die Tiere, die sie verspeist hat, ehe sie erleuchtet wurde.«

Tomteberget schüttelte den Kopf und ging zu seinem Dienstwagen, der etwa zweihundert Meter entfernt auf einem Waldweg stand.

Als der Polizeichef außer Hörweite war, sah Gilbert Emma mit funkelnden Augen an.

»Ist dir klar, was das bedeutet?«

Emma nickte.

»Das ist ein Super-GAU.«

Der Wind fuhr in Gilberts frisch gewaschene Mähne, die in alle Himmelsrichtungen flatterte.

»Falls du heute Nacht nicht schlafen kannst: Der Schlüssel liegt unter dem Schafschädel rechts neben der Tür«, sagte Gilbert, ohne den Blick von der toten Frau abzuwenden.

Emma sah ihren alternden Mentor von der Seite an.

»Ich habe Schlaftabletten«, sagte sie schließlich. »Wird schon gehen.«

»Davon träumen die Wolfshasser seit dreißig Jahren«, sagte Gilbert.

»Jep«, sagte Emma. »Das bedeutet Krise.«

3

Dank seiner roten Masai-Schuhe mit den fünf Zentimeter dicken Sohlen landete Leonard Vangen weich und anatomisch korrekt, als er in Elverum aus dem Zug sprang. Masai *Barefoot Technology* – schweineteure orthopädische Schuhe mit abgerundeten Sohlen, in denen man wie ein Idiot aussah. Der Beweis dafür, wie weit ein Mann ging, um Rückenschmerzen loszuwerden.

Ein leichter Spätsommerregen fiel auf den Asphalt, kitzelte ihn im Gesicht und verstärkte die Düfte, die über der Kleinstadt hingen, eine exotische Mischung aus Nadelwald, Frittierfett und fossilen Brennstoffen.

Er ging in die Richtung, in der er die Polizeiwache vermutete. Dazu überquerte er die Glomma auf einer der beiden Brücken, die Norwegens längsten und wasserreichsten Fluss in Elverum überspannten. Auf der anderen Seite blieb er stehen und ließ den Blick schweifen: anonyme Gebäude aus Beton und Backstein zwischen hübschen, alten Holzhäusern, ein riesiges Einkaufszentrum mit moderner Holzfassade und hinter der Stadtgrenze bewaldete Hügel, soweit das Auge reichte. Elverum war von einem Meer aus Bäumen umringt.

»Rasch und schlammig fließt die Glomma wie eine offene

Wunde mitten durch Elverum«, murmelte Leo. Außer diesem Schmähvers des Barden Ole Paus, der erfolgreichen Handballmannschaft und dem Café Elgstua kannte er nichts und niemanden aus Elverum. Es war ein Ort, durch den er auf dem Weg nach Trondheim, Schweden oder zu der Hütte in Rendalen fuhr.

Rino Gulliksen war sehr wortkarg am Telefon gewesen, hatte nur gesagt, dass er im Polizeigewahrsam saß und Hilfe brauchte. Leo hatte seit zwei Jahren nichts mehr von ihm gehört. Alle glaubten, er wäre in der Flutwelle in Storbørja ums Leben gekommen. Er selbst hatte versucht, ihn zu vergessen.

Leo überquerte die vielbefahrene R25, so rasch es die abgerundeten Sohlen zuließen. Der Verkäufer hatte ihm erklärt, wie er gehen und denken sollte, um möglichst viel von dem Schuhwerk zu haben. Irgendetwas mit Verlängerung des Körpers und dass er ein integraler Teil des Universums sei.

Die Räder des limettengrünen Rollkoffers ratterten über den Asphalt, als er die Storgata entlangging. Er strengte sich an, selbstsicher und entspannt auszusehen, bis ihm einfiel, dass niemand in Elverum ihn kannte. Hier kümmerte es keinen, wie er aussah und was er tat.

Die Hauptstraße war voller kleiner, merkwürdiger Läden: Kebab, ein geschlossener indischer Imbiss, eine wilde architektonische Mischung aus Alt und Neu. Als er an einer alt modischen Bäckerei vorbeikam, in der die Backwaren im Schaufenster lagen, konnte er nicht widerstehen. Er bestellte ein Rosinenbrötchen und grünen Tee. Eigentlich hatte er mehr Lust auf schwarzen Kaffee, aber sein vegetatives Nervensystem brauchte keine zusätzliche Stimulanz.

Während der Tee zog, nahm er den Koffer mit auf die Toilette, zog ein Päckchen Beruhigungstabletten aus der Außentasche und spülte eine davon mit Leitungswasser hinunter.

In dem zerbrochenen Spiegel sah Leo sich an: Ringe unter den verquollenen Augen wie ein nichtsahnender Barsch, der aus der Tiefe gezogen wird.

Rino Gulliksen hätte ihn niemals angerufen, wenn es nicht ernst wäre. Was hatte Rino getan? Was hatte er ihnen erzählt? Was in aller Welt sollte Leo der Polizei sagen?

Aus der Toilette zurück, nahm Leo den Pappbecher und das Rosinenbrötchen in die eine und den Koffer in die andere Hand. Er versuchte, langsam zu essen und die Geschmacksnerven zu gebrauchen, anstatt es einfach in sich hineinzustopfen.

Er fragte das Mädchen hinter der Theke, wo die Polizeiwache lag.

»Gleich um die Ecke«, sagte der Teenager und lächelte.

Sie war ungefähr in Siris Alter, hatte dieselbe Haarfarbe und sah ihm tief in die Augen, voller Zuversicht und Erwartungen an das Leben, wie es sich für Mädchen ihres Alters gehörte.

Als er die Bäckerei verließ, spürte er, wie das Clonazepam langsam zu wirken begann. Das Kribbeln im Körper legte sich und seine Handflächen trockneten. Er fühlte sich benommen und beschützt. Die Welt war nicht mehr so bedrohlich.

Leo betrat das dreistöckige rote Backsteingebäude, und eine blonde Polizistin mit Pferdeschwanz und Snus unter der Lippe nahm ihn freundlich in Empfang. Sie brachte ihn in ein Zimmer mit grüner Wandverkleidung und weißen Gardinen. Hinter dem aufgeräumten Schreibtisch saß ein vielleicht vierzigjähriger Mann in einem frisch gebügelten Uniformhemd. Er aß ein Sandwich mit Käse und Gurke und blätterte dabei in einer Jagdzeitschrift. Als er Leo sah, legte er die Zeitschrift auf den Tisch, wischte sich mit dem Ärmel die Krümel vom Mund und streckte die Hand aus. Polizeichef Embret Tomteberget hatte freundliche Augen, einen festen Händedruck und roch nach billigem Rasierwasser.

»Er hat nicht viel gesagt«, berichtete der Polizeichef. »Nur, dass er mit dem Rechtsreferendar Leonard Vangen aus Lilleaker sprechen will.«

»Anwalt«, berichtigte Leo. »Ich bin Anwalt.«

»Ja«, sagte Tomteberget und ließ sich auf seinen Stuhl fallen. »Was ist eigentlich der Unterschied?«

»Man muss mindestens drei Prozesse geführt haben, um sich Anwalt zu nennen.«

»Ja«, wiederholte der Polizeichef. Er nahm einen Bleistift und schrieb irgendetwas in ein großes schwarzes Buch.

»Das weiß kaum jemand«, sagte Leo.

»Gratuliere«, sagte der Polizeichef, ohne eine Miene zu verziehen.

»Wofür?«, fragte Leo.

»Dafür, dass Sie drei Prozesse geführt haben.«

Leo setzte sich auf einen Stuhl an der Wand und stellte den Koffer ab. Machte der Polizeichef sich über ihn lustig? Er sah sich die Bilder an den Wänden des Büros an. Ein Mann mit einem riesigen Hecht, eine Frau mit ein paar kleinen Äschen, Mann mit Gewehr und totem Elch, Mann mit Gewehr, Schweißhund und Hirsch, Mann mit Flinte, Auerhahn und Apportierhund, alle Varianten.

Ein Bild stach heraus. Es war als Einziges eingerahmt und ziemlich verblichen. Es zeigte eine Gruppe stattlicher, grinsender Kerle in voller Jagdmontur. Vor ihnen im Schnee lag ein zotteliger Wolf mit einem Stock im Maul.

»Was ist das denn?«, fragte Leo. »Das kommt mir bekannt vor.«

Der Polizeichef schaute von seinem Buch auf.

»Das ist der Vegårsheiwolf, geschossen am 10. Januar 1984.«

Leo erinnerte sich an das Biest, das damals aus dem Nichts in Südnorwegen aufgetaucht war, als alle dachten, der Wolf sei für immer ausgerottet. Die ganze Nation verfolgte die Jagd, die über ein Jahr dauerte. Ein paar Fragen lagen ihm auf der Zunge, aber Leo schwieg.

»Zuerst dachte ich, er wäre Beerensammler aus Litauen oder Lettland«, sagte der Polizeichef, »und dass er kein Norwegisch versteht.«

Leo sah Tomteberget schweigend an.

»Aber dann sagte er plötzlich völlig akzentfrei, dass er mit Ihnen reden wolle.«

»Was hat er getan?«

Der Polizeichef legte den Bleistift ab und verschränkte die Hände hinter dem Nacken, wobei er große Schweißflecken enthüllte.

»Er kam gestern Nachmittag hier rein, mit einem fünf Jahre alten Jungen auf den Schultern. Nach einer Weile erzählte er uns, wo er den Jungen gefunden hatte, und dass sein *Au Pair* tot im Wald läge.«

»Au Pair?«

»Das war natürlich Unsinn. So etwas haben wir nicht hier in Elverum.«

»Er ist also zu Ihnen gekommen?«

Der Polizeichef nickte.

»Wie sich herausgestellt hat, war die Tote im Wald die Mutter des Jungen. Sie wurde vor den Augen ihres Sohnes von Wölfen angegriffen und in Stücke gerissen.«

»Wölfe?« Leo hob beide Augenbrauen. »Ich dachte, Wölfe greifen keine Menschen an?«

»Das erste Mal in Norwegen seit dem Jahr 1800. Also schon ziemlich ungewöhnlich, ja.« Tomteberget stand auf. »Kommen Sie mit.«

Sie gingen in das Nebenzimmer, wo Rino Gulliksen in braunen Gummistiefeln, roten Adidas-Shorts und einer schmutzigen Schaffellweste über dem nackten Oberkörper am Fenster stand. Er hatte ein paar Kilo abgenommen und die Haare entweder verloren oder rasiert, aber der wildwüchsige graue Vollbart verdeckte noch immer sein halbes Gesicht und das tätowierte Kleeblatt auf der linken Wange. Er sah aus wie ein Freibeuter oder ein exzentrischer Eremit. Als er Leo erblickte, strahlte er.

»Klären Sie mich auf: Wer ist das?«

Der Polizeichef stand mitten im Zimmer und stützte die Arme in die Hüfte.

»Ein alter Freund.« Leo verschränkte die Arme und räusperte sich. »Er hat es in letzter Zeit etwas schwer gehabt, hat seinen Job verloren.«

»Ist er immer so gesprächig?«, fragte Tomteberget.

»In dem heiligen Schweigen, in der Ruhe der Natur liegt der höchste Trost für alle, die ihre Sprache verstehen.« Leo wippte auf seinen Masai-Schuhen vor und zurück und erwartete eine Reaktion auf das Klassikerzitat.

»Ja«, sagte Tomteberget nur, steckte einen Portionsbeutel

Snus mit Mentholgeschmack unter die Oberlippe und musterte Rino Gulliksen.

»Er braucht nur ein wenig Ruhe und Frieden«, sagte Leo.

»Warum sagt er nicht, wer er ist? Er hat doch nichts Gesetzwidriges getan, eher im Gegenteil.«

»Er heißt Even.« Das war der erste Name, der Leo einfiel. »Er ist manchmal so … Even.«

»Unser Even hier ist möglicherweise Zeuge der ersten tödlichen Wolfsattacke auf norwegischem Boden seit über zweihundert Jahren«, sagte der Polizeichef.

»Ich habe nichts gesehen«, sagte Rino Gulliksen. Er stand am Fenster und starrte sehnsüchtig über den braunen Fluss auf den Wald.

»Jesses.« Tomteberget riss die Augen auf und tat, als wäre er überrascht. »Er spricht.«

»Ich habe schon gesagt, was geschehen ist«, fuhr Rino Gulliksen fort. »Ich habe den Jungen auf einem Baum gefunden. Was von der Frau übrig war, lag unter dem Baum auf dem Boden. Es war zu spät. Ich konnte nichts mehr tun. Ich wollte nur den Jungen in Sicherheit bringen.«

»Das klingt ja schrecklich«, sagte Leo.

»Warum dann diese Geheimniskrämerei?«, fragte Tomteberget. »Warum wollen Sie nicht sagen, wer Sie sind? Was haben Sie da draußen gemacht? Warum haben Sie keinen Ausweis dabei?«

Rino drehte sich um.

»Ich war auf Campingtour. Alle meine Sachen liegen im Zelt.«

»Hätten Sie das nicht früher sagen können?« Der Polizeichef kratzte sich im Nacken. »Das hätte uns viel Mühe erspart.«

»Bist du in Ordnung?«, fragte Leo.

»Mir ging's nie besser«, antwortete Rino. »*I'm in my prime.*«

Tomteberget grinste breit und streckte den Zeigefinger in die Luft.

»Doc Holliday in *Tombstone*!«

Rino zwinkerte dem Polizeichef zu.

»Ich bestätige hiermit, dass dies Even Smith ist«, sagte Leo mit fester Anwaltsstimme. »Mein Klient gibt gern Fingerabdrücke ab, wenn es nötig sein sollte.«

»Nicht nötig«, sagte Tomteberget und sah die breite Gestalt am Fenster an. »Aber bleiben Sie vorerst in der Kommune Elverum. Wenn Sie gebraucht werden, nehmen wir mit Ihnen Kontakt auf.«

»*Listen, Mr. Kansas Law Dog, law don't go around here*«, sagte Rino in breitem Amerikanisch.

Der Polizeichef grinste von Ohr zu Ohr, formte die Hand zu einer Pistole und zielte auf Rino.

»Gut«, sagte Leo und streckte die Hand aus. »Vielen Dank.«

»Danke ebenso«, sagte Tomteberget und schüttelte Leos Hand. »Ich hoffe, ich sehe Sie beide nie wieder.«

4

»Alles voller Bissspuren mit deutlicher Zersplitterung der Knochensubstanz.« Balder vergrößerte die Bilder der Leiche auf dem Monitor. Der dreiundzwanzigjährige Forschungsassistent aus Rasta in Østerdalen trug einen weißen Kittel und eine Kopfbedeckung, die wie eine durchsichtige Duschhaube aussah. »Typisch Wolf. So töten sie ihre Beute.«

Der Raum war steril, rundum weiß gefliest, an der eierschalenfarbenen Decke hingen lange Neonröhren, die jeden Millimeter ausleuchteten. Das Labor in Evenstad war Ende des letzten Jahrhunderts als Forschungsstätte des panskandinavischen Projekts Norulv errichtet worden.

Die Stipendiatin Emma Vase saß auf einem Barhocker aus Stahl und beugte sich über das Mikroskop, das auf einem Aluminiumtisch stand. Sie trug denselben Mantel und dieselbe Kopfbedeckung wie Balder, weiße Holzschuhe und einen hellblauen Mundschutz.

»Kein Zweifel, die Haarbüschel stammen vom Wolf. Und die Verletzungen des Opfers sehen auf den ersten Blick auch sehr nach Wolf aus.« Sie hob den Blick. »Es waren mehrere Tiere, mindestens fünf, aber keines von unseren. Keine Übereinstimmung in der DNA-Datenbank.«

»Wo in aller Welt kam das Rudel her?«, fragte Balder.

»Vielleicht hat die Wölfin des Juvberg-Paars ihren sterilen Partner ausgetauscht und einen neuen Wurf bekommen?«, schlug Emma vor.

»Das wüssten wir«, sagte Balder.

»Ich sage nur, dass es möglich *wäre.*«

»Nein, das ist verdammt noch mal nicht möglich.«

Professor Bjarne Gilbert trank einen Schluck Mineralwasser. Er lief nervös im Kreis, hielt die Hand unters Kinn und summte *I'm Your Captain* von Grand Funk Railroad.

»Morgen früh schicke ich alle Proben an die Raubtier-Datenbank«, sagte Emma. »Aber das wird dauern.«

»Wahrscheinlich waren es umherstreifende Tiere aus Schweden«, sagte Balder.

Gilbert hörte auf zu summen und sah den jungen Assistenten an, als hätte er ihn aufs Gröbste beleidigt.

»Ihr wisst genau, dass keine Wolfsrudel aus Schweden in Elverum ›umherstreifen‹, ohne dass wir sie entdecken.«

»Sie müssen unter dem Radar durchgeschlüpft sein.« Balder rümpfte die Nase. »Wortwörtlich.«

»Unsinn.« Der Professor zwinkerte Emma zu. »Ihr wisst ganz genau, dass sie niemals Menschen auf diese Weise angreifen würden. Schon gar nicht zwei Menschen, und noch weniger am helllichten Tag.«

Balder sah Emma an und lächelte zaghaft.

»Was war es dann?«

Gilbert stapfte zum Fenster und schaute auf den dichten Fichtenwald auf der anderen Talseite.

»Im Dickicht der Gesetze und Regulierungen lauert ein grauer Schatten.«

Kunstpause. Balder und Emma tauschten fragende Blicke.

»Er starrt uns mit gelben Augen an und erinnert uns daran, dass die Grenzen zwischen Arten und Rassen, wild und zahm, Natur und Kultur, gefährlich und harmlos, nicht so klar sind, wie wir es gerne hätten.«

Balder runzelte die Stirn. »Was soll das heißen?«

»Das habe ich einmal in einem Artikel der *Aftenposten* geschrieben.«

»Und was soll das heißen?«

Emma nahm den Mundschutz ab.

»Was glaubt ihr?« Gilbert drehte sich um.

»Keine Ahnung«, sagte Balder.

»Manchmal gibt es kein Licht am Ende des Tunnels«, sagte Gilbert.

Emma hüpfte von dem Hocker und stemmte die Arme in die Hüfte.

»Warum sprichst du in Rätseln? Die Haare stammen von Wölfen, da besteht kein Zweifel.«

»Ich höre, was du sagst.« Wieder zwinkerte Gilbert ihr zu. »Aber was ist ein Wolf?«

»Willst du damit sagen, dass es keine Wölfe waren?«, fragte Balder.

»Ich sage nur, dass man für alles offen sein sollte.«

Balder schüttelte den Kopf.

»Das ist eine Katastrophe«, sagte Emma.

»Eine handfeste Krise.« Gilbert trank einen Schluck aus der Wasserflasche. »Das habe ich wirklich nicht kommen sehen.«

»Du weißt, dass Bon Aqua zu Coca Cola gehört und sein Wasser aus der Glomma holt?«, sagte Balder. »Du trinkst amerikanisches Glomma-Wasser für sechzig Kronen pro Liter.«

»Nicht mehr«, sagte Emma. »Jetzt holen sie ihr Wasser aus der sogenannten Telemarksquelle.«

»Aber es ist immer noch Coca Cola?«, fragte der Professor.

»Ja. Und wir beschweren uns, dass der Liter Benzin vierzehn Kronen kostet.«

Gilbert ging zum Waschbecken und schüttete das Mineralwasser demonstrativ in den Ausguss. Dann füllte er die Flasche mit Leitungswasser und stellte sie mit einem Knall auf dem Arbeitstisch ab.

»Erst 1993 wurde der Haushund, *canis familiaris*, zum *canis lupus familiaris* umklassifiziert, weil die Forschung festgestellt hatte, dass Wolf und Hund ein und dieselbe Art sind.«

»Redest du mit uns?«, fragte Emma.

»Kreuzungen zwischen Wolf und Hund sind keine Hybride, sondern Bastarde«, fuhr Gilbert fort. »Das ist grundlegende Biologie.«

»Das weiß doch jeder«, sagte Balder. »Worauf willst du hinaus?«

»Wo verläuft die Grenze zwischen Wolf und Hund?« Wieder zwinkerte er Emma zu. »Und wer soll hier eigentlich vor wem beschützt werden? Denkt mal nach.«

»Geht es deinem Bein besser?«, fragte Emma. »Du humpelst nicht mehr.«

»Die Schmerzen kommen und gehen«, sagte Gilbert.

»Ich weiß nur, dass die Wolfskritiker bald Amok laufen werden«, sagte Balder.

»Sie werden alle Wölfe im Umkreis von hundert Kilometern abknallen – und die norwegische Bevölkerung wird ihnen stehend Beifall spenden«, sagte Emma.

»Genau darauf haben Onkel Viggo und seine Gang gewartet.« Gilbert sah Balder in die Augen und hob den Zeigefinger. »Wir müssen alles Menschenmögliche tun, um diesen Prozess aufzuhalten.«

»Aber wie?«, fragte Emma. »Es liegt doch auf der Hand, was hier geschehen ist.«

»Ich weiß es nicht«, sagte Gilbert. »Wir müssen Zweifel säen.«

»Wer soll das tun?«, fragte Gilbert.

»Du.«

»Was ich sage, kümmert keinen.« Balder verschränkte die Arme. »Ich bin nur ein bedeutungsloser Forschungsassistent aus Rasta.«

»Alle großen Männer sagen das«, bemerkte der Professor, sprang auf den Arbeitstisch und baumelte mit den Beinen.

»Wäre das nicht deine Aufgabe?«, fragte Emma. »Das ist lebenswichtig.«

»Balder kommt aus der Gegend, der Vizebürgermeister ist sein Nennonkel, die Leute hören auf ihn. Ich bin nur ein Zugereister aus der Hauptstadt, der seinen Kaffee mit Milch trinkt.« Wieder zwinkerte er Emma zu, die seinem Blick auswich.

»Jetzt mal im Ernst«, sagte Balder. »Wäre es nicht besser, wenn du das machst?«

»Ich kann nicht riskieren, alles, was ich aufgebaut habe, zu zerstören, indem ich eine vollkommen idiotische Behauptung aufstelle. Meine Glaubwürdigkeit steht auf dem Spiel.«

»Was soll ich sagen?«, fragte Balder.

»Dass wir nicht bestätigen können, dass es sich um Wölfe handelt.«

»Wäre das keine Lüge?«

»Es ist die Wahrheit.« Gilbert bohrte sich in der Nase und schnipste einen Popel ins Waschbecken. »Man stolpert meist über sie, wenn man etwas ganz anderes sucht.«

»Wer hat das gesagt?«, fragte Balder.

»Jerry.«

»Seinfeld?«

»Jerry Garcia von Grateful Dead.« Er fuhr mit der Hand durch seine widerborstige graue Mähne. »Sag einfach, dass wir zum jetzigen Zeitpunkt nichts Sicheres sagen können.«

»Wie viele Wölfe leben momentan in der Gegend?«

»Sag, dass es ungefähr fünfzig sind«, sagte Gilbert und sprang von der Ablage.

»Das Julussa-Rudel zählt ungefähr zehn Tiere, Letjenna sechs, Slettås sechs, Mangen auch sechs und Osdalen vier. Wenn irgendwelche idiotischen Ignoranten fragen, sagst du, dass alle dem skandinavischen Wolfsstamm angehören.«

»Wir riskieren, dass die Behörden eine unbegrenzte Abschussgenehmigung erteilen«, sagte Emma. »Die ›Entnahme‹ aller Wölfe auf der norwegischen Seite, wie es heißt.«

»Das würden sie nie tun«, sagte Balder. »Nicht nach einem einzigen Unfall.«

»Woher willst du wissen, dass es ein Unfall war?« Gilbert zwängte sich aus dem hellblauen Kittel, hängte ihn an einen Haken und verließ den Raum.

»Wie zum Teufel hat er das gemeint?«, fragte Balder.

»Er weigert sich zu akzeptieren, dass es Wölfe waren. Es widerspricht allem, was er seit vierzig Jahren predigt.«

»Hat er zu viel gekifft?«

»Wahrscheinlich.«

»Gehen wir heute Abend ins Buckey's?« Balder scharrte

mit den Schuhspitzen auf den Fliesen. »Die Wombats spielen.«

»Sind die nicht aus England?« Emma schaute ins Mikroskop.

»Aus Liverpool. Aber der Bassist ist aus Elverum.«

»Ein Junge aus Elverum, der Karriere in der großen, weiten Welt gemacht hat?«

»Ich glaube, er ist auf die Paul-McCartney-Schule gegangen.«

»Gibt's überhaupt noch Karten?«

»Ich kenne den Türsteher.«

»Ich weiß nicht. Bin nicht recht in Stimmung.«

»Du kannst doch nicht die ganze Nacht arbeiten.«

»Ich bin einfach nicht in Tanzlaune.« Emma sah ihm in die Augen. »Geh du, wir sehen uns morgen.«

Balder ging zur Tür, aber er drehte sich noch einmal um.

»Warum lässt du eigentlich zu, dass er so mit dir redet?« Die Neonröhre gab seinem Gesicht einen grünen Schimmer. »Er könnte dein Großvater sein.«

»Was meinst du?«

»Genau, was ich sage. Ich habe bemerkt, wie er dich dauernd anzwinkert und in welchem Ton er mit dir redet.« Balder stemmte die Hände in die Hüften. »Das ist pervers.«

»Beruhig dich. Er könnte mein Großvater sein.«

»Sag ich doch.«

»Da hast du vollkommen recht.«

Emma sah wieder in ihr Mikroskop.

»Du weißt, was man über ihn sagt?«

»Nein.«

»Dass er alle seine Assistentinnen besteigt. Es heißt, dass

er sie nur nach dem Aussehen aussucht. Er benimmt sich wie ein Alphawolf.«

Emma schnaubte.

»Gilbert ist ein harmloser alter Knacker, der Probleme mit dem Älterwerden hat.«

»Er betrachtet mich als Konkurrenten. Deshalb will er mich auch bei der Pressekonferenz heute Abend den Wölfen vorwerfen.«

»Interessante Metapher.«

»Er hinkt absichtlich.«

»Ich weiß.«

»Um sich interessanter zu machen.«

»Ist das nicht süß?«

»Lass ihn nicht zu dicht ran.« Balder hob den Zeigefinger. »Nur ein Ratschlag von einem einfachen Bauerntrampel.«

»Wenn ich es nicht besser wüsste, würde ich denken, du wärst eifersüchtig.« Emma neigte den Kopf und lächelte ihn mit geschlossenem Mund an. »Bist du eifersüchtig, Balder?«

5

Leo und Rino standen auf dem Parkplatz vor der Polizeiwache und sahen einander an. Nach einer Weile verzog Rino den Mund zu einem breiten Grinsen, und seine Augen wurden feucht. Er breitete die massiven, tätowierten Arme aus und drückte Leo fest an sich, als wäre er sein Sohn, der nach zwanzig Jahren aus Amerika zurückgekommen ist.

»Schön, dich zu sehen«, schniefte er in Leos Haare. »Du riechst besser als je zuvor.«

»Was man von dir nicht gerade behaupten kann«, antwortete Leo. »Du siehst aus, als hättest du die letzten zwei Jahre in einer Höhle gehaust.«

»Höhle?« Rino legte die Hände auf Leos Schultern und schob ihn auf eine Armlänge Abstand. »Ich habe im Zelt gewohnt.«

»Du stinkst nach Schaf.«

»Das ist die Weste. Die habe ich selbst gemacht.«

»Ein Wolf im Schafspelz?«

Rino schüttelte sich vor Lachen, wobei er eine weiße Zahnreihe entblößte, die nur durch einen braunen Eckzahn entstellt war.

»Sag nicht, dass du was mit der toten Frau zu tun hast«, mahnte Leo.

»Ich habe den Jungen gerettet.« Rino ließ Leo los. »Hoffentlich trägt er keine bleibenden Schäden davon.«

»Wahrscheinlich ist er für den Rest seines Lebens traumatisiert.«

»Sicher, aber wer ist das nicht?« Rino grinste. »Danke, dass du gekommen bist. Ich stehe tief in deiner Schuld.«

»Du hast mir damals auf Gåsøya das Leben gerettet. Jetzt sind wir quitt.«

Rino nickte bedächtig, kratzte sich am Kinn und musterte Leo.

»Und wie geht es dir?«, fragte er. »Du siehst ein bisschen fertig aus.«

»Blendend«, sagte Leo.

Rino runzelte die Stirn.

»Ein paar Problemchen mit der Familie«, sagte Leo. »Aber sonst geht's gut.«

»Was für Probleme?«

»Meine Tochter hat es zurzeit nicht ganz leicht.« Er schabte mit der halbrunden Sohle über den Asphalt. »Sie will nichts mit mir zu tun haben.«

»Wie alt ist sie?«

»Siri ist zwanzig.«

»Ist doch völlig normal in dem Alter«, sagte Rino. »Das gibt sich wieder.«

»Und das Haus auf Gåsøya steht zum Verkauf.«

»Auch das wirst du überleben.«

»Ich meditiere dreimal täglich«, sagte Leo und hob den Blick.

»Das ist doch ein gutes Zeichen, wenn du dich selbst ernst nimmst.«

Leo musterte Rino Gulliksen von Kopf bis Fuß. Er trug

den gelben Südwester, der ihn irgendwie jünger machte, und schien viel konzentrierter als früher, wachsamer.

»Was hast du in der Zwischenzeit getrieben?«

»Mich von den Menschen ferngehalten.«

»Und außerdem?«

»Singer und Heidegger gelesen.«

»Die Philosophen?«

»Jep. Peter Singer und Klaus Heidegger.«

»Du meinst Martin? Klaus war ein österreichischer Alpinist.«

»Martin, natürlich.«

Rino schlug sich gegen die Stirn.

»Du bist also von Hamsun auf Heidegger gekommen?«

Rino verschränkte die Arme und beobachtete einen braunen Vogel, der hinter Leo im Gebüsch saß.

»Hamsun war Heideggers großer Held.«

»*Sein und Zeit*. Hab ich mal versucht zu lesen und kein Wort kapiert.«

»Weil du in alten Denkmustern gefangen bist.«

Leo lächelte und schaukelte wie ein Stehaufmännchen auf seinen Masai-Schuhen.

»Heidegger war doch ein Nazi.«

»Aber er hat es bereut.«

»Und damit ist die Sache erledigt?«

»Irren ist menschlich.« Rino hob den Südwester an und strich sich über die Glatze. »Er hat es wiedergutgemacht.«

»Wie denn?«

»Er hat lange alleine in einer Hütte im Schwarzwald gelebt.«

»Als eine Art Bußübung, meinst du?«

Rino nickte.

»So wie du in den letzten zwei Jahren?«

»Nenn es, wie du willst«, brummte Rino. »Auf jeden Fall habe ich alleine gelebt.«

Leo schaute in den Himmel. Der Regen hatte aufgehört, die Wolkendecke brach auf und zeigte hellblaue Risse.

»Ich bin langsam von Mosjøen nach Süden gezogen«, sagte Rino. »Und habe mich so weit wie möglich von den Menschen ferngehalten. Eine Weile habe ich in einem alten Bootshaus in Sunnmøre gelebt, ein paar Monate in einem Windschutz an einem Seitenarm des Sognefjords. Es war kein Zuckerschlecken.«

»Wie bist du hier gelandet? Warum gerade Elverum?«

Rino stützte die Hände in die Hüften, schob die Brust vor und sagte feierlich: »Weil hier die entscheidende Schlacht stattfindet.«

»Welche Schlacht?« Leo runzelte die Stirn.

»Die Schlacht um den Wolf, den König des Waldes und größten Jäger der Natur, das imposanteste Geschöpf der Erde.«

»Und wer steht sich in dieser Schlacht gegenüber?«

»Auf der einen Seite Bjarne Gilbert und sein Forschungsteam, auf der anderen die Wolfshasser.«

»Gilbert, der Wolfsprofessor?«

»Ein großer Mann.« Rino schaute über die mächtige Glomma, deren hellbraune Wassermassen lautlos auf der anderen Seite der Straße flossen. »Vielleicht der allergrößte.«

»Ich dachte, Thor Heyerdahl sei der Größte?«

»Im Vergleich zu Bjarne ist Heyerdahl ein Pygmäe.« Rino sah Leo an. »Der Mann hat eigenhändig dafür gesorgt, dass es wieder Wölfe in Norwegen gibt.«

»Warum ist dir der Wolf so wichtig?«

»Der Wolf ist *das* Symbol für wilde, ungebändigte Natur. Wenn wir ihn verlieren, verlieren wir auch die Natur.«

»Du bist also hierhergekommen, um ihn zu retten?«

»Die Wolfshasser tun alles, um ihn auszurotten. Sie geben keine Ruhe, bevor der letzte Wolf aus Skandinavien verschwunden ist.«

Er verschränkte die Arme und sah Leo an. »Der australische Ethiker Peter Singer hat mir klargemacht, dass Wölfe genauso viel wert sind wie wir Menschen, wenn nicht sogar noch mehr.«

»Nur Wölfe, oder alle Tiere?«, fragte Leo.

»Besonders Wölfe«, sagte Rino mit einem Zwinkern.

Leo fragte sich, ob Rinos irrationale Liebe zum Wolf mit dem blutigen Kampf gegen die Brüder Thorvald und Gunnar Vega und deren umweltverschmutzende Lachszucht in Brønnøysund vor zwei Jahren zusammenhing. War er nun endgültig zum Umweltkrieger geworden?

»Paradoxerweise bist nun ausgerechnet du Zeuge des ersten Wolfsangriffs auf einen Menschen in Norwegen seit 216 Jahren geworden. Was sagst du dazu?«

»Man muss zur rechten Zeit am rechten Ort sein«, sagte Rino und grinste.

»Was ist mit der Polizei?«

»Du hast den Polizisten gesehen.« Rino spuckte auf den nassen Asphalt. »Er hasst Wölfe, wie jeder andere hier.«

»Ich fand ihn ganz sympathisch.«

»Er kann nichts dafür. Das liegt in den Genen hier, es ist eine Art kollektive Psychose.«

»Wie meinst du das?«

»Er schaut weg und lässt das Abschlachten geschehen.«

»Und jetzt haben die Wölfe einen Menschen getötet?«

Rino schnaubte. »Du darfst nicht alles glauben, was die Leute sagen.«

»Der Polizeichef war sich ganz sicher.«

»Wie gesagt: Er ist nicht gerade von Wölfen begeistert.«

»Du glaubst also nicht, dass es Wölfe waren?«

»Ich glaube, Professor Gilbert und sein Team brauchen ein wenig Hilfe.« Rino grinste breit.

Leo rieb sich ein Auge mit dem Zeigefinger.

»Was hat du vor?«

»Die Seidenhandschuhe ausziehen.«

»Hast du je welche angehabt?«

»Ich habe lange genug stillgehalten. Beobachtet, registriert, mir ein Bild von der Lage gemacht. Es sind drei Stück …«

»Wer?«

Rino zögerte und schüttelte den Kopf.

»Vergiss es.«

»Schon vergessen«, sagte Leo und kickte einen etwas zu großen Stein von der Straße. »Wie lange bist du schon hier in der Gegend?«

»Seit der Schnee geschmolzen ist.«

»Weiß noch jemand außer mir, dass du am Leben bist?«

»Niemand«, sagte Rino. »Außer du hättest getratscht.«

»Mein Mund war verschlossen«, sagte Leo. »Was ist mit deinem Sohn? Wie alt ist er jetzt? Ungefähr wie Siri?«

Rino schüttelte langsam den Kopf, sein Blick verfinsterte sich.

»Nur du und ich.«

»Okay«, sagte Leo, schaute den Autos hinterher und bereute, dass er nach Rinos Sohn gefragt hatte. »Reiß dich am Riemen«, sagte er. »Und mach keine Dummheiten.«

Rino schob den Südwester in den Nacken, sah Leo tief in

die Augen und sagte: »Manchmal muss man für das kämpfen, woran man glaubt.«

Leo biss sich auf die Unterlippe, wich seinem Blick aber nicht aus.

»Hast du das je getan?« Rino hatte einen wunden Punkt getroffen. »Für eine Sache kämpfen, an die du glaubst?«

Leo senkte den Blick. Die Sonne kam hervor und tauchte die Glasfassaden, das nasse Gras und die Pfützen in gleißendes Licht.

»Ich verschwinde jetzt, ehe der Polizeichef seine Meinung ändert.« Rino zog eine runde Damensonnenbrille aus der Schaffellweste und setzte sie auf die Nase. »Man sieht sich.«

»Du kannst nicht gegen halb Østerdalen Krieg führen«, sagte Leo.

»Warum nicht?«, entgegnete Rino.

Leo wollte ihn nicht gehen lassen, weil er ahnte, dass er es bereuen würde. Aber was sollte er tun? Er konnte den wilden Mann in Shorts nicht zurück in die Zivilisation zwingen, er war sich nicht einmal sicher, ob Rino in die Zivilisation gehörte. »Wollen wir noch einen Döner essen und uns ein bisschen unterhalten?«, fragte er.

»Keine Zeit«, antwortete Rino. Er rückte den Südwester zurecht. »Schicke Schuhe, übrigens.« Dann drehte er sich um, trottete über die Straße hinab zu dem schlammigen Fluss und verschwand.

6

»Hab ich's nicht gesagt!« Bürgermeister Trym Kojedal von den Konservativen saß hinter dem massiven Schreibtisch im Rathaus von Elverum und schlug auf die Tischplatte. »Jetzt sind die Wolfsromantiker in der Hauptstadt schön angeschmiert mit ihren Hipsterbärten im Latte macchiato!«

»In Elverum gibt es auch Macchiato«, sagte Polizeichef Tomteberget. »Und Cortado.«

»Das meine ich nicht«, sagte Kojedal.

»Es war nur eine Frage der Zeit«, bestätigte Vizebürgermeister Viggo Hennum, der gegenüber auf einem spartanischen Hocker saß. Er trug türkisfarbene Crocs, weiße Tennissocken, eine helle Jeans und einen dunkelroten Fleecepullover, der zwei Nummern zu groß war und zur Farbe seines aufgedunsenen Gesichts passte. Sein glattes, rabenschwarzes Haar reichte bis halb über die Ohren und sah aus, als wäre es an der Kopfhaut festgeklebt, wie ein enger Bergsteigerhelm.

»Natürlich ist es zutiefst bedauerlich.« Bürgermeister Kojedal lehnte sich in seinem Lederstuhl zurück und faltete die Hände hinter dem Kopf. »Aber wenn die Tragödie einmal geschehen ist, müssen wir das Beste daraus machen.«

»Was sagt Preben?«, fragte Vizebürgermeister Hennum.

»Ich kann ihn nicht erreichen. Er ist auf Angeltour in Rendalen.«

»Wer ist Preben?«, fragte der Polizeichef.

»Der Reklamefuzzi aus Oslo«, sagte Hennum. »Er berät Trym in Sachen Wolf.«

»Kommunikationsberater«, berichtigte Kojedal. »Und es heißt nicht ›in Sachen‹.«

»Wir müssen das Eisen schmieden, solange die Leiche noch warm ist«, sagte Viggo Hennum, offenbar unberührt von der Zurechtweisung des Bürgermeisters. Er lächelte gequält und schielte zum Polizeichef hinüber, der auf einem identischen Hocker neben ihm saß und aus dem Fenster schaute.

Die Regale im Büro des Bürgermeisters standen voller alter Bücher mit dicken Einbänden, die seit vielen Jahren niemand mehr aufgeschlagen hatte: Lexika, Naturbücher, Wörterbücher und Klassiker, nicht ein einziges Buch über die Jagd. Auf einem Tisch am Fenster lagen ein paar neuere Taschenbücher: Tom Clancy, John Le Carré, Elena Ferrante, Lars Mytting und Karl Ove Knausgaard. Trym Kojedal hatte kein einziges davon gelesen. Das letzte Buch, das er zu Ende geschafft hatte, war eine von Donald Trumps Autobiographien. Aber er inszenierte sich gern als literarischen Menschen, als mondänen, kultivierten Typ. Neben dem Büchertisch stand eine glänzend weiße Conga, die er bei einem Badeurlaub in Kuba gekauft hatte. Er hatte nichts gegen Kubaner, sie konnten nichts dafür, dass sie von einem Despoten regiert wurden, das waren fröhliche, musikalische Menschen mit einem unglaublichen Sinn für Rhythmus.

Kojedal saugte die glattrasierten Wangen ein, sah den Polizeichef an und lockerte seinen Schlipsknoten.

»Schickt es an alle Kanäle, ladet zu einer Pressekonferenz heute Abend um zehn ein, damit die Journalisten genügend Zeit haben, von Oslo hierherzufahren.«

»Wir müssen die Ergebnisse der Wolfsforscher, der Raubtierdatenbank und der Rechtsmedizin abwarten«, sagte Tomteberget. »Zum jetzigen Zeitpunkt kann ich nichts Sicheres sagen. Es wird ein paar Tage dauern.«

»Was zum Teufel sagst du da?« Hennum kratzte sich an der Wange. »Bezweifelst du etwa, dass es Wölfe waren?«

Tomteberget drehte sich zum Vizebürgermeister um.

»Wir müssen uns ganz sicher sein, bevor wir an die Öffentlichkeit gehen.«

»Die Leute haben ein Recht, es jetzt zu erfahren. Die Gerüchteküche kocht, sie haben Angst um ihr Leben.«

Hennum fuhr mit der Hand über seinen grauen Dreitagebart, der einen krassen Kontrast zu dem kohlschwarzen Haar und den buschigen Augenbrauen bildete.

»Ruft zur öffentlichen Versammlung in der Mehrzweckhalle morgen Abend auf«, sagte Bürgermeister Kojedal. »Wir können die Leute nicht unwissend lassen. Alles deutet darauf hin, dass ein gefährliches Wolfsrudel bei uns herumläuft, das auf den Geschmack von Menschenblut gekommen ist.«

»Verstanden.«

Hennum hob die Hand an die Stirn, sprang auf und spielte einen kurzen Trommelwirbel auf der Conga.

Die beiden anderen starrten ihn mit einer Mischung aus Verwunderung und Verachtung an.

»Was zum Teufel tust du da?«, fragte Kojedal.

Hennum setzte sich wieder auf den Hocker.

»Wo kam sie eigentlich her?«, fragte der Bürgermeister

Tomteberget, als wäre Hennum nicht existent. »Die Frau, die gefressen wurde.«

»Sie wohnte in der Nähe von Åsta«, sagte der Polizeichef. »Ursprünglich kam sie aus Drammen.«

»War sie nicht von den Philippinen?« Hennum richtete sich auf. »Ich hätte schwören können, sie wäre von den Philippinen.«

»Geboren und aufgewachsen in Drammen«, sagte der Polizeichef. »Sie hieß Phung Johansen. Vielleicht waren ihre Eltern aus Vietnam oder irgendeinem anderen asiatischen Land, was weiß ich.«

»Dann war sie wohl Vietnamesin, wenn beide Eltern daher kamen«, sagte Hennum. »Sie war doch nicht etwa Norwegerin?«

Tomteberget schüttelte resigniert den Kopf.

»Wie geht es dem Jungen?«, fragte Bürgermeister Kojedal.

»Den Umständen entsprechend«, sagte Tomteberget. »Ich kenne seinen Vater von früher, habe kurz mit ihm gesprochen, als er den Jungen abgeholt hat. Er war völlig am Boden zerstört.«

»Der Vater ist hundert Prozent Norweger, nicht wahr?«, fragte Hennum.

»Norwegisch wie du und ich«, sagte Tomteberget. »Lyder Johansen.«

»Dann ist der Junge ein halber Norweger, nicht wahr?«

»Der Junge ist voll und ganz Norweger.«

»Aber wenn die Mutter aus Vietnam stammt, ist er nur halb Norweger«, sagte Hennum. »Vielleicht nicht einmal? Die Mutter muss doch mehr zählen, schließlich hat sie ihn neun Monate lang im Bauch getragen.«

»Halt die Klappe, Viggo«, sagte Bürgermeister Kojedal. »Ist der Vater von hier?«

»Ursprünglich aus Oslo«, sagte Tomteberget. »Schriftsteller und Ökobauer. Letztes Jahr habe ich ihm ein fettes Bußgeld für Marihuana-Anbau aufgebrummt, er hatte eine kleine Plantage oben in Kleivskrenten. Er ist aktives Mitglied im Verein *Landbewohner für Raubtiere.*«

Für ein paar Sekunden blieb es still im Raum. Bürgermeister und Vizebürgermeister tauschten untereinander verstohlene Blicke aus.

»Ziemlich ironisch«, sagte Kojedal schließlich.

»Hä?« Hennum runzelte die Stirn.

»Dass die Frau eines Mitglieds von *Landbewohner für Raubtiere* von Raubtieren getötet wird.«

Hennum grinste und fuhr mit der Hand durch seine Helmfrisur.

»Verdammte Großstadthippies, alles Drogenabhängige und Baumumarmer.«

»Kennst du ihn?«, fragte Kojedal.

»Ich weiß, dass er vor vier, fünf Jahren den Torkerud-Hof gekauft hat, als Fartein Uthus, der alte Geizhals, den Löffel abgegeben hat.« Hennum bohrte sich in der Nase. »Keines seiner Kinder wollte den Hof übernehmen. Der Kiffer hat ihn zum Spottpreis bekommen.«

»So ist das nun mal hier oben«, sagte der Bürgermeister resigniert. »Aber jetzt müssen wir dafür sorgen, die Wölfe zu entnehmen, die das getan haben, ehe noch mehr Menschen zu Schaden kommen«, sagte Hennum und wischte sich den Schweiß von der Stirn. »Wir können uns nicht einfach den Arsch plattsitzen und zugucken.« Er rutschte auf dem Hocker hin und her.

»Immer mit der Ruhe«, sagte der Polizeichef und steckte sich eine Portion Snus hinter die Lippe.

»Wir müssen den Mord rächen«, sagte Hennum. »Das Volk verlangt danach.«

Sie schwiegen.

»Eins hab ich mich immer gefragt«, sagte Tomteberget.

»Was denn?«

»Färbst du dir die Haare?«

Hennum starrte Kojedal an, als erwartete er Hilfe von ihm.

»Und die Augenbrauen?«, fragte der Polizeichef.

Hennum zog eine Grimasse. »Jetzt heißt es, die Wolfspest aus unseren Wäldern zu verbannen!«

»Beherrsch dich«, sagte Bürgermeister Kojedal. »Niemand wird irgendwas tun – vorläufig. Aber bald gibt es die *Carte blanche*.«

»Was ist das denn?«, fragte Hennum. »Was zu essen?«

Kojedal lockerte den Schlipsknoten weiter und richtete seine blauen, traurigen Augen auf den Vizebürgermeister.

»Das bedeutet, dass ihr bald freie Bahn habt und so viele Wölfe abknallen könnt, wie ihr wollt.« Als er den Blick wieder auf den Polizeichef richtete, war alle Traurigkeit daraus verschwunden. »Und niemand wird einen Finger rühren, um euch aufzuhalten.«

Der Polizeichef schaute auf seine Hände, die auf seinen Beinen lagen, und fand, dass sie alt und verschrumpelt aussahen, wie Klauen. Er wusste genau, was in den Wäldern von Elverum vor sich ging, aber er hatte weder Lust noch die Energie, etwas dagegen zu tun.

»Was ist mit der Beerdigung?«, fragte er. »Soll die Kommune das übernehmen?«

»Wir bezahlen natürlich die gesamte Feier«, sagte der Bürgermeister. »Es ist wichtig, in dieser Sache so viel Aufmerksamkeit wie möglich zu bekommen.«

»Sind Beerdigungen nicht verdammt teuer?«, piepte Hennum. »Ich hab gehört, die kosten ein Vermögen.«

»Ziemlich teuer, ja«, sagte Kojedal. »Aber wir müssen ja nicht den Eichensarg mit Silberbeschlägen und Holzschnitzereien wählen.«

»Die Leute sterben, und dann kostet es die Angehörigen das letzte Hemd, sie unter die Erde zu bringen. Das ist ja, wie Salz in offene Wunden zu streuen«, kommentierte Hennum.

»Am Geld soll es nicht liegen«, sagte der Bürgermeister.

»Bist du sicher, dass das die richtige Verwendung öffentlicher Mittel ist?«, fragte Hennum. »Der Sarg wird doch sowieso verbrannt.«

»Wir müssen ihr eine würdige Beerdigung geben.« Der Bürgermeister rutschte auf die Stuhlkante, stemmte die Ellbogen auf den Tisch, stützte das Kinn auf die Daumen und starrte in den Raum. »Schließlich wird in Norwegen nicht jeden Tag jemand von Wölfen zerfleischt.«

7

Nach dem beunruhigenden Gespräch mit Rino Gulliksen schaukelte Leo, mit dem Rollkoffer im Schlepptau, zurück über die Brücke und zum Bahnhof. Er sah auf die große Uhr über dem Eingang und stellte fest, dass er noch eine Stunde Zeit hatte. Leo kaufte eine Tasse Tee und einen Blaubeermuffin am Kiosk, setzte sich auf eine Metallbank am Bahnsteig, wandte das Gesicht in die Sonne und schloss die Augen.

Rino war auf dem Kriegspfad, und irgendwie hing das mit dem Wolfsangriff zusammen. Es war kein Zufall, dass Rino den Jungen im Baum gefunden hatte. Der Verrückte hatte beschlossen, den Wolf und die Natur vor den Menschen zu retten, mit Heidegger und einem obskuren australischen Philosophen als moralische Richtschnur.

Leo öffnete die Augen und stand mit dem dampfenden Pappbecher in der Hand auf. Er konnte nicht einfach den Schwanz einklemmen und abhauen. Er musste zumindest versuchen, Rino zur Vernunft zu bringen, bevor die Sache eskalierte. Niemand außer ihm konnte ihn stoppen. Was sollte er denn daheim, wo Siri ohnehin nicht mit ihm reden wollte?

Er schnappte sich den Rollkoffer und ging an der Bundesstraße 25 entlang nach Westen, vorbei am riesigen Silo der

Landwirtschaftsgenossenschaft und dem Militärlager auf der anderen Straßenseite, bis er zur bekanntesten Landmarke der Stadt kam, dem Café Elgstua.

Die lebensgroße Elchstatue stand noch immer dort. Früher hatte sein Vater immer auf der Fahrt zur Hütte am Storsjøen dort angehalten, damit die Kinder auf dem Elch reiten konnten, und er hatte dasselbe mit seinen Kindern getan. Siri und Willy hatten den Elch geliebt, obwohl Willy tat, als ob er es kindisch fände. Der Elchstopp war eine Familientradition, vielleicht die einzige, die sie hatten.

Das brandneue Hotel hinter dem Café, Hotel Scandic Elgstua, lag öde und verlassen zwischen der Tankstelle und einer Filiale der Hamburgerkette Jafs. Der schwedische Portier mit Anzug und Mittelscheitel strahlte erfreut, als Leo das große Foyer mit dem künstlichen Kamin betrat und ein Zimmer für zwei Nächte bestellte.

Mit einer Flasche Carlsberg von der Bar schlenderte Leo durch das Restaurant und die Treppe hinauf in das spartanische Hotelzimmer, das noch zum alten Elgstua-Café gehörte. Grauer, fleckiger Teppichboden, ein leerer, offener Kühlschrank, dessen Stecker gezogen war, ein blauer Sessel, an den Wänden gerahmte Bilder aus der Region und ein silberner Elch am Bettgiebel.

Er zog sich aus, legte sich mit dem Notebook auf dem Bauch aufs Bett und googelte »Elverum, von Wölfen getötet«, bekam aber nur ältere, kostenpflichtige Artikel der Lokalzeitschrift *Østlendingen*, die von gerissenen Schafen handelten. Die Internetzeitungen hatten also noch keinen Wind davon bekommen.

Dann googelte er Peter Singer und erfuhr, dass dieser ein australischer Moralphilosoph österreichisch-jüdischer Abstammung war. Singer war Utilitarist, er fand, dass jede Handlung nur nach ihren Konsequenzen beurteilt werden sollte. Er war ein Verfechter der aktiven Sterbehilfe und der Tierrechte und in vielen Punkten ziemlich umstritten. Sein bekanntestes Werk hieß *Animal Liberation*.

Leo öffnete Facebook – keine neuen Freundschaftsanfragen. Plötzlich merkte er, dass er fror. Er ging in das frisch renovierte Bad und stellte sich länger als daheim unter die warme, kräftige Dusche. Er seifte sich ein, schloss die Augen und dachte an Siri.

Depression, hatten die Ärzte gesagt. Sie hatte versucht, sich mit Tabletten das Leben zu nehmen, völlig unerwartet. Ihre Mutter, Ragna, hatte sie bewusstlos im Schlafzimmer gefunden. Sie konnte in letzter Minute gerettet werden. Acht Wochen waren seitdem vergangen. Sie lag noch immer im Krankenhaus, verweigerte die Nahrungsaufnahme und wollte nicht mit ihm reden. Seitdem fühlte er sich seltsam benommen, wie neben sich stehend, ein langer warmer Sommer wie im Koma.

Warum hatte er nicht gesehen, wie es ihr ging? Warum war er nicht für sie da gewesen? Warum war sie ihm so früh entglitten?

Er stellte das Wasser ab, stieg aus der Dusche und rubbelte sich mit dem groben weißen Handtuch trocken, bis die Haut rot wurde. Zog Boxershorts an und holte die Yogamatte aus dem Koffer. Dann schloss er die Gardinen, um die Welt auszusperren. Er legte das Notebook neben die Matte, ging in den Lotussitz, setzte Kopfhörer auf und spielte »Heal Thyself« ab, eine halbstündige Anleitung zur Atemmeditation, die jemand unter dem Pseudonym »The Honest Guys« auf YouTube gestellt hatte.

Leo schloss die Augen und versuchte, sich auf seinen Atem zu konzentrieren. Einatmen durch die Nase, ausatmen durch den Mund. Er folgte den Anweisungen der sanften amerikanischen Stimme Punkt für Punkt, kam in den Rhythmus, bis er wieder an Siri dachte.

Als Baby war sie immer in seinen Armen eingeschlafen. Auf dem Sofa, auf dem Küchenstuhl, im Schaukelstuhl, oder wenn er sie nachts umhertrug, weil sie schrie. Sie verschmolzen zu einer Person, wenn sie einschlief. Sie roch süß. Wenn sie sich sicher fühlte, fühlte er sich erwachsen. Es war ein beinahe rauschhaftes Gefühl, dass ein kleines Wesen so abhängig von ihm war. Bis sie wieder zu schreien begann.

Er riss die Augen auf, setzte den Kopfhörer ab und ging ins Bad, wo er ein ganzes Rivotril schluckte, eigentlich ein Beruhigungsmittel gegen Epilepsie, zehnmal so stark wie Valium. Die Pillen bekam er von seinem Untermieter Kjartan, der sie für dreißig Kronen das Stück unter der Brücke in Sandvika kaufte.

Leo zog eine frische Jeans und ein hellgrünes kurzärmliges Hemd an, stieg in die feuchten Masai-Schuhe und schleppte sich die Treppe hinab. In der Jägerbar bestellte er bei dem schwedischen Barkeeper einen Gin Tonic. Vier Deziliter Schnaps, ein Deziliter lauwarmes, abgestandenes Tonic und eine wässrige Scheibe Zitrone für 137 Kronen. Die wenigen Stühle der Lobbybar waren alle besetzt, weshalb er den Drink mitnahm und sich auf einer harten Bank im Restaurant niederließ. Er zog das Telefon aus der Tasche und checkte die Netzzeitungen. Noch immer nichts über die tote Frau.

Er ging wieder auf Facebook und freute sich, weil eine Freundschaftsanfrage von einem rundlichen Glatzkopf vorlag, den er vage wiedererkannte. Sicher ein alter Schulkamerad. Er klickte auf »Annehmen«, ohne das Profil zu prüfen. Schon dreißig Freunde, langsam summierte es sich.

Von seinem Platz hatte er Aussicht auf den Eingang und die Rezeption. Wo vorher Totenstille geherrscht hatte, war plötzlich Chaos. Menschen mit großen, bunten Taschen, Stativen und Fotorucksäcken stürmten das Hotel, eine laute, wild gestikulierende Meute. Ein Mensch war von Wölfen getötet worden. Die Presse war angekommen. Bald würde ganz Norwegen über den Vorfall reden.

Während die Pille langsam zu wirken begann und das Zittern in den Armen und Beinen langsam nachließ, kam ein junger Kerl und setzte sich zu ihm an den Tisch. Er war vielleicht dreißig Jahre alt und trug eine schüttere Afro-Frisur, die wie eine Pusteblume nach einem windigen Tag aussah, eine runde Brille und ein braunes Cordsakko. Das Restaurant war leer, und Leo begriff nicht, warum der Typ, der eher in eine Retrobar in Prenzlauer Berg passte, sich ausgerechnet zu ihm setzte.

»Hi!«, sagte der Typ und knallte sein volles Bierglas auf den Tisch.

Leo nickte, murmelte etwas Unverständliches und griff nach einem Männermagazin, um Desinteresse zu signalisieren.

»Liest noch jemand solche Blätter?«, sagte der Typ und malte Anführungszeichen in die Luft.

Leo zwang sich zu einem Lächeln. »*Männer* wird es immer geben.«

»Außer die Fremdenlegion wird abgeschafft, und jemand findet das Gold der Nazis. Dann können sie dichtmachen.«

Leo brummte und trank einen Deziliter vom teuersten Gin Tonic der Welt.

»Hast du von dem Wolfsangriff gehört?«, fragte der junge Mann unbeirrt.

»Grausame Sache«, sagte Leo und sah weiter in die Illustrierte.

»Das wird ein Knaller«, sagte der Mann und trank einen Schluck Bier.

»Wie meinst du das?« Leo schaute auf.

»Ich war schon gestern hier und habe über den Wolfsprozess berichtet.«

»Bist du Journalist?«

»*Nationen.*«

»Die Bauernzeitung?« Leo legte das Männerblatt auf den Tisch.

»Wir sind viel mehr als das. Zehntausend digitale Abonnenten.«

»Sind das da draußen alles Kollegen von dir?«

»Alle großen Zeitungen sind hier, und NRK und TV2. Der Bürgermeister gibt um zehn Uhr eine Pressekonferenz.«

»Was war das für ein Wolfsprozess?« Leo trank einen mikroskopischen Schluck, er wollte den Drink so lange wie möglich strecken.

»Fünf Männer wurden wegen ›vorsätzlichen Abschusses‹ dreier Wölfe verurteilt. Sie waren nach dem sogenannten ›Mafiaparagraphen‹ wegen ›organisierter Kriminalität‹ angeklagt.« Der Journalist malte gleich dreimal Anführungszeichen in die Luft.

»Organisierte illegale Wolfsjagd?«

»Seit vielen Jahren, wie die Umweltbehörde behauptet. Jäger, die das Gesetz selbst in die Hand nehmen.«

»Was haben sie dafür bekommen?«

»Ein halbes Jahr und mehr.« Er verschränkte die Arme. »Der Haupttäter bekam zuerst ein Jahr und acht Monate vom Amtsgericht. Das Landgericht hat die Strafe auf neun Monate reduziert, und am Obersten Gerichtshof wurde es schließlich auf ein Jahr aufgerundet. Er gestand, einen Wolf mit einem Köder angelockt und abgeschossen zu haben, behauptete aber, dass er ihn für einen ›Fuchs‹ gehalten habe.« Wieder Anführungszeichen.

»Alle haben also abgestritten, Wölfe gejagt zu haben?«

»Die Jäger und ihre Anwälte stellten die Umweltbehörde als Gestapo und sich selbst als unschuldige Opfer dar.« Er zog eine Grimasse. »Arme, gesetzestreue Familienväter, die keiner Fliege etwas zuleide tun.«

»Das war wohl nicht ganz der Fall?«

»Ich verstehe nicht, warum keiner von ihnen in die Rolle des Märtyrers geschlüpft ist. Die Männer haben gelogen, dass sich die Balken biegen. Wenn nur einer von ihnen die Eier gehabt hätte zu sagen, dass er Wölfe tötet, um die ländliche Kultur, Schafe, Frauen und Kinder zu beschützen, wäre er in Elverum für den Rest seines Lebens auf Händen getragen worden.«

»Vielleicht hatten sie einfach Angst vor dem Gefängnis?«

»Da sind sie sowieso gelandet. Warum also nicht lieber ehrenhaft?«

»Wie viele Wölfe gibt es eigentlich in Norwegen?«, fragte Leo.

»Höchstens siebzig auf der norwegischen Seite der Grenze, und ungefähr dreißig Grenzgänger zwischen Norwegen und Schweden.«

»Nicht besonders viele.«

»Zu viele, sagen die Wolfsgegner – und behaupten, es

wären in Wirklichkeit noch mehr.« Er grinste. »Bjarne Gilbert, der Wolfsprofessor aus Evenstad, hat vor Gericht behauptet, dass die Hälfte aller Wölfe in Norwegen durch illegale Jagd stirbt.«

Leo rümpfte die Nase.

»Was sagen die Lokalpolitiker?«

»Sowohl der Bürgermeister als auch der Vizebürgermeister von Elverum haben die Jäger mit Klauen und Krallen verteidigt, haben was von ›fehlgeschlagener Raubtierpolitik‹ und dass die Schutzzone für den Wolf wegmüsse, gefaselt.«

Leo registrierte, dass sein Glas bis auf die Zitronenscheibe leer war. Er entschuldigte sich, schaukelte zur Bar, bestellte einen doppelten Gin, bekam einen einfachen, bat um einen weiteren und ging zurück zu seinem neuen Freund.

»Schicke Schuhe«, sagte der Journalist. »Gut für den Rücken?«

»Super«, sagte Leo und wippte mit dem Fuß. »Wie groß ist die Schutzzone?«

»Hedmark östlich der Glomma, Østfold und Akershus, zirka fünf Prozent von Norwegens Gesamtfläche.«

»Und außerhalb ist der Wolf Freiwild?«

»Mehr oder weniger.«

Der Lärm an der Rezeption übertönte Falcos *Rock Me Amadeus*, das aus den Lautsprechern der Bar drang. Leo fragte sich, wer in aller Welt an solchen Orten die Musik aussuchte.

»Wie wurden die Jäger gefasst?«

»Ihre Telefone wurden abgehört. Vor Gericht behaupteten sie, Bjarne Gilbert habe sie angezeigt.«

»Liegt das nicht auf der Hand?« Leo richtete sich auf.

»Wenn die Wissenschaftler meinten, dass diese Leute illegal Wölfe jagen, ist es doch verständlich, dass sie die Polizei einschalten.«

»Sie wurden der Spitzelei beschuldigt. Die Leute in Østerdalen mögen keine Spitzel. Das kommt sicher noch vom Krieg.«

Leo sog ein paar Tropfen Gin durch den rosa Strohhalm.

»Sie hassen Gilbert wie die Pest.« Der Journalist lehnte sich nach vorn und senkte die Stimme. »Sie behaupten, er setze seit dreißig Jahren heimlich Wölfe aus.«

Leo hob die Augenbrauen.

»Stimmt das?«

»Keine Ahnung. Sie behaupten auch, dass er über die Biologie des Wolfs lügt. Dass es gar keine skandinavischen Wölfe gibt, sondern alle Wölfe in Norwegen Hybride sind. Sie sagen, er lüge, um mehr Geld für Forschung zu bekommen, die keiner braucht. Bla bla bla.«

»Die große Frage ist also, ob der norwegische Wolfsstamm künstlich oder natürlich ist?«

»Richtig. Ist er aus eigener Kraft aus Finnland eingewandert, oder sind es ›zahme Wölfe‹, die von Fanatikern ausgesetzt wurden?« Erneute Anführungszeichen.

Sie schwiegen. Lärm und Gelächter schallte aus der Rezeption herüber. Leo rührte mit dem Strohhalm in seinem Drink. Der Journalist nahm sein Telefon und las seine Nachrichten und Posts. Dann sah er Leo mit ernstem Gesichtsausdruck an.

»In der Wolfsdebatte spielen die seltsamsten Dinge eine Rolle. Stadt gegen Land, Urängste, Entvölkerung, akademisches Wissen gegen Volksweisheit. Aber am wichtigsten ist die Jagd.«

»Ich dachte, das größte Problem sei, dass die Wölfe Schafe reißen?«, sagte Leo.

Der Journalist schüttelte den Kopf. »Das Problem ist, dass der Wolf die Jagd übernimmt. Die Jäger mögen es nicht, dass er sich von ›ihrem‹ Wild ernährt.« Anführungszeichen. »Sie betrachten ihn als Konkurrenten.«

»So banal ist das?«

»Banal?« Er beugte sich wieder nach vorn. »Die Männer in Østerdalen leben und sterben für die Jagd. Deshalb wohnen sie hier.«

»Das Problem sind also die Jäger?«

»Und die Waldbesitzer. Sie verdienen gut am Jagdtourismus. Und dann kommt der Wolf daher und zerstört alles. Die Jäger der Arbeiterklasse und die reichen Waldbesitzer haben sich gegen einen gemeinsamen Feind verbündet.«

»Ich kann ja verstehen, dass der Wolf ein bisschen ›ärgerlich‹ ist.« Leo äffte die imaginären Anführungszeichen nach.

»Sie benutzen die Schafzucht als Vorwand. Die Leute haben mehr Sympathie für einen armen Schafbauern, der seine Tiere verliert, als für einen Jäger, der weniger Elche schießen darf.«

»Die Schafe sind also gar nicht wichtig?«

»In Norwegen werden jedes Jahr über zwei Millionen Schafe auf die Weide gelassen. 130.000 davon sterben im Lauf der Saison, davon gerade mal 400 durch Wölfe. Aber über die reden alle. Warum wird aus den 400 Tieren eine Tragödie gemacht, während kein Hahn nach den übrigen hunderttausend kräht, die durch Zeckenbisse, Fliegenlarven, Straßenverkehr, Stacheldraht, Wilderei, Hunde, Abstürze, Euterentzündung und weniger spektakuläre Dinge sterben?«

»Ich dachte, du arbeitest für die *Nationen.* Solltest du nicht auf Seiten der Bauern sein?«

»Ich bin auf Seiten der Bauern.« Er richtete sich auf. »Ich habe es bloß satt, dass sie aus einer Mücke einen Elefanten machen. Und dass Machos aus den hintersten Kuhdörfern glauben, sie könnten tun, was sie wollen.«

»Aber sorgen die Schafe nicht auch für den Erhalt der Kulturlandschaft?«, versuchte Leo nachzuhaken.

»Norwegen wächst zu, und das liegt nicht daran, dass es zu wenig Schafe gäbe.« Der Journalist klang resigniert. »Es liegt am Klimawandel und der Agrarpolitik, an der Umstellung von vielen kleinen zu wenigen großen Betrieben, an der Intensivierung und Effektivierung. Wenn Politiker vorschreiben, dass eine Kuh über 7000 Liter Milch im Jahr geben soll, kann Schecki im Sommer nicht auf die Weide.« Er fuhr mit der Hand durch seine Afrofrisur. »Weißt du, wie viele Höfe in Norwegen in den letzten fünfzig Jahren stillgelegt wurden?«

Leo schüttelte den Kopf.

»Jeden verdammten Tag sieben Stück! Insgesamt über hunderttausend. Und das hat nichts mit Wölfen zu tun. Der Wolf ist zum Sündenbock geworden, zum Pakistaner der Wälder.«

»Pakistaner?«

»Ja, er bekommt für alles die Schuld.« Er griff nach seinem Bier und stellte enttäuscht fest, dass es leer war. »Man könnte glauben, die Leute hier oben wohnten in Mogadischu und nicht im reichsten Land der Welt, so wie sie jammern.«

Aus den Lautsprechern an der Decke strömte a-has Achtzigerjahre-Hit *Cry Wolf.* Leo wollte auf den Zufall hinweisen, aber sein Gegenüber war so ernst, dass er kaum Sinn für solche Scherze gehabt hätte.

Leo nippte an seinem Gin und hörte der Kastratenstimme, dem Synthesizer und der Kuhglocke zu. Er dachte an Professor Gilbert. Der dürfte wohl jeden Quadratmeter Wald in der Gegend von Elverum kennen. Vielleicht wusste er, wo Rino Gulliksen sich versteckte?

»Was für ein Typ ist dieser Professor?«, fragte Leo.

»Ein arroganter Kerl, aber kämpferisch und fachlich kompetent.«

»Akademikertyp?«

»Ein alter Hippie und legendärer Weiberheld. Gerüchten zufolge ist sein Professorentitel nur ein Bluff. Er besitzt seit vierzig Jahren das Monopol auf die Wahrheit über den norwegischen Wolfsstamm.« Er stand plötzlich auf. »Ich muss jetzt gehen. Der Bürgermeister gibt um zehn eine Pressekonferenz.«

»Danke für den ›Vortrag‹«, sagte Leo und malte die letzten Anführungszeichen in die Luft.

»Scheiße, wie sie Gilbert hassen«, sagte der Journalist, klopfte sich auf die Brust, rülpste und begab sich zu seinen Kollegen im Foyer.

8

»Ich bin gerade am Elch vorbeigefahren. Verdammt viele Autos vor dem Scandic.« Der Wilderer und Schweinebauer Erik Svendsbråten saß auf dem Sofa im Keller des Vizebürgermeisters Viggo Hennum, der zwei Kilometer nördlich des Zentrums auf der Ostseite der Glomma wohnte. Er war um die vierzig, mittelgroß und von Kopf bis Fuß schwarz gekleidet. Ein vier Zentimeter breiter Backenbart rahmte sein Gesicht ein, das ansonsten glattrasiert war. Seine Augen waren eisblau und sein Blick stechend. Auf der Nase trug er eine Brille mit rechteckigen Gläsern und dünner Stahlfassung. Aus den alten Lautsprechern in der Ecke säuselte Emmylou Harris.

»Kojedal tritt heute Abend vor die Presse«, sagte Hennum. Er warf Darts auf eine Scheibe, die neben dem einzigen kleinen Fenster an der Wand hing. An der Dartscheibe hing das laminierte Bild eines knurrenden Wolfs, bereits tausendfach durchlöchert. »Bald wird ganz Norwegen davon wissen.«

»Das läuft doch wie geschmiert.«

Svendsbråten streichelte den Hund, der neben ihm auf dem Sofa lag, ein kräftiger, aber friedlich aussehender Köter mit rotbraunem Fell, schwarzer Zeichnung auf dem Rücken und weißer Brust. Er tätschelte ihm liebevoll den Bauch und kraulte die roten Hängeohren.

»Was läuft da eigentlich für ein Schnulz?«, fragte er.

»Das ist Emmylou«, sagte Hennum und zeigte auf ein verblichenes Poster der jungen Emmylou Harris mit Cowboyhut, Fransenjacke und Schlaghosen. »Sie singt wie ein Engel.«

»Das ist was für Heulsusen. Kein Wunder, dass du den Kopf hängen lässt. Hast du keinen Roger Whittaker?«

»Nix«, log Hennum, der vor Kurzem ein Spotify-Abo gekauft und Playlists erstellt hatte.

»New World In The Morning«, sagte Svendsbråten. »Das ist Musik.«

»Sorry«, sagte Hennum und trank einen Schluck schwedischen Cranberry-Wodka, den er für 149 Kronen den Liter im Systembolaget in Hölje kaufte. Das Lied klang aus, und das Intro von Billie Holidays *Gloomy Sunday* füllte den Kellerraum.

»Ist Roffe wieder in Schweden?«, fragte Svendsbråten.

»Ich habe ihm den Schlüssel für die Hütte meines Schwagers oben in Julussdalen gegeben.«

»Warum zum Teufel ist er nicht längst aus dem Land?«

»Die Hütte ist total abgelegen. Ich dachte, dass er viel eher gesehen oder gar fotografiert wird, wenn er die Grenze überquert.«

Svendsbråten stand auf und krempelte die Hemdsärmel hoch. Auf dem linken Unterarm prangte ein tätowierter Hai, auf dem rechten ein Krokodil. Er stellte sich dicht vor den Vizebürgermeister. Seine Hakennase war wie ein Schnabel, der fast Hennums rote Knubbelnase berührte. Sein stechender Blick bohrte sich in Hennums blutunterlaufene

Augen. Das Gesicht vor ihm war braun gebrannt, die Haut spannte über den markanten Wangenknochen. Svendsbråten nahm den schwarzen Lederhut ab und entblößte eine Halbglatze und halblanges, verklebtes Haar. Sein Atem zwang Hennum einen Schritt zurück; dieser stank nach altem Zigarrenrauch und etwas Süßlichem, vielleicht vergammeltem Elchfleisch.

»Nächstes Mal fragst du mich vorher, verstanden?«

Hennum nickte. »Ich dachte nur, es wäre klug, sich zu verstecken.«

»Du sollst nicht denken«, sagte Svendsbråten. »Du sollst tun, was ich sage.«

»Verstanden«, stammelte Hennum. »Aber die Leute trauen sich sowieso nicht in den Wald.«

»Nein, es ist ja auch lebensgefährlich, sich da aufzuhalten.« Svendsbråten drückte den Zeigefinger auf Hennums Brust und zeigte eine braune Zahnreihe. »Wir wollen doch nicht, dass jemand stirbt.«

Hennum lachte mit, so gut er konnte, erleichtert über den versöhnlichen Ton. Er rückte von dem Zeigefinger weg, ging zur Dartscheibe und zog die Pfeile aus dem Wolf.

Svendsbråten ließ sich wieder aufs Sofa fallen, legte die Füße auf den Tisch und zündete sich einen Zigarillo an.

»Und was ist das für eine Negermusik?«

»Billie Holiday. Die beste Sängerin aller Zeiten.«

»Besser als Shania Twain?«

Hennum rollte mit den Augen.

Svendsbråten blies weißen Rauch in den Raum.

»Schade, dass es nur ein Schlitzauge war.«

»Wie meinst du das?«

»Emma Vase, die Wolfsfotze, wäre besser gewesen.«

Hennum nickte und heuchelte Zustimmung.

»Wär besser gewesen, wenn es einen echten Norweger getroffen hätte.«

»Tomteberget hat gesagt, dass sie Norwegerin war«, sagte Hennum. »Geboren und aufgewachsen in Drammen.«

»War sie nicht von den Philippinen?«, fragte Svendsbråten.

»Offenbar nicht.«

»Egal, jedenfalls hatte sie hier nichts verloren.« Svendsbråten schnippte Asche auf den Teppichboden und trat die Glut mit dem Stiefel aus. »Sie war kein natürlicher Bestandteil der norwegischen Fauna.«

Hennum leckte sich über die Oberlippe.

»Ihre Eltern kamen aus Vietnam.«

»Nach norwegischem Gesetz ist es verboten, artfremde Geschöpfe auszusetzen. Sie sind Freiwild.«

Nina Simone sang jetzt *Strange Fruit*. Hennum setzte sich in den braunen Sessel, hielt sich an seinem Wodkaglas fest und grinste.

»Was meinst du, was die Jungs sagen würden, wenn sie es wüssten?«

»Ich schätze, die Hälfte würde sich totlachen, und die andere Hälfte würde Tomteberget anrufen.«

»Was Kojedal wohl sagen würde?«

»Du hältst dein Maul!« Svendsbråten lehnte sich vor und drückte den Zigarillo im Aschenbecher aus. »Kojedal ist keiner von uns. Er gehört der herrschenden Klasse an.«

»Glaubst du, ich bin dumm?«

»Nein.« Er richtete den Zeigefinger auf den Vizebürgermeister und bewegte ihn hin und her. »Ich *weiß*, dass du dumm bist.«

Hennum kicherte, als hätte Svendsbråten einen Scherz gemacht.

»Morgen Abend gibt es eine öffentliche Versammlung in der Mehrzweckhalle«, sagte er.

»Da halte ich mich fern.« Der Mann in Schwarz trank andächtig einen Schluck Bouillon, spülte ihn im Mund herum und schluckte. Er sah seinen Hund an. »Loke mag keine Menschenmengen.«

»Bestimmt kommt Gilbert«, sagte Hennum.

»Ich würde einiges dafür geben, jetzt beim Professor Mäuschen zu sein.«

»Und ich würde viel dafür geben, ihn einen langsamen, qualvollen Tod sterben zu sehen.«

»Wie viel?« Svendsbråten sah ihm in die Augen.

»Wofür?«

»Um Bjarne Gilbert einen langsamen, qualvollen Tod sterben zu sehen?«

Hennum kicherte. »Hundert Kronen.«

Svendsbråten lachte ausdruckslos, griff nach der Thermoskanne auf dem Tisch und füllte sein Glas mit Brühe.

»Was hältst du von Tomteberget?«

»Wie meinst du das?«

»Ich finde ihn etwas zu wankelmütig.«

»Er würde sich nie in die Jagd einmischen.«

»Das hätte gerade noch gefehlt.« Svendsbråten leerte das halbe Glas in einem Schluck. »Er weiß, was geschieht, wenn er Scheiße baut.«

Hennum nickte.

»Schade mit dem Jungen.«

»Ist ja zum Glück gut gegangen«, sagte Hennum. »Hoffen wir mal, dass er keinen bleibenden Schaden davonträgt.«

»Gut?« Svendsbråten sperrte die Nasenlöcher weit auf und legte den Kopf zurück. »Die Leute lieben Kinder. Wenn sie ihn gefressen hätten, würden die Leute die Köpfe aller Wölfe Norwegens auf Pfählen verlangen.«

Hennum starrte in sein Glas, seine Oberlippe zitterte. Nach einer Weile stand er auf, schaltete die Musik aus und nahm eine Posaune, die in der Ecke stand, in die Hand. »Was tun wir jetzt?«

»Wir warten, bis die Presse verschwunden ist, dann legen wir los. Sind die Finanzen geregelt?«

»Fünfzigtausend pro Wolf, wie abgemacht.«

Hennum spielte ein paar Takte *Summertime* auf der Posaune, seine Wangen bliesen sich auf wie Ballons, es klang sauber und professionell.

»Ruhe, Mann!«, schrie Svendsbråten. »Loke verträgt keinen Lärm.«

Hennum warf einen Blick auf den Köter, der friedlich auf dem Sofa schlief. Er senkte die Posaune und sagte: »Kojedal hat 250.000 im Voraus bezahlt, für fünf Tiere. Cash.«

»Ich liebe Abschussprämien.« Svendsbråten kratzte sich an seinem Pastorenbart. »Wie viel davon bekommt der Schwede?«

»90.000.«

»Müssen wir den unbedingt bezahlen?«

»Jep. Aber dann haben wir die *Carte blanche*«, sagte Hennum.

»Was ist denn das schon wieder?« Svendsbråten runzelte die Stirn.

»Das weißt du nicht?« Hennum gestikulierte so wild, dass die Posaune gegen den Schreibtisch schlug. »Das heißt, dass wir so viele Wölfe abknallen können, wie wir wollen.«

Als Erik Svendsbråten und sein Hund das Haus verlassen hatten, leerte Hennum sein Glas und stapfte die Treppe hinauf. Oben angekommen, musste er sich abstützen, um nicht hinzufallen.

»Viggo!«, schrie Linda aus dem Schlafzimmer.

»Ich komm ja schon«, murmelte der Vizebürgermeister. Er schlurfte über den Korridor und lehnte sich an den Türrahmen.

»Ist deine Nase verstopft?«, fragte seine Frau, die im Doppelbett lag. Sie hatte ein gelbes Handtuch wie einen Turban um den Kopf gewickelt und hielt eine perfekt gedrehte Zigarette in der rechten Hand.

»Was sagst du?«

»Ich frage, ob deine Nase verstopft ist.«

»Meine Nase ist immer verstopft«, schnuffelte Hennum.

»Ab heute schläfst du im Büro. Ich hab dein Schnarchen satt.«

Sie zog an der Zigarette, inhalierte den Rauch und behielt ihn lange in der Lunge, ehe sie ihn in kleinen Ringen auspustete.

»Ich soll also wieder in den Keller?«

»Ja, mein Schatz.«

Er drehte sich um und wollte gehen.

»Ich kann diesen Typen nicht leiden«, sagte Linda. »Wenn ich ihn sehe, läuft es mir kalt den Rücken hinunter.«

»Welchen Typen?« Hennum blieb stehen und bemerkte, dass er aufs Klo musste.

»Svendsbråten. Irgendwas stimmt nicht mit seinen Ohren.«

»Ist mir nie aufgefallen.«

»Und dieser Bart. Er sieht aus wie Gregory Peck.«

»Gregory Peck?«

»Als einbeiniger Käpt'n Ahab auf der Jagd nach Moby Dick.«

»Svendsbråten ist Abstinenzler«, sagte Hennum.

»Typisch«, sagte Linda. »Trau keinem Antialkoholiker.«

Hennum trottete in Richtung Bad.

»Grausam, dieser Wolfsangriff«, sagte Linda. »Hat mich an deinen Auftritt vor dem Amtsgericht erinnert.«

»Das haben wir schon oft diskutiert.«

»Du wärst ein Held geworden, Viggo. Die Leute hätten Lieder über dich geschrieben.«

»Ich war ja nicht mal angeklagt.« Er verschwand im Bad und schloss die Tür hinter sich.

»Es war eine Riesenchance!«, rief Linda ihm nach. »Die du nicht ergriffen hast!«

»Wenn du wüsstest …«, flüsterte Viggo seinem Spiegelbild zu, bevor er die Hose herunterließ und sich setzte.

Vom Schlafzimmer aus hörte Linda Geräusche, an die sie sich auch in dreißig Ehejahren nicht gewöhnt hatte und nie gewöhnen würde. Sie nahm ein paar tiefe Züge und drückte die Zigarette im Aschenbecher auf dem Nachttisch aus. Viggo kam im Liverpool-Pyjama mit blauer Nachtmütze heraus.

»Tür zu!«, sagte Linda.

Hennum tat wie befohlen.

»Viggo …« Linda war noch nicht fertig mit ihm. »Erinnerst du dich an den Abend, an dem wir uns kennengelernt haben?«

Er drehte sich um und lächelte, obwohl er genau wusste, was kommen würde.

»Das werde ich nie vergessen. Es war auf dem Landestreffen der NS-Kinder in der Elgstua 1976.«

»Du hast mit Kojedal in der Bar gesessen. Er war auf irgendeiner Konferenz der Konservativen.«

»Stimmt.«

»Ich sah einen attraktiven, durchtrainierten Mann voller Selbstvertrauen. Den muss ich haben, dachte ich.«

Hennum nickte. »Ja, so war es.«

»Aber Trym war schon vergeben, also musste ich mit dir vorliebnehmen.«

9

Als Leo um sechs Uhr morgens aufwachte, dauerte es einige Sekunden, bis ihm klar wurde, wo er sich befand. Mit leichten Kopfschmerzen und einem steifen Kreuz blieb er liegen und versuchte, sich an seinen Traum zu erinnern. Er war Austauschschüler in den USA gewesen, und seine Gastfamilie war enttäuscht, weil er so alt war. Er bekam es nicht mehr zusammen, und bald verschwand der Traum auf Nimmerwiedersehen. Leo zog sich an und ging hinunter ins Restaurant, das trotz der frühen Uhrzeit gerammelt voll war.

Die Morgensonne schien durch die schmutzigen Panoramafenster. Zu schwach, um zu wärmen, aber hell genug, um zu blenden und Dinge zu beleuchten, die besser im Dunkeln geblieben wären: der Staub auf den Wandleisten, Flecken auf dem Steinboden, Essensreste unter den Tischen, Schuppen auf Anzugschultern und Ringe unter den Augen. Erwartung lag in der Luft. Junge Leute schwatzten angeregt, lachten, gestikulierten, lasen Artikel, verschickten Nachrichten und telefonierten. Leo fühlte sich alt und einsam.

Auf dem Weg zur Kaffeemaschine kam er am Zeitungstisch vorbei. Weder die *Aftenposten* noch die anderen großen Tageszeitungen brachten den Wolfsangriff in der gedruckten Morgenausgabe. Das Büfett war geplündert. Es gab weder Rührei noch Speck, weder Obst noch Orangensaft. Leo fand nur noch sauren Hering, Makrele in Tomatensauce, Braunkäse und Milch.

Nachdem er sich bedient und einen freien Tisch gefunden hatte, nahm er sein Handy und wählte Siris Nummer, obwohl er wusste, dass sie nicht rangehen würde. Er tat es hauptsächlich, um in der Menge telefonierender Journalisten nicht aufzufallen. Leo hinterließ eine kurze Nachricht auf Siris Mailbox und checkte die Online-Ausgaben. Auf vg.no stand es, ganz oben, über dem Bild eines Tieres, das wie ein verwahrloster Hund aussah:

FRAU (28) VON WÖLFEN GETÖTET

Und etwas weiter unten: »Zufällig vorbeikommender Wanderer fand fünfjährigen Sohn in einem Baum«.

Leo grinste still in sich hinein. Rino Gulliksen war alles, aber kein Wanderer, der zufällig irgendwo vorbeikam.

Nach dem Frühstück ging Leo auf sein Zimmer, setzte sich auf den Teppich und versuchte vergeblich, einem dänischen Body Scan auf YouTube zu folgen. Er verstand den sanften Dänen nicht. Nach zehn Minuten warf er den Kopfhörer aufs Bett, ging ins Bad und schluckte ein Rivotril. Dann packte er eine Brotzeit vom Frühstücksbüfett, Regenjacke, Pullover und J. K. Tooles *Die Verschwörung der Idioten* in den Rucksack und ging hinaus.

An der Rezeption zog er eine Ausgabe der *Østlendingen* aus dem Zeitungsstativ und bat die rothaarige Frau an der Theke, sie auf sein Zimmer zu legen. Auf der Titelseite prangte das Bild eines Wolfsrudels im Schnee und die Überschrift:

FRAU AUS ÅSTA VON WÖLFEN GETÖTET

Darunter stand: »Zum ersten Mal seit 1800 wurde in Norwegen ein Mensch von Wölfen getötet.« Ganz unten auf der Seite war das Bild eines grinsenden Jungen, der den Daumen nach oben streckte und auf dessen Schoß ein toter Schwarzbär lag. »Amund (13) schoss Bären in Kanada«, lautete die frohe Neuigkeit.

Leo ging auf den Parkplatz und setzte sich in den Leihwagen, einen gelben Fiat 500 mit einem schwarzen Rallye-Streifen. Er tippte Bjarne Gilberts Adresse in das Handy-Navi, startete den Motor und fuhr nach Norden Richtung Rena.

Die R3 war Leo hundertmal gefahren, als die Kinder noch klein waren und seine Ehe an einem seidenen Faden hing. Damals hatte er Zuflucht im Fliegenfischen gesucht und den größten Teil des Sommers an den Ufern der Glomma verbracht. Es war fünfzehn Jahre her, aber wenn er die Augen schloss, sah er noch die 3,1 Kilogramm schwere Forelle, die an einem schwülen Tag in seinen geheimen Jagdgründen aus dem Wasser sprang und die olivgrüne Trockenfliege schnappte. Siri, damals fünf Jahre alt, hatte dem epischen Kampf zwischen Mann und Fisch zugeschaut und laut geweint, als ihr Vater den Fisch wieder freiließ.

Siri.

Seine Tochter war in einen Abgrund gefallen. Seine kleine, süße, willensstarke Siri wollte nicht mehr leben. Sie versank in der Dunkelheit. Wie konnte das geschehen? Wer war schuld daran?

Siri hatte ihm die Schuld am Zerfall der Familie gegeben.

Ob es stimmte oder nicht, der Vorwurf lag stets in der Luft. So war sie nun einmal, sie gab nicht nach. Vor zwei Jahren schließlich, als sie ihn auf Gåsøya besuchte, hatte er eine Tirade abgezogen. Im Grunde hatte er nur gesagt, was von Vätern erwartet wurde. Er hatte sie aufgefordert, sich zusammenzureißen, einen Job zu suchen oder ein Studium zu beginnen und sich neue Freunde zuzulegen. Es hatte einen Riesenkrach gegeben, und seitdem hatte sie ihn nicht mehr angerufen. Er hatte nichts unternommen und gehofft, es sei nur eine Phase und würde sich schon regeln. Und jetzt lag sie im Krankenhaus und verweigerte die Nahrungsaufnahme.

Leo schielte auf das Handy, das auf dem Beifahrersitz lag. Auf dem Display bewegte sich das Auto als blauer Punkt in Richtung Norden.

Rino Gulliksen hatte klar und deutlich gesagt, dass dies ein Krieg zwischen Bjarne Gilbert und den Wolfshassern war. Vielleicht hatte der Professor ja eine Ahnung, wo Rino sich versteckte. Vielleicht wusste er mehr über den Wolfsangriff, die Jäger und was nun geschehen würde.

Leo folgte der Hauptstraße am westlichen Ufer der Glomma. Es ging langsam voran, weil vor ihm ein Konvoi von Lastwagen aus ganz Europa fuhr. Es war unmöglich, an den riesigen Trailern vorbeizukommen, die Abgase und Feinstaub über Flora und Fauna des breiten Tals verteilten. Die Landschaft in Østerdalen war ehrlich. Sie war hart und brutal, nichts für zartbesaitete Hauptstädter in Trachtenkleidern, ganz anders als die Postkartentäler in Westnorwegen. Keine spektakulären Felswände und Wasserfälle, keine Rafter oder Paraglider in Pastellfarben. Stattdessen verlassene, dem Verfall preisgegebene Höfe, weiße Siloballen auf Stoppelwiesen und Wald, so weit das Auge reichte. Reihe um Reihe hohe, astarme Kiefern – der Rohstoff, der einige wenige Waldbesitzer in Østerdalen reich gemacht hatte. Damals wurden die Stämme die Glomma hinab zu den großen Sägewerken in Fredrikstad geflößt, von wo das Holz nach ganz Europa exportiert wurde.

Eine seltsame Vorstellung, dass der gesamte Wald gepflanzt war. Was wie wilde und unberührte Natur aussah, war in Wirklichkeit in mehreren Jahrhunderten durch Menschenhand geschaffen. Alles war künstlich.

Kurz vor Åsta erreichte Leo Gaupefaret. Er bog von der Hauptstraße ab und folgte einem Schotterweg nach Westen bis ans Ende. Er hatte sich ein Blockhaus mit Grasdach und einen Naturgarten mit traditionellem Holzzaun vorgestellt, vielleicht noch einen rauchenden Schornstein und ein paar freilaufende Hühner. Stattdessen stand er vor einem funktionalen, weißen Schuhkarton mit Dachterrasse, wie sie im Westen Oslos zuhauf aus den alten Apfelgärten schossen.

Gilbert öffnete die rote Haustür mit dem runden Fenster in einer blauen Unterhose und einem weißen, fleckigen Unterhemd. Leo kannte ihn aus Zeitung und Fernsehen, aber die Jahre hatten an dem Professor gezehrt. Seine Arme waren dünn wie die eines alternden britischen Rockmusikers, seine Beine lang, unbehaart und kreideweiß. Sein Gesicht war nur Haut und Knochen, aus den tiefen Augenhöhlen unter den grauen, zerzausten Haaren und der runzligen Stirn starrten zwei müde Augen. Er roch nach Wein vom Abend zuvor.

Gilbert bat Leo herein, ohne zu fragen, wer er war, und führte ihn durch einen sterilen Flur in ein minimalistisch eingerichtetes Wohnzimmer mit unbequemen Möbeln und abstrakter Kunst an den Wänden. Er ging wie ein alter Mann mit gebeugtem Rücken und zog ein Bein nach. Offenbar hatte er sich noch nicht an das Humpeln gewöhnt, es sah sehr ungeschickt aus. Leo fragte ihn, ob er sich am Bein verletzt habe.

»Alte Kriegsverletzung«, sagte Gilbert.

»Waren Sie im Widerstand?«

Der Professor schnaubte. »Sehe ich so alt aus?«

Leo lächelte. »Welcher Krieg war es dann?«

»Der, in dem wir uns befinden.«

Er bot Leo einen ledernen Designerstuhl an, dann schleppte er sich in die Küche und kam mit zwei Tassen Kaffee zurück. Ohne zu fragen, stellte er Leo eine Tasse vor die Nase, ging zu einem Notebook, das auf dem Esstisch stand, und drückte auf die Tastatur, bis wohlbekannte Töne den Raum füllten.

»Willie Nelson?«, fragte Leo.

»*Lord* Nelson.« Gilbert schloss die Augen, dachte kurz nach und öffnete sie wieder. »Wie haben Sie meine Adresse herausgefunden?«

»Gelbe Seiten.«

»Natürlich.«

Er ließ sich auf einem harten türkisfarbenen Zweisitzer nieder.

»Wie war die Pressekonferenz gestern Abend?«

»Ich war nicht da. Hatte keine Lust. Das Telefon habe ich abgestellt.« Er hob die glühend heiße Tasse an den Mund, verbrannte sich die Lippe und stellte sie wieder ab. »Legen Sie los, ich antworte, so gut ich kann. Von welcher Zeitung kommen Sie, *VG*?«

»Ich bin kein Journalist«, sagte Leo und sah sich um. Der Raum sah wirklich nicht aus wie das Wohnzimmer eines exzentrischen Wolfsforschers, eher wie das eines geschiedenen Graphikdesigners in Aker Brygge.

Gilbert lehnte sich zurück, hielt den Kaffeelöffel in der Hand und starrte Leo an, als wäre er ein Marsmensch. »Was sind Sie dann?«

»Ich bin Anwalt. Ich suche einen Freund von mir. Den Mann, der den Jungen im Baum gefunden hat. Ein großer Mann mit grauem Bart, gelbem Südwester und auffälligen Tätowierungen: eine Schlange um den Hals und ein Kleeblatt auf der Wange. Er lebt irgendwo im Wald von Elverum im Zelt.«

»Ein Kleeblatt? Das Logo der Bauernpartei?«

Leo rollte mit den Augen.

»Unfreiwillig.«

»Eine Wette?«

»Nein, betrunken.«

»Gran Canaria?«

»Nein, Stadion in Oslo.«

Gilbert nickte gedankenverloren, während Willie Nelson verklang. »Was wollen Sie von ihm?«

»Ich will verhindern, dass er etwas tut, das er bereuen könnte.«

»Was denn?«

»Er sagte, sie bräuchten Unterstützung im Krieg gegen die Wolfshasser.«

Gilbert schlug den Teelöffel im Takt zur Musik auf den Oberschenkel.

»Hat er gesagt, welche Art Unterstützung ihm vorschwebt?«

»Was ist das jetzt für Musik?«

»Blue Öyster Cult. *Don't Fear the Reaper.*«

Leo nickte im Takt und zwinkerte dem alten Mann zu, der weiterhin den Takt schlug.

»Und Sie?« Der Professor lehnte sich nach vorn und legte den Löffel weg. Der Schlaf war aus seinem Gesicht verschwunden, die gelbbraunen Augen wirkten klarer. »Auf welcher Seite stehen Sie? Hassen Sie auch Wölfe?«

Leo schüttelte den Kopf.

»Ich finde, wir haben genug Platz für Wölfe in der norwegischen Natur.«

»Halleluja!«, rief Gilbert und lehnte sich wieder zurück. »Wussten Sie, dass es allein in der Toskana fünfhundert Wölfe gibt? In Deutschland mindestens vierhundert. In Spanien leben Wölfe in Agrarlandschaften, wo kein einziger Baum wächst. Trotzdem behaupten die Wolfsgegner, dass wir in Norwegen keinen Platz für Wölfe hätten.«

»Das klingt in der Tat seltsam«, sagte Leo.

Gilbert schaute an die Decke. »Ich bin in einem Betonblock in Bærum aufgewachsen«, sagte er. »Mein Vater hatte nicht das geringste Interesse an Natur und Tieren.«

»Was hat ihn dann interessiert?«

»Menschen.« Gilbert sah Leo an. »Er war nur an Menschen interessiert.«

»Okay?«, sagte Leo.

»Und an Schnaps«, sagte Gilbert. »Er hat sich totgesoffen.«

»Ich bin auch aus Bærum«, sagte Leo.

»So siehst du auch aus.« Er neigte den Kopf, nahm den Silberlöffel wieder in die Hand und zeigte ihn Leo. »Wahrscheinlich bist du mit so einem im Maul geboren.«

Leo lachte verkrampft, trotz der plötzlichen Vertrautheit.

Er wollte das Gespräch wieder auf die richtige Spur lenken. »Stimmt es, dass hier illegale Wolfsjagd betrieben wird?«

Gilbert sprang auf.

»Bezweifelt das jemand?«

»Keine Ahnung, ich frage ja nur.«

»Seit den Achtzigerjahren, als der Wolf zurückkam, wird er hier auch gejagt. Es ist ein ewiger Kampf.« Er kratzte sich mit dem Löffel am Bein. »Die Wolfshasser werden keine Ruhe geben, bis der letzte Wolf in Skandinavien ausgerottet ist. Mein Job ist es, das zu verhindern.«

»Hat es nicht geholfen, dass die Jäger verurteilt wurden?«

»Østerdalen ist voller Macho-Idioten, die Wölfe schießen wollen. Sie geben sogar auf Facebook damit an.« Er humpelte zum Fenster und schaute hinaus auf ein verrostetes, eingerissenes Trampolin. »Die Schlimmsten sind ungestraft davongekommen, wie immer.«

»Warum halten die Jäger nicht einfach den Mund?«, fragte Leo. »Warum machen sie so viel Aufstand?«

Gilbert zog die blaue Unterhose hoch, worauf seine Beine noch länger und dünner wirkten.

»Eigentlich lautet ihr Motto Schießen, Schaufeln, Schweigen, aber das schaffen sie nicht. Sie wollen bewundernde Blicke von Gleichgesinnten, wenn sie durch Elverum laufen. Sie fühlen sich als Teil einer geheimen Widerstandsbewegung, die das Land vor fremden Eindringlingen schützt.«

»Aber du hast nicht zufällig einen bärtigen Typen mit gelbem Südwester und einem Schlangentattoo am Hals gesehen?«

Gilbert schüttelte den Kopf, humpelte zurück zum Sofa und ließ sich darauf fallen.

»Ich springe Trampolin. Das hält mich jung.«

Ein neues Stück. Leo erkannte Jefferson Airplane.

»Der Wolf war nie ausgerottet, wusstest du das?«

Leo schüttelte den Kopf,

»Das ist ein hartnäckiger Mythos. Von 1965 bis 1980 war er *fast* verschwunden, aber nie ganz. Ich habe 1975 mit eigenen Augen zwei Wölfe in Trysil gesehen.«

Leo faltete die Hände im Schoß.

»Davor waren sie 10.000 Jahre lang zahlreich.« Er trank einen Schluck Kaffee. »Im Ausland lacht man sich krank über uns. Lizenzjagd bei einem Bestand von 67 Wölfen? Haarsträubend! Trotzdem jammern die Wolfshasser und behaupten, dass die Behörden Wölfe lieben.«

»Darüber weiß ich nicht genug ...«

»Im Schöpfungsmythos der Nez-Perce-Indianer aus Alaska spielt der Wolf eine wichtige Rolle.« Gilbert humpelte in die Küche und kam mit einer Karotte in der Hand zurück. »Wo war ich?«

»Bei den Indianern in Alaska.«

»Genau.« Er biss ein Stück Karotte ab und fuhr mit vollem Mund fort. »Der Mond schickt seinen Sohn auf die Jagd. Der Wolf will mit der Barbarei Schluss machen und tötet den Sohn. Er zieht ihm die Kleider aus, geht zum Mond und stellt ihn zur Rede.«

»Und was soll das bedeuten?«

»Es sagt alles über das Verhältnis der Urbevölkerung zum Wolf.«

»Ich dachte, die Indianer hätten jedes Raubtier getötet, das ihnen vor den Speer lief?«

»Schon, aber immer mit Respekt und einem weinenden Auge.«

Leo stand auf. Er spürte großen Bewegungsdrang. Dieser

alte Professor war mehr als exzentrisch, er war total durchgeknallt. Er ging zum Kamin und zeigte auf ein Bild mit zwei Mädchen.

»Deine?«

Gilbert nickte.

»Sie sind schon groß. Leben in Oslo bei ihrer Mutter.«

»Das Gefühl kenne ich«, sagte Leo.

»Welches Gefühl?«

»Seine Kinder zu vermissen und sie nicht so oft sehen zu können, wie man will.«

Gilbert sah Leo an, als wäre er ein Idiot.

Leo räusperte sich. »Wurde die Frau wirklich von Wölfen getötet?«

Ein Lächeln zeichnete sich in Gilberts faltigem Gesicht ab.

»Warum fragst du das?«

»Mein Freund hat angedeutet, dass es vielleicht nicht stimmt.«

»Interessant.« Gilbert biss erneut in die Karotte. »Was sollte es sonst gewesen sein?«

Leo zuckte mit den Schultern.

Sie schwiegen und hörten *Somebody To Love* zu.

»Diese Wolfsjäger«, sagte Leo schließlich. »Was sind das für Leute?«

»Ganz normale, anständige Familienväter. Jedenfalls behauptet das unser Vizebürgermeister.« Gilbert tippte mit dem Zeigefinger an die Stirn. »Ich habe mehr Attentatsversuche als Fidel Castro überlebt. Zehnmal sind sie bei mir eingebrochen, haben fünf Computer gestohlen, vier Hunde getötet und schon fünfzehnmal die Reifen meines Landcruisers aufgestochen. Meine Frau ist deshalb abgehauen. Sie hat es nicht mehr ausgehalten.«

»Der Vizebürgermeister steckt mit ihnen unter einer Decke?«

»Alle hier stecken unter einer Decke.«

»Der Bürgermeister auch?«

»Wer als Politiker in Elverum überleben will, muss in der Wolfsfrage handeln.«

»Was tut die Polizei?«

»Tomteberget hasst Wölfe. Er ist auch aus Elverum.«

»Mir kam er halbwegs vernünftig vor.«

Gilbert humpelte zur Kommode neben dem Kamin und wühlte in den Schubladen.

»Am allerdümmsten ist das Theater mit den Jagdhunden«, sagte er.

»Was für ein Theater?«

»Sie halten es für ein Menschenrecht, ihre Hunde bei der Jagd frei laufen zu lassen, obwohl sie genau wissen, dass es hier Wölfe gibt. Dabei gehen jedes Jahr etwa fünf Jagdhunde drauf, und jedes Mal veranstalten diese Leute einen Fackelzug.«

»Einem Hund nachzutrauern ist doch ganz normal?«

»Letzten Herbst nahmen zweitausend Menschen in Elverum an einem solchen Fackelzug teil. Sie sind es von klein auf gewohnt, alles Böse auf den Wolf zu schieben. Ich meine, wo sind die Fackelzüge für überfahrene Hunde? Auf der R3 werden die zu Dutzenden plattgefahren.«

Gilbert humpelte wieder in die Küche, suchte etwas und kam kurz darauf mit einer schlecht gedrehten Zigarette zurück. Auf dem Kaminsims stand ein Feuerzeug, und er zündete sie an. Er lehnte sich an den Kamin und winkelte ein Bein an wie ein Flamingo.

»Durch den Wolf haben die Menschen gelernt, dass es

möglich ist, wilde Tiere zu zähmen.«, sagte Gilbert. »Der Wolf war das erste Haustier. Was man mit Wölfen tun konnte, war auch mit anderen Tierarten möglich, zum Beispiel mit Schafen.«

Er nahm einen tiefen Zug und blies den Rauch durch die Nase aus.

»Und dann haben die Raubtiere begonnen, sich beim Menschen zu bedienen?«, sagte Leo.

»Ein Raubtier macht keinen Unterschied zwischen einem wilden Schaf und einem Hausschaf.« Gilbert schleppte sich wieder zum Sofa. »Für die Menschen waren die Haustiere eine Lebensgrundlage. Für die Raubtiere waren sie normale Beutetiere. So begann der Krieg zwischen Mensch und Raubtier.« Gilbert redete beim Einatmen des Rauchs. »Die alten Religionen, in denen Raubtiere heilige Geschöpfe waren, eigneten sich schlecht, um die neuen Reichtümer zu bewahren. Also haben sie ihre Götter ausgetauscht.«

Der Rauch stieg in Leos Nase. Kein Zweifel, der alte Professor rauchte um halb neun morgens Marihuana.

»Fortan verehrten sie Götter, die Ernte und Haustiere beschützen sollten«, fuhr Gilbert fort. »Die griechische Jagdgöttin Artemis wurde umgeschult und beschützte nun die Tiere auf der Weide. Demeter, die Göttin der Fruchtbarkeit und des Getreides, bekam einen höheren Rang in der Mythologie. Genau wie Freya hier im Norden.« Er hielt Leo den Joint vor die Nase. »Möchtest du?«

»Ja, danke«, sagte Leo, nahm die Zigarette und zog gierig daran. Er hielt den Rauch so lange wie möglich in der Lunge.

»Mein Spezialtabak. Gutes Zeug.« Der Professor grinste. »Im Nahen Osten hatten die Menschen seit Jahrtausenden

Tiere gezähmt. Sie brauchten eine Religion, die zum neuen Lebensstil passte und den Menschen ins Zentrum setzte.«

»Und Gott schuf den Menschen ihm zum Bilde«, sagte Leo und hustete.

»Halleluja!«, sagte Gilbert. »Füllet die Erde und machet sie euch untertan und herrschet über die Fische im Meer und über die Vögel unter dem Himmel und über das Vieh und über alles Getier, das auf Erden kriecht!«

»Amen«, sagte Leo und bekam einen weiteren Zug.

Gilbert humpelte zur Terrassentür, ging hinaus und schaute ein paar Minuten lang in den Wald. Als er zurückkam, hatte er einen äußerst friedlichen Gesichtsausdruck.

»Die große Frage ist, ob der Wolf von Russland und Finnland wieder eingewandert ist oder ob es zahme Wölfe aus schwedischen Tierparks sind, die von kriminellen Naturschützern ausgesetzt wurden.«

»Wie meinst du das?«

»In den Neunzigern ging die Umweltbehörde etlichen Hinweisen über illegale Aussetzungen nach. Sie fanden jedoch keinerlei Beweise. Im Herbst 1992 wurde die Akte geschlossen. Die Behauptungen seien grundlos, lautete der Schluss.«

»Hast du das geglaubt?«

»Natürlich.« Der Professor grinste. »Wo kämen wir denn da hin, wenn wir uns nicht mehr auf unsere Umweltbehörde verlassen könnten?«

Es klingelte an der Tür. Gilbert trippelte hinaus, plötzlich humpelte er nicht mehr. Sekunden später stand eine junge, zierliche Frau neben ihm in der Tür: langes, hellbraunes Haar, zwei dicke, seitlich abstehende Zöpfe, jede Menge

Sommersprossen und lebhafte grüne Augen. Sie trug eine dunkelgrüne Cargohose und Wanderstiefel.

»1979 wurde eine Norwegerin von einem Schaf getötet, wusstest du das?«, sagte Gilbert.

Leo schüttelte den Kopf, während er die junge Frau musterte. Sie war extrem hübsch und nicht viel älter als Siri.

»Meine Assistentin Emma Vase«, sagte Gilbert und legte die Hand auf ihre Schulter. »Und das ist … wie war noch mal dein Name?«

Leo stand auf, gab ihr die Hand und stellte sich vor.

Die junge Frau lächelte höflich, dann wandte sie sich Gilbert zu.

»Wo steckst du? Das Fernsehen hat mindestens hundertmal angerufen.«

Gilbert verschränkte die Arme und streckte den langen, dünnen Hals.

Sie trat einen Schritt zurück. »Sie wollen ein Interview. Versteckst du dich schon wieder?«

»Ich habe das Telefon ausgeschaltet.«

Gilbert setzte sich aufs Sofa und wickelte sich in eine graue Fleecedecke.

Leo dachte, dass der Professor hinter der exzentrischen Fassade eine tiefe Melancholie verbarg. Sie verschwand nicht einmal, wenn eine so hübsche, junge Frau den Raum betrat.

»Bist du bereit?«, fragte die Frau.

Er zwinkerte ihr zu.

»Wenn das staatliche Fernsehen nach einem fragt, sagt man wohl nicht Nein.«

Als Leo zur Tür hinausging, fragte der Professor: »Schickst du mir das Interview, damit ich die Zitate überprüfen kann?«

»Ich bin kein Journalist«, wiederholte Leo. »Das war kein Interview.«

»Was war es dann?« Gilbert sah alt und verloren aus, seine Augen waren trüb, er runzelte die Stirn. »Was wolltest du dann?«

Leo zuckte mit den Schultern. »Wenn du längere Zeit in den Wäldern von Elverum campen müsstest, ohne entdeckt zu werden, wo würdest du dein Zelt aufschlagen?«

10

Die Schafherde graste friedlich zwischen Felsbrocken, Birken und zerfallenen Hütten auf der verlassenen Alm. Es waren ungefähr fünfzehn Tiere, fünf fette Mutterschafe mit je zwei oder drei Lämmern, die in der Sonne um sie herumschwänzelten. In Gesellschaft ihrer Geschwister wagten sich die kleinen Wollknäuel immer weiter von der Mutter fort. Neugierig schnupperten sie an Blumen und anderen Pflanzen und knabberten sie an. Doch sobald sie etwas Unbekanntes bemerkten oder hörten, sprangen sie zur Mutter zurück.

Alle Lämmer waren im April zur Welt gekommen. Nun waren sie vier Monate alt und gewöhnten sich langsam an pflanzliche Nahrung, obwohl sie den Sinn für Mutters Euter noch nicht verloren hatten.

Als Rino Gulliksen die Herde erblickte, war er ungefähr hundert Meter entfernt. Er duckte sich und schlich im Zickzack zwischen den Birken hindurch, den Bogen in der linken Hand. Immer gegen den Wind, damit sie ihn nicht witterten, bis er in Schussweite kam. Bei Menschen war es das genaue Gegenteil, dort bewahrte ihn sein Körpergeruch vor lästiger Gesellschaft und Konversationszwang. Rino pirschte leise voran. Ein knackender Ast, und die Tiere wären über alle Berge.

Das Norwegische Hausschaf war an sich keine schreckhafte Rasse. Es war gezüchtet, um möglichst schnell zu wachsen, und hatte viele natürliche Instinkte verloren. Doch zu dieser Jahreszeit, wenn die Tiere lange allein durch den Wald gestreift waren, reagierten sie erstaunlich schnell.

Er zog einen Pfeil aus dem Köcher, den er auf dem Rücken trug, spannte ihn ein und pirschte weiter. Es machte ihm keinen Spaß, ein kleines Lamm zu erlegen, aber ein ausgewachsenes Schaf war viel zu viel Fleisch für einen Mann. Er jagte nie zum Spaß, sondern um zu überleben. Rino brauchte Felle und Fleisch und war stolz darauf, dass er das ganze Tier verwertete. Er schoss nie auf fliehende Tiere und nie aus größerer Entfernung als zehn Meter. Sich dicht heranzuschleichen, ohne entdeckt zu werden, war die größte Herausforderung.

Die Jagd mit Pfeil und Bogen war für ihn die reinste Form der Jagd. Sie lief nach den Gesetzen der Natur, ohne Blei oder andere umweltschädliche Stoffe. Außerdem störte er so nicht die Ruhe des Waldes. Wenn er mit Pfeil und Bogen auf der Pirsch war, fühlte er sich seinen Vorvätern nahe.

Er wählte ein Lamm mit schwarzem Kopf, das etwas abseits umherlief. Als es stehen blieb, spannte er den Bogen und ließ los.

Der selbstgeschnitzte Pfeil aus Birkenholz traf genau, wo er sollte, er zerriss die Halsschlagader des Tieres und drang direkt in die Lunge. Ohne einen Laut sackte es zusammen. Das Mutterschaf, die drei Geschwister und der Rest der Herde grasten eine Weile unbeirrt weiter, bis sie begriffen, dass etwas nicht stimmte, und davonstürmten. Rino schritt ruhig zu seiner Beute, warf das leblose Tier über die Schulter und spazierte die zwei Kilometer zurück zu seinem Lager.

Rino Gulliksen hatte schon viel Schlimmes in seinem Leben gesehen. Früher, als Schuldeneintreiber und Kleingauner in Oslo und Bærum, hatte er anderen Menschen viel Leid zugefügt, entweder weil es sein Auftrag war oder um seine eigene Haut oder die anderer zu retten. Doch was er an jenem Tag in den Wäldern Østerdalens mitansehen musste, hatte ihn aus der Bahn geworfen.

Diese fanatischen Wolfshasser kannten keine Skrupel.

In den vergangenen drei Jahren war Rinos Toleranz gegenüber Menschen, die aus Gewinnsucht die Natur zerstörten, auf null gesunken. Irgendjemand musste für die Tiere und die Natur kämpfen und sie vor den Menschen beschützen!

Die Bewohner von Østerdalen wollten in ihren Wäldern nur friedliche Huftiere und keine lästigen Raubtiere. Sie wollten keine authentische Natur, sondern Forst, mit dem man Geld verdienen und in dem man ungestört jagen konnte. Den Wolf nannten sie einen Lustmörder, während sie selbst zum Spaß Tiere abknallten und es als »Bestandsregulierung« bezeichneten.

Er hatte nicht vorgehabt, Leonard in die Sache hineinzuziehen, aber es war ihm nichts anderes übrig geblieben. Außer ihm hatte er niemanden anrufen können. Nun war es nur noch eine Frage der Zeit, bis die großen weißen Jäger kamen. Sie würden abwarten, bis die größte Aufregung sich gelegt hatte, dann würden sie die Wälder durchkämmen und so viele Wölfe wie möglich töten.

An einer Hotelbar in Balestrand am Sognefjord hatte Rino einen Umweltaktivisten kennengelernt, der ihm alles über Peter Singer, das Schicksal der Wölfe in Norwegen und Professor Gilberts Kampf erzählt hatte. Seitdem hatte er alles über Wölfe gelesen, was er finden konnte. Bei seinen

Besuchen in der Zivilisation verbrachte Rino viel Zeit in Bibliotheken. Unter verschiedenen Pseudonymen hatte er sich allen Facebook-Gruppen pro und contra Wolf angeschlossen, bis er wusste, mit wem er es zu tun hatte.

Zurück im Lager legte er das Lamm behutsam ins Gras und schnitt mit dem scharfen Samenmesser die Halsschlagader auf. Er platzierte den Kopf tiefer, damit das Blut besser ablaufen konnte. Nach dem Ausbluten ging es ans Häuten. Er drehte den Kadaver auf den Rücken, setzte das Messer am Hals an und führte einen geraden Schnitt über das Brustbein bis zwischen die Hinterbeine, wobei er aufpasste, nie tiefer als die Haut zu schneiden. Das Messer glitt rund um alle Kniegelenke und von dort auf der Innenseite bis zu dem langen Schnitt in der Mitte, bevor Rino die Unterschenkel samt Hufen abbrach.

Mit dem Messer löste er die Haut von den Beinen, schob die Hände unter das Fell und riss es von Bauch, Seiten und Rücken. Als Nächstes sägte er das Brustbein mit einer Astsäge durch, nahm einen Strick und hängte den Kadaver an den Hinterbeinen in einen Baum. Schließlich packte er das abgelöste Fell und zog bis zum Hals ab. Ein letzter Schnitt in die Nackenwirbel, und er konnte es dem Tier über die Ohren ziehen und in eine rote Plastikwanne werfen.

Am durchgesägten Brustbein setzte er erneut das Messer an und öffnete den Kadaver, ohne die Eingeweide zu beschädigen. Dann löste er den Enddarm, sodass die Gedärme von selbst herausfielen. Die restlichen Organe kamen heraus, als er das Zwerchfell losschnitt. Am Ende kappte er noch die Luft- und Speiseröhre, ehe er den Kopf des Lämmchens abtrennte.

Die Schlachtabfälle legte er für die Füchse, Wiesel, Krähen und anderen Aasfresser aus. Sie brauchten auch Nahrung. Dann ging er zu dem eiskalten Bach, zog sich aus und wusch sich gründlich mit Moos und Spülmittel.

Nachdem er sein Werkzeug gereinigt hatte, stieg er in die unterirdische Speisekammer hinab und hängte das Fleisch zur Reifung auf. Dann zog er die Stadtkleider an, die er bei allen Besuchen in Geschäften und Bibliotheken trug, setzte sich auf das kleine Motorrad und knatterte in Richtung Elverum davon. Er parkte am nördlichen Stadtrand hinter der alten Feuerwache und ging den letzten Kilometer zu Fuß am Fluss entlang.

Bevor er zu der öffentlichen Versammlung in der Mehrzweckhalle ging, wollte er einen Abstecher in den Tiuren Kro machen, an einem ordentlichen Tisch sitzen, ein paar Bier trinken, eine zivilisierte Mahlzeit zu sich nehmen und den Computer benutzen – kurz: sich eine Weile wie ein normaler Mensch fühlen.

11

In der Terningen-Arena, Elverums erweitertem Wohnzimmer, herrschte dicke Luft. Über dreitausend Seelen hatten sich hineingequetscht. Die vierte Gewalt war überproportional vertreten, mindestens hundert Journalisten von nah und fern waren gekommen, darunter auch ausländische Teams. Zu beiden Seiten der Bühne und entlang der Wände standen Kameras und Mikrofone.

Leo hatte einen der letzten freien Plastikstühle im hinteren Teil der Halle ergattert. Er saß neben dem eifrigen Journalisten der *Nationen* und wollte ihn gerade fragen, ob er Bjarne Gilbert für zurechnungsfähig hielt, als das Licht ausging und ein greller Spot das Rednerpult erleuchtete.

Mit ernstem Gesichtsausdruck betrat Bürgermeister Trym Kojedal die Bühne. Aus gegebenem Anlass war er leger und volksnah gekleidet: dunkelblaue Strickjacke mit Rentiermuster, Jeans und blaues Hemd. Ein paar Leute klatschten, aber nur kurz. Der Bürgermeister setzte die Lesebrille, die an einer Kordel um seinen Hals hing, auf die Nase, räusperte sich und beugte sich zum Mikrofon.

»Freunde.«

Pause. Todernst sah er auf sein Manuskript und wartete.

»Nun ist also geschehen, was wir lange, sehr lange, befürchtet haben.«

Ein Mann in der ersten Reihe klatschte, bis er bemerkte, dass keiner mitmachte.

»Ich weiß, dass ihr Angst habt.«

Grabesstille. Ernsthafte Gesichter. Viele nickten.

»Wir werden angegriffen!«

Pause, Gemurmel.

»Aber stehen wir zusammen, können wir uns wehren!«

Beifall, Ja-Rufe. Vereinzeltes Klatschen.

»Sie haben uns ausgelacht und verspottet, haben uns Bauerntrampel und ›Wolfshasser‹ genannt.« Er holte tief Luft. »Sie haben behauptet, unsere Angst sei irrational.«

Pause.

»Doch heute frage ich sie: Was sagt ihr nun?« Kojedal hob die Hände und brüllte: »Was sagt ihr nun?«

Tosender Applaus.

Leo ließ den Blick über die exaltierte Versammlung schweifen, Jung und Alt, Männer, Frauen und Kinder. Er fühlte sich wie bei einer religiösen Massenerweckung. Der Bürgermeister hielt seine Gemeinde in der hohlen Hand.

»Hier draußen auf dem Land sind die Lebensgrundlagen sowieso schon marginal«, fuhr Kojedal fort. »Und nun vermindert der Wolf unsere Lebensqualität noch mehr, daran besteht kein Zweifel.«

Tosender Applaus.

»Seit die Raubtiere zurück sind, steht unser Leben kopf. Unsere Kinder trauen sich nicht mehr zur Schule. Die Hedmark und Østerdalen müssen dafür bezahlen, dass realitätsferne Naturschützer in der Großstadt es schick finden, dass es wieder Wölfe in Norwegen gibt.«

Er schloss für einige Sekunden die Augen, ehe er sie wieder aufriss.

»Während hier bei uns die Wölfe bis in die Gärten kommen.« Er zeigte auf eine ältere Dame mit Strickjacke in der ersten Reihe, die knallrot wurde. »Frau Svingen hier traut sich nicht mehr, Beeren und Pilze zu sammeln. Stimmt's, Gislaug?«

Sie nickte, und eine Träne lief ihr über die Wange.

»Unsere Lebensqualität ist ganz klar vermindert!«

»Das sagtest du bereits«, rief ein bärtiger Mann im Kapuzenpulli mit Adleraufdruck.

Buhrufe und Gezischel. Der Bürgermeister ignorierte ihn.

»Dieser Wolfsangriff war ein Angriff auf uns alle, ein Angriff auf alle hart arbeitenden Menschen in Elverum, ein Angriff auf alle, die versuchen, unter den heutigen Bedingungen auf dem Land zu überleben.«

Applaus und Hohngelächter von dem bärtigen Mann und seinen acht Gefährten, die dieselben Pullis trugen.

Im hinteren Bühnenbereich saßen Polizeichef Tomteberget und der Vizebürgermeister mit der rabenschwarzen Helmfrisur – Leo hatte im Internet Bilder gesehen, die ihn mit einem ausgestopften Wolf zeigten. Die Männer neben ihnen quittierten jedes Wort des Bürgermeisters mit einem Nicken.

»Wie viele von euch haben Angst?«, fragte der Bürgermeister und ließ den Blick über die Versammlung schweifen. »Rauf mit den Händen.«

Ein Meer von Händen schnellte in die Höhe.

»Ich will, dass ihr zu dieser Angst steht und sie nicht verdrängt. Ihr braucht euch nicht zu schämen!« Wieder schloss er die Augen. »Eure Angst ist natürlich, sie ist realistisch.« Er schaute auf. »Egal, was die Behörden in Oslo, die sogenannten Experten und Wissenschaftler, uns vormachen wollen.«

Applaus.

»Wir hatten recht. Sie haben sich geirrt!«

Wilder Applaus, hochgestreckte Fäuste, viele sprangen auf, als hätte ihre Mannschaft ein Tor geschossen.

»Der Vizebürgermeister Viggo Hennum wird uns nun informieren, wie wir uns dieser Bedrohung gegenüber zu verhalten haben, damit keine weiteren Katastrophen geschehen.« Er winkte dem Publikum zu, drehte sich um und zog sich auf die hintere Bühne zurück.

Tosender Applaus für den beliebten Bürgermeister.

Hennum stand auf, schüttelte dem Bürgermeister die Hand und trat feierlich ans Pult. Der Applaus verebbte. Er neigte den Kopf zum Mikrofon und starrte aufs Pult. Alle konnten sehen, dass er vor Nervosität zitterte.

»Geht nie alleine in den Wald«, murmelte Hennum.

Keine Reaktion im Publikum.

»Lasst eure Hunde nicht von der Leine.«

Beklemmende Stille.

»Lasst eure Kinder nicht ohne Aufsicht draußen spielen.«

Die Aufmerksamkeit des Publikums schwand deutlich.

»Bleibt möglichst im Haus.«

»Das reicht. Halt den Mund!«, rief ein Kerl in Motorradjacke, dessen langes, graues Haar zu einem Pferdeschwanz zusammengebunden war.

»Jetzt macht mal halblang!« Alle Augen richteten sich auf den Wolfsforscher Bjarne Gilbert, der von seinem Platz in der ersten Reihe aufgestanden war. »Es ist noch nicht einmal bestätigt, dass es Wölfe waren, die Phung Johansen getötet haben.«

»Wir hören dich nicht«, rief einer in den hinteren Reihen.

Gilbert humpelte zur Bühne, stieg hinauf und schob den verdutzten Hennum zur Seite.

»Es ist noch nicht bestätigt, dass es Wölfe waren, die Phung Johansen getötet haben«, wiederholte Gilbert ins Mikrofon.

»Was zum Teufel soll es sonst gewesen sein?« Ein junger Mann mit langen blonden Haaren und einem Metallica-T-Shirt stand auf und tippte mit dem Zeigefinger an seine Stirn. »Bist du bescheuert?«

»Wölfe sind nicht gefährlich für Menschen«, sagte Gilbert. »Ich lebe seit vierzig Jahren in Østerdalen …«

»Lasst uns heimgehen!«, rief der Typ im Metallica-Shirt.

»Viele wollen die Zeit zurückdrehen und den Wolf für immer ausrotten«, fuhr der Professor fort. »Aber das ist unmöglich. Der Bestand auf der anderen Seite der Grenze ist zehnmal so hoch wie bei uns. Egal, was wir hier tun, es werden immer neue Tiere aus Schweden kommen.«

In der zweiten Reihe erhob sich ein mittelalter Mann. Er trug ein Bauernhemd und eine Schildmütze mit dem Logo der *Bewegung für neue Raubtierpolitik*. Der Mann drehte sich zur Versammlung, schüttelte die Faust und rief: »Wir brauchen einen Zaun. Einen drei Meter hohen, elektrischen Zaun an der Grenze zu Schweden, vom Svinesund bis in die Finnmark. Dann knallen wir alle Biester auf unserer Seite ab, und keins kommt mehr rein!«

Gelächter und Applaus schwappte durch den Saal. Der Mann war offenbar allgemein bekannt. Leo fragte seinen Nachbarn, wer das sei.

»Alf Tjersland, Anführer der *Hedland-Demokraten*«, antwortete der Journalist.

Der Mann fuhr fort. »Außerdem kommen dann auch keine Flüchtlinge und Asylanten mehr. Zwei Fliegen mit einer Klappe!«

Hohngelächter und schallender Applaus.

Der bärtige junge Mann mit dem Kapuzenpulli, der von Kopien seiner selbst umgeben war, stand auf. Jemand warf eine leere Kautabakdose nach ihm. Ein paar Pappbecher, leere Plastikflaschen und Wegwerffeuerzeuge verfehlten ihn knapp. Er reagierte mit einem herablassenden Lächeln, als wären die Anwesenden die größten Idioten der Welt. Erst als es ganz still war, sagte er mit tiefer Stimme: »Die Presse im Ausland hat vollkommen recht: Wir sind ein Land der Naturhasser.«

»Wolfsficker!«, rief jemand und erntete tosenden Applaus.

»Dank unserer Raubtierpolitik sind neunzig Prozent des Landes heute offiziell wolfsfreie Zone«, fuhr er fort. »Und selbst in der Schutzzone sind die Wölfe nicht sicher. Die Leute ergreifen jede Gelegenheit, sie abzuknallen. Aber eine Natur ohne Raubtiere ist keine echte Natur, sondern ein manipuliertes Ökosystem ohne Gleichgewicht.«

Laute Buhrufe.

Der Journalist beugte sich zu Leo und flüsterte: »Dag Jerveland, Vorsitzender der SR – *Stimme der Raubtiere*. Sie hassen ihn wie die Pest, noch mehr als Gilbert.«

»Ist er aus Oslo?«, flüsterte Leo.

»Schafbauer aus Grue. Wenigstens können sie ihm nicht vorwerfen, dass er aus der Stadt kommt.«

Leo kratzte sich im Nacken.

»Echter Kamikazetyp.«

»Ihr hasst Raubtiere, weil sie sich wie Raubtiere benehmen«, fuhr Jerveland fort. »Verdammt den Wolf, weil er

Schafe reißt, die ihr selbst in ein Ökosystem aussetzt, zu dem der Wolf gehört.«

»Der Wolf gehört nicht ursprünglich nach Norwegen!«, rief ein junger Mann. »Er ist ausgesetzt!«

»Lasst den Mann ausreden.« Polizeichef Tomteberget war ans Mikrofon getreten und hatte Gilbert zur Seite geschoben. »Lasst uns ein Mindestmaß an Niveau halten, okay?«

»Spitzenprädatoren wie der Wolf sorgen für das Gleichgewicht zwischen den Arten und für einen gesünderen Bestand unter den Beutetieren. Sie lösen eine trophische Kaskade aus«, fuhr Jerveland fort, der sich gern selbst reden hörte und sämtliche auf ihn einfliegende Gegenstände ignorierte. In Leos Ohren klang es wie eine mechanisch heruntergeleierte Rede. »Wir verlangen Respekt für jede einzelne Spezies und den würdevollen Umgang mit allen lebenden Geschöpfen!«

»Rede gefälligst Norwegisch!«, rief der Mann mit dem Bauernhemd.

Eine volle Coladose traf Jerveland an der Brust. Er tat, als ob es ihm nichts ausmachte, nickte und grinste.

»Leute!« Ulrik Gjemselunden, Schiedsmann in Elverums Handballmannschaft, dem Landesmeister und Stolz der Stadt, war aufgestanden. »Kein Zweifel, der Wolf ist ein fantastisches Tier«, sagte der respektierte Mann.

Hohngelächter in der Menge, die eine Prise Ironie zu schätzen wusste, solange sie zu ihren Gunsten war. Er bedeutete seinen Mitbürgern, sich zu beruhigen.

»Aber könnten wir ihm nicht da helfen, wo er hingehört? Wir brauchen keine Wölfe in Norwegen. Könnten wir nicht Spenden nach Russland schicken, damit den Wölfen dort vor Ort geholfen werden kann?«

Gelächter und Gemurmel.

»Und was ist mit den norwegischen Hunderassen? Sollen wir die zugrunde gehen lassen, um den inzüchtigen Bestand des meistverbreiteten Raubtieres der Welt zu schützen?« Er hob die Hände. »Natürlich nicht!«

In der hintersten Reihe erhob sich ein Mann um die sechzig mit schwarzer Baskenmütze, runder Brille, Palästinensertuch und fettig grauem Bart. Anfangs bemerkte ihn keiner, aber dann drehten sich die Leute um und begannen zu flüstern. Mit einem Mal wurde es mucksmäuschenstill. Es sah aus, als müsste der Mann sich erst sammeln, ehe er mit tränenerstickter Stimme sagte: »Es war ein Unfall.«

Lyder Johansen, Ökobauer und Schriftsteller, Marihuanazüchter und Witwer der verstorbenen Phung Johansen, breitete die Arme aus. »Ein tragischer Unfall, wie sie täglich geschehen. Leute werden überfahren, Autos stoßen mit Elchen zusammen, Menschen sterben an Zeckenbissen, Wespenstichen, fallen vom Pferd und sterben …« Er schluckte. »Das Leben ist ungerecht. Aber rotten wir deshalb alles aus, was Unfälle verursacht?«

Ohrenbetäubende Stille. Johansen richtete sich auf und starrte mit feuchten Augen und zitternden Lippen an die Decke. »Vor ein paar Jahren war ich in Masai Mara in Kenia und habe mit den Massai gesprochen, deren Rinder auf einem Gebiet grasen, das etwa so groß wie Elverum ist. Im selben Nationalpark leben ungefähr tausend Löwen. Für sie ist der Mensch ein potenzielles Beutetier.«

Ein Raunen ging durch die Menge.

»Die Kuhhirten sind Kinder. Jedes Jahr fallen mehrere von ihnen den Löwen zum Opfer. Für die Massai sind das Unfälle, wie wenn bei uns Kinder im Straßenverkehr sterben. Das ist tragisch, verdammt tragisch …« Er senkte den Blick und verschränkte die Arme. »Aber so ist es nun einmal, Mensch zu sein. Die Massai meinen, dass die Löwen das gleiche Daseinsrecht wie wir haben.«

Das Gemurmel wurde lauter. Jemand zischte, um für Ruhe zu sorgen. Johansen nahm die Mütze ab und entblößte eine spiegelblanke Glatze.

»Als ich ihnen erzählt habe, dass wir in Norwegen fünfzig Wölfe haben und sie ausrotten wollen, schüttelten sie den Kopf. Ich sagte, es sei wegen der Schafe, und sie fragten, ob die Wölfe keine Angst vor den Hirten hätten. Als ich sagte, dass wir die Tiere ohne Aufsicht in den Wald schicken, lachten sie und erklärten uns für verrückt. Ich sagte, Hirten seien in Norwegen zu teuer, worauf sie fragten, ob uns unsere Tiere nicht lieb und teuer wären? Unsere Bauern könnten die Schafe doch nicht einfach den Wölfen zum Fraß vorwerfen.‹«

Das Raunen im Saal wurde lauter.

»Das Letzte, was ich will, ist, dass der tragische Unfalltod meiner Frau ausgenutzt wird, um den Wolf auszurotten.«

Lauter Protest. Johansen musste die Stimme erheben, um sich Gehör zu verschaffen.

»Der Wolf folgt nur seinen Instinkten, wie alle Lebewesen!«

»Wir werden den Wolf von norwegischem Boden tilgen!«, schrie ein Dickwanst im Manchester-United-Trikot. »Wir werden deine Frau rächen!«

Tosender Applaus im Saal.

»S-S-S!«, skandierte ein anderer, und die Masse stimmte ein. »S-S-S! S-S-S! S-S-S!« Das Echo hallte von den Wänden wie bei einem Fußballspiel.

Gilbert rollte mit den Augen, rief ins Mikrofon, sie sollten ihre Klappe halten, gab jedoch bald auf und setzte sich kopfschüttelnd auf seinen Platz.

Der Journalist beugte sich zu Leo und erklärte: »Die drei S: Schießen, schaufeln, schweigen. Das Motto der Wolfsjäger.«

Leo nickte, fasziniert von der Wucht und Kraft des Hasses auf den Wolf.

»Diese Leute sind nicht repräsentativ für Elverum«, sagte der Journalist. »Das sind Extremisten.«

Polizeichef Tomteberget sprang auf, schob Hennum zur Seite, der vergeblich versucht hatte, für Ruhe zu sorgen, und ergriff das Mikrofon.

»Leute! Zeigt doch ein wenig gute Manieren, verdammt noch mal!«

Die S-S-S-Rufe verebbten wie eine Flutwelle auf dem Rückzug. Tomteberget setzte sich, und der Bürgermeister schritt ein.

»Dies war nicht als Diskussionsrunde für oder gegen Wölfe gedacht. Ich wollte euch nur informieren, wie ihr euch angesichts der aktuellen Lage verhalten sollt.«

»Sollen wir etwa zuhause bleiben?«, rief ein Mann.

»Ihr sollt aufpassen und eure Kinder und Hunde nicht ohne Aufsicht in den Wald lassen.«

»Wenn du mit ein paar Wölfen überfordert bist, schlage ich vor, dass du nach Fuerteventura ziehst!«, rief einer der Jungs in den schwarzen Kapuzenpullis. »Was willst du dann noch in den norwegischen Wäldern?«

Die Hoodie-Gang lachte herzlich.

Niemand im Saal bemerkte den Hünen, der ganz hinten neben der Tür an der Wand lehnte. Er hatte sich im Halbdunkel unbemerkt hereingeschlichen und fiel nur durch den Geruch auf, eine Mischung aus altem Schweiß, Lagerfeuer und Schaf. Die auffälligen Tätowierungen waren von seinem grauen Bart verdeckt, und auf seinem Kopf saß eine etwas zu kleine Schildmütze der *Bewegung für neue Raubtierpolitik* anstelle des üblichen Südwesters. Rino schüttelte unmerklich den Kopf, als wäre der Saal voller Idioten und er der Einzige, der die Zusammenhänge verstand. Aus schmalen Augenschlitzen starrte er Vizebürgermeister Hennum an. Zwischendurch ließ er den Blick über die Versammlung schweifen, ohne Hennum aus den Augen zu lassen.

12

Emma Vase stapfte über die weichen Flechten zwischen den Föhren, den Blick fest auf den Boden gerichtet. Sie ging in die Hocke, zog eine Pinzette aus der Jackentasche und las ein Fellknäuel auf, das sie übersehen hatten. Sie hielt es gegen den grauen Himmel und betrachtete es, bevor sie es in eine kleine Plastiktüte steckte. Kein Zweifel, die Haare stammten von einer Wolfsart, aber welcher?

Sie konnte nicht sagen, was sie einen Tag nach der Versammlung zum Tatort zurückgeführt hatte. Vielleicht die Unsicherheit, die Hoffnung, etwas zu finden, das zur Aufklärung des Geschehens beitragen konnte, obwohl es im Grunde klar war. Die Frage war nur, wie viele Wölfe Phung Johansen angegriffen hatten, ob sie gesund waren und woher sie kamen. Die rätselhaften Andeutungen Gilberts verstand sie nicht.

Sie rutschte auf den Knien herum, schaute unter Zapfen und Äste und durchkämmte die Flechten.

Schon als kleines Kind war Emma gern alleine im Wald gewesen. Sie liebte es, ihre Sinne zu gebrauchen, die Düfte und Eindrücke aufzusaugen, ohne dass sie jemand störte. Mit zehn Jahren hatte sie furchtlos in den Wäldern der Bærumsmarka gespielt. Selbst als ein Helikopter über ihr schwebte und ein Orientierungsläufer sagte, sie solle schnell nach Hause laufen, weil ein berüchtigter Kindesmörder aus dem Hochsicherheitsgefängnis in Ila geflüchtet war, hatte sie keine Angst gehabt.

Der Wald war immer ihr Freund gewesen. Doch heute war es anders. Sie spürte ein Kribbeln im Körper. Sie schaute über die Schulter, hörte Geräusche, die sie nicht einordnen konnte. War es vielleicht das, was die Leute hier mit »verminderter Lebensqualität« meinten?

Eins war sicher: Ihr Hauptargument im Kampf für den Wolf, dass die Tiere für den Menschen nicht gefährlich seien, war gründlich entkräftet. Sie standen als Idioten da. Harte Zeiten standen bevor. »Winter is coming«, flüsterte Emma.

Jahrelang hatten sie versucht, den Menschen in Østerdalen zu beweisen, dass ihre Furcht vor dem Wolf irratonal sei. Sie hatten eine Urangst bagatellisiert, und nun war sie plötzlich real.

Sie schaute an dem Baum hoch, in dem der Junge gesessen hatte. Der untere Ast war über zwei Meter hoch, er hatte verdammtes Glück gehabt, dass er dort hinaufgekommen war.

»Irgendwas Interessantes gefunden?«

Emma fuhr herum. Ein Koloss von einem Mann in Shorts, Gummistiefeln und einem gelben Südwester stand fünf Meter von ihr entfernt und starrte sie an. Sie hatte ihn nicht kommen hören.

»Nichts Besonderes«, stammelte sie. »Ich suche Pilze.«

Der große Mann lächelte.

»Was für Pilze?«

»Pfifferlinge.«

»Hier gibt es keine Pfifferlinge.«

»Dann muss ich wohl woanders suchen.«

Sie bewegte sich langsam von ihm weg, wollte möglichst keine Furcht zeigen und behielt ihn im Augenwinkel.

»Ich habe sie gefunden«, sagte der Fremde und verschränkte die massiven, tätowierten Arme.

Emma drehte sich um, stemmte die Hände in die Hüften und blinzelte in die Sonne, die sich zum ersten Mal an diesem Tag zeigte.

»Sie sind also der zufällig vorbeigekommene Wanderer?«

Der Riese streckte die Hand aus. »Nenn mich Even.«

Sie ergriff seine Hand. »Emma. Du hast also den Jungen gerettet?«

»Ich habe niemanden gerettet. Ich habe ihn nur der Polizei übergeben. Hast du Hunger?«

»Nicht besonders.«

»Ich bin hungrig wie ein Wolf. Magst du Lamm?«

Der durchtrainierte Obdachlose führte sie mehrere Kilometer nach Osten durch felsigen Föhrenwald, Moore und dichten Laubwald – Grauerlen, Espen, Vogelbeerbäume voller oranger Beeren. Sie überquerten einen kleinen Bach. Er sagte kein Wort, ging mit schnellen, sicheren Schritten voraus, wie ein Raubtier in seinem Revier. Emma hatte Mühe mitzuhalten. Ihr Herz pochte unter der Allwetterjacke. Normalerweise würde sie niemals die Einladung eines Typen annehmen, der wie ein irrer Massenmörder aussah, aber sie wollte wissen, was er über den Wolfsangriff zu sagen hatte. Außerdem hatten seine Stimme und seine Augen etwas Sanftes, Sympathisches, Ungefährliches.

Es war unmöglich, das zerschlissene hellgrüne Zweimannzelt zu entdecken, außer man stolperte direkt darüber. Rino hatte es unter vier dicht belaubten Birken versteckt und mit unsichtbaren Leinen aus Angelschnur gespannt. Das Lager war ordentlich, nichts lag herum, kein Müll, keine Plastiktüten, jedes Gerät hatte seinen Platz in den Bäumen. Selbst die vielgenutzte Feuerstelle war von einem Wacholderbusch verdeckt.

Der Riese in Shorts entfernte den Busch, kroch ins Vorzelt und kam mit einer Tüte voll Rinde und kleiner Zweige wieder heraus, mit denen er ein Feuer machte. Dann verschwand er im Wald und kehrte wenige Minuten später mit einem Arm voll perfekt gespaltener Birkenholzscheite zurück. Als das Feuer ordentlich brannte, kroch er wieder ins Zelt und zog ein Schaffell heraus.

»Hier«, sagte er. »Setz dich da drauf.«

Die verschmutzte Wolle stank nach nassem Schaf – das Fell war garantiert nicht aus dem Kaufhaus.

»Hab ich selbst gemacht«, sagte der Eremit stolz. Der Mann, der sich Even nannte, ging zu einem Wacholdergebüsch, bückte sich und schob eine schwere Holzplatte zur Seite, die mit Erde und Gras bedeckt war. Emma kam näher, um zu sehen, was sich darunter verbarg. Ein Loch im Boden, das sich nach unten weitete. Es sah aus wie eine Speisekammer oder ein Zufluchtsraum.

»Ein alter Wolfsbau«, sagte der Riese. »Hat mir viel Arbeit erspart.«

Auf einer selbstgezimmerten Leiter stieg er in das Loch hinab. Als nur noch sein Kopf herausschaute, blieb er stehen und sah sie mit traurigen Augen an. »Sie werfen Dynamit in die Bauten, wusstest du das?«

Emma nickte. Sie hatte große Lust, ihn über den Wolfsangriff auszufragen, aber sie wollte ihn nicht drängen.

Rino knipste eine Taschenlampe an und war eine Weile beschäftigt, ehe er mit einem in Folie gewickelten Stück Fleisch wiederkam. Er packte die kleine Keule aus und spießte sie auf einen verkohlten Stock, dessen anderes Ende er so in die Erde steckte, dass das Fleisch einige Zentimeter über der fast unsichtbaren Flamme hing.

»Ich hoffe, du magst Lammkeule«, sagte er und legte zwei Scheite nach.

»Wo hast du das Fleisch her?«, fragte Emma.

»Der Wald ist voll davon. Ich benutze Pfeil und Bogen.«

»Den da?« Sie zeigte auf einen zwei Meter langen Bogen mit Schnitzereien am Schaft, der in einer Birke hing. Daneben hing ein Köcher mit Pfeilen.

Rino holte Pfeil und Bogen und zeigte sie Emma. »Eine Zugkraft von dreißig Kilo. Die Wikinger haben solche Bögen benutzt. Es hat ein Jahr gedauert, ihn zu bauen.«

Emma zog einen Pfeil aus dem Köcher und untersuchte ihn.

»Der Schaft ist aus Birke, die Steuerfedern sind vom Schwan«, sagte er stolz. »Retrospitzen aus Obsidian, ein vulkanisches Glas. Fantastische Durchschlagskraft, viel besser als Stahl.«

»Du weißt, dass es in Norwegen verboten ist, mit Pfeil und Bogen zu jagen?«, fragte Emma.

»Natürlich.« Rino grinste. »Was denkst du?«

»Hast du keine Angst, dass man es auf die Wölfe schiebt, wenn du Schafe tötest?«

»Der Wolf bekommt sowieso die Schuld.« Er schob die Scheite im Feuer zusammen und starrte in die Flammen. »Das norwegische Hausschaf vermindert meine Lebensqualität. Es gehört nicht in die norwegische Natur. Durst?«

»Was gibt es?«, fragte Emma. Sie dachte, dass sie eigentlich Angst haben müsste, doch sie fühlte sich seltsam sicher bei dem exzentrischen Riesen.

»Wasser.« Er holte eine leere Flasche und zwei grüne Plastiktassen aus dem Zelt, ging zum Bach und füllte die Flasche auf. Emma bekam eine Tasse, die er bis zum Rand füllte. »Quellwasser«, sagte er. »Eiskalt, köstlich und gratis.«

»Willst du dich nicht setzen?«, fragte Emma.

»Ich stehe lieber.«

Emma richtete ihren dicken Pferdeschwanz und schwieg.

Rino holte eine Ledertasche aus dem Zelt und zog zwei Zinnteller, Messer, Gabeln und ein großes Samenmesser heraus. Alles war blitzsauber. Er stellte das Geschirr auf den Boden, nahm den Stock vom Feuer und legte das Fleisch auf ein Brett, das er unter dem Zelt hervorgezogen hatte. Dann schnitt er vier dicke Scheiben mit dem Samenmesser ab und verteilte sie auf die Teller. Als Nächstes nahm er eine Pfanne aus dem Vorzelt, stellte sie aufs Feuer und füllte sie mit Zutaten aus einer Pappschachtel. Emma erkannte Brennnesseln, Flechten, Löwenzahn und Steinpilze. Zum Schluss gab er etwas Butter aus einer Holzdose sowie Salz und Pfeffer hinzu.

»Das sieht lecker aus«, sagte Emma.

Er grinste stolz und entblößte eine erstaunlich weiße Zahnreihe, in der nur ein brauner Eckzahn saß.

»Wusstest du, dass achtzig Prozent aller Pflanzen in der norwegischen Natur essbar sind?«

Während das Wildgemüse in der Pfanne zischte, füllte er einen Kessel mit dem restlichen Wasser aus der Flasche und hängte ihn übers Feuer. Dann nahm er die Pfanne aus der Glut, verteilte das gebratene Grünfutter auf die Teller und reichte Emma eine Portion.

Sie aßen schweigend. Emma saß auf dem Lammfell, der Riese kauerte wie ein Indianer im Schneidersitz, den Teller auf den Knien.

Viele Fragen brannten Emma auf der Zunge. Der sanfte Wilde schien die Stille zu genießen. Er sah sie lächelnd an, kniff die Augen zusammen und kaute. Emma lächelte zurück. Als er den Teller leer gegessen hatte, nahm er den Kessel vom Feuer und stellte ihn ins Gras. Er zog ein kleines Tütchen aus der Jackentasche.

»Möchtest du etwas hausgemachten Tee?«

»Gerne«, sagte Emma.

»Kahlköpfe. Gut für die Verdauung.«

»Magic mushrooms?« Sie runzelte die Stirn. »Die enthalten Halluzinogene.«

»Völlig harmlos in kleinen Dosen.« Er leerte das Tütchen auf die Hand und zeigte sie ihr.

»Kahlköpfe sind hundert Prozent natürlich.«

Emma starrte die kleinen Pilze mit den spitzen Hüten und dünnen Stielen an. »Sind die getrocknet?«

Er nickte. »Ich habe sie vor ein paar Tagen gepflückt. Manche behaupten, man solle sie nicht vor dem ersten Nachtfrost pflücken, aber das ist ein Märchen.«

Er sagte dies mit Nachdruck, als würde er neue Erkenntnisse in einem wichtigen Fach präsentieren.

Er zählte fünfzehn getrocknete Pilze ab, legte sie in eine der Tassen und goss sie mit heißem Wasser auf.

»Hier. Lass sie ein wenig ziehen.«

Für seine Tasse zählte er einundzwanzig Pilze ab.

»Warum nimmst du mehr als ich?«, fragte Emma.

»Die Dosierung ist das A und O. Es ist besser, wenn du vorsichtig anfängst. Zucker?«

Emma schüttelte den Kopf. »Wie wirken die?«

»Wenn ich das trinke, fühle ich mich stärker mit der Natur verbunden. Ich kommuniziere auf einer anderen Ebene mit ihr, werde Teil eines Ganzen und nehme mich selbst weniger wichtig.« Er streute etwas Zucker in seine Tasse.

»Kann mir schlecht werden?« Sie hielt die Nase in den Dampf, der aus der Tasse stieg. Es roch fast nach nichts.

»Kahlköpfe in der richtigen Dosis sind pure Medizin. Sie werden auch als Mittel gegen Depressionen eingesetzt.« Er rührte mit einem Stöckchen in seiner Tasse. »Psilocybin dämpft die Aktivität im medialen präfrontalen Cortex.«

»Und das ist gut?«

»Du siehst die Dinge mit anderen Augen.« Er wippte auf den Sohlen auf und ab. »Ich glaube, das kann ganz gesund sein.«

Emma lachte. »Dann ist es kaum schlimmer als Alkohol.«

»Mit dem Trinken habe ich aufgehört«, sagte der Riese. »Ich benutze nur die Rauschmittel der Natur.«

Emma schaute in ihre Tasse: aufgequollene graue Pilze mit geleeartiger Konsistenz in einer bräunlichen Flüssigkeit.

»Realität ist nur etwas für Menschen, die nicht mit Drogen klarkommen«, sagte Rino.

Emma kicherte. »Von wem ist das?«

»Tom Waits.« Er hob die Tasse an die Nase, atmete den Dampf ein, schloss die Augen und grinste.

»Wer ist das denn?«

Der wilde Mann sah sie an, als käme sie von einem anderen Planeten.

»Wie alt bist du?«

»Vierundzwanzig.«

Rino blickte melancholisch drein.

»Mein Sohn wird nächste Woche zwanzig.«

Emma wusste nicht, was sie sagen sollte. Sie hatte kein Bedürfnis, mehr über das Privatleben des seltsamen Eremiten zu erfahren.

»Eigentlich sollte man mit vollem Bauch keinen Zaubertee trinken«, sagte er. »Wir hätten erst einen Spaziergang machen sollen.«

»Ich riskiere es«, sagte Emma. Sie hielt die Tasse mit beiden Händen, atmete den Dampf ein, blies in die Tasse und trank einen Schluck. Es schmeckte nach Wald.

Die Wolkendecke war aufgerissen und die Sonne schien, aber sie drang nur in schmalen Streifen durch das dichte Laubdach über Rinos Lager.

»Das ist der einzige Vorteil der Schafe«, sagte der Riese und sprang auf.

»Wie bitte?«

»Kahlköpfe wachsen nur in Kulturlandschaften, wo Schafe weiden.« Er trank einen großen Schluck, stellte die Tasse ab und zog die Gummistiefel aus.

»Lebst du hier draußen?«, fragte Emma.

Er nickte.

»Ganz alleine?« Emma bemerkte, dass er keine Socken in den Stiefeln trug.

»Ich fühle mich alleine am wohlsten.«

»Du bist so eine Art einsamer Wolf?«

Der große Mann schaute zufrieden und trank weiter. »Das nehme ich als Kompliment.« Er ging wieder in die Hocke und wippte vor und zurück. »Ich weiß alles über euch.«

»Über wen?«

»Norulv. Ich beobachte euch seit mehreren Monaten. Ihr leistet wichtige Arbeit.«

»Wir tun unser Bestes.« Emma trank ebenfalls. »Schmeckt nach Wald.«

»Aber jetzt kann alles mit einem Schlag den Bach hinuntergehen.«

»Wie meinst du das?«

»Alles, was ihr getan habt, könnte vergebens gewesen sein.«

»Du meinst wegen des Wolfsangriffs?«

»So gesehen, war es ein genialer Schachzug.«

»Wir haben überhaupt nichts gemacht.«

»Ich meine, von den Wolfshassern.«

»Was ist genial daran?«

»Vergiss es«, sagte der Riese und nahm den Südwester ab. »Was sagt der Meister?«

»Bjarne?«

»Professor Bjarne Gilbert …« Der Wilde blickte selig drein. »Ich liebe diesen Mann.«

Emma hörte den Bach gluckern, es klang wie Musik in ihren Ohren. Sie sagte kein Wort, lauschte nur dem klaren Wasser, das durch die Natur Østerdalens plätscherte.

»Im Grunde hat er den skandinavischen Wolf eigenhändig vorm Aussterben bewahrt«, sagte der Riese.

»Er macht sich Sorgen«, sagte Emma, hob einen Zweig vom Boden auf und stocherte im Feuer. »Aber er hat schon öfter Rückschläge erlebt.«

»Wie nimmt er es?«

Emma neigte den Kopf und starrte in die Flammen. Das Feuer brannte intensiver, als sie es je gesehen hatte, sie fühlte sich wie ein Teil der Flammen. Nicht destruktiv – die

Flammen nutzten das Holz auf empathische Weise. So sollte es sein, wie wenn ein Indianer einen Büffel erlegt und sich bei ihm dafür entschuldigt.

»Er weigert sich zu akzeptieren, dass es Wölfe waren.«

Der Riese trank seine Tasse aus.

»Das ist traurig«, sagte sie. »Er verschließt sich der Wahrheit.«

»Verkriecht er sich?«

Emma nickte.

»Das ist vielleicht gar nicht so dumm. Schau dir den Wolf an, der läuft davon und versteckt sich, wenn er Gefahr wittert. Was ist eigentlich euer Ziel?

»Unser Ziel?«

»Das Ziel von Norulv.«

»Wir wollen für einen tragfähigen Wolfsstamm in Skandinavien sorgen.«

»Was heißt das?«

»Das offizielle Ziel lautet vier bis sechs Paare mit Nachwuchs auf norwegischem Boden. Unser privates Ziel …« Sie hielt den Zeigefinger vor die Lippen und flüsterte: »… sind dreihundert Wölfe in Norwegen und tausend in ganz Skandinavien, um einen tragfähigen Stamm ohne Inzest zu erhalten.«

Sie fixierte eine gelbe Blume, die im Wind schaukelte. Der Puls der Natur, ruhig und gleichmäßig, und sie war ein Teil davon.

»Tausend Wölfe?«, sagte der Mann, der sich Even nannte, und sah Emma an. »Setzt ihr deshalb heimlich welche aus?«

»Was sagst du da? Das wäre ja grobe Faunakriminalität.«

Er lächelte.

»Ich habe euch gesehen.«

»Was hast du gesehen?«

»Beruhig dich.« Er stand auf und wischte sich die Hände an den Beinen ab. »Ich bin auf eurer Seite, auch wenn Peter Singer es wahrscheinlich moralisch verwerflich fände, Wölfe auszusetzen, weil es zu noch mehr Leid führt.«

Emma legte sich ins Gras und schaute durch die Baumkronen an den Himmel. Sie konzentrierte sich auf einen Ast, der rhythmisch im Wind schaukelte, und ihr Puls nahm denselben Takt an.

»Wir kämpfen gegen eine Übermacht«, sagte sie. »Die Jäger töten die Wölfe schneller, als wir neue aussetzen können.«

»Auch das habe ich gesehen.«

Sie schwiegen und schauten an den azurblauen Himmel. Ein Laubsänger zwitscherte, der Pavarotti des Waldes und Norwegens verbreitetster Vogel.

»Sie wurde nicht von Wölfen getötet«, sagte der Riese.

Emma war so tief in die Natur versunken, dass es eine Weile dauerte, bis ihr Gehirn registrierte, was er gesagt hatte. Als es endlich bei ihr ankam, setzte sie sich auf, schüttelte den Kopf und sah die Gestalt, die neben ihr saß, mit großen Augen an. Rino erinnerte sie an einen Braunbären, der nach fünf Monaten Winterschlaf aus seiner Höhle getaumelt war. »Was sagst du da?«

»Es waren keine Wölfe.«

Sie kniff die Augen zusammen und schüttelte weiter den Kopf.

»Was war es dann?«

»Hunde. Hybride, Bastarde.« Er ging in die Hocke. »Sie wurde von zahmen, trainierten Hunden getötet, wahrscheinlich Wolfsmischlinge.«

Emma nahm die Gabel vom Teller, spießte ein Stück Fleisch auf und führte es langsam in den Mund. Sie schloss die Lippen um das Metall, zog die Gabel heraus und kaute langsam, während sie den wilden Mann ungläubig anstarrte. Das Fleisch fühlte sich wie Gummi an. Sie versuchte, die Reichweite seiner Worte zu begreifen, doch ihr Blick ruhte auf einem Stöckchen, das in seinem Bart steckte, ein winzig kleines Stöckchen, vielleicht einen Zentimeter lang, aber in diesem Moment war es groß und gewichtig wie ein Baumstamm.

»Woher weißt du das?«

»Ich habe es gesehen.«

»Du hast gesehen, wie sie getötet wurde?«

»Ich habe alles gesehen.«

13

Am Donnerstagmorgen war die Rezeption wieder voll mit Menschen, Koffern, Taschen und Stativen.

»Der Zirkus verlässt die Stadt«, sagte der höfliche junge Rezeptionist in Schlips und Anzug zu Leo, als er die Treppe herunterkam, und zwinkerte ihm zu.

»Die Ratten verlassen das sinkende Schiff«, sagte Leo und zwinkerte zurück.

Die Presseleute aus der Großstadt fuhren nach Hause. In Elverum gab es nichts mehr zu holen – nicht bevor die Wölfe verschwanden, mehr Menschen angegriffen wurden oder Tierschützer und Wolfshasser aufeinander losgingen. Sie packten ihre Ausrüstung zusammen, beglichen die Rechnung und fuhren nach Gardermoen, Oslo, Bergen oder Trondheim. Ihr Abgang erinnerte Leo daran, dass es noch eine Welt außerhalb Elverums gab. Die drei Tage, die er jetzt hier war, kamen ihm wie eine Ewigkeit vor.

Nach einem soliden Frühstück ging Leo aufs Zimmer. Er zog die Gardinen zu, legte sich aufs Bett und schaltete den Fernseher ein. Noch immer brachten alle Kanäle Beiträge über den Unfall. Im Nachrichtenkanal von TV2 wurde eine Frau aus Elverum interviewt.

Die Dame war ungefähr sechzig und hatte dunkle Augen,

die kompromisslos dreinblickten. Sie war die Vorsitzende irgendeines Bauernverbandes und erzählte von Wolfsangriffen auf ihre Schafe innerhalb des raubtiersicheren Zaunes, von Sabotage und Drohungen der SR, von fehlgeschlagener Politik, verlorener Lebensqualität und Aktionen von Østfold bis hinauf in die Finnmark.

»Der Verband *Natur für Alle* organisiert am Freitag Mahnfeuer als Protest gegen die Raubtierpolitik.« Sie sah in die Kamera. »Wir stehen vor einer Invasion, nun müssen wir zeigen, dass wir gegen die Eindringlinge zusammenstehen.«

»Glauben Sie, das wird etwas bewirken?«, fragte die junge Reporterin rhetorisch.

»Wenn unsere Aktionen keinen Eindruck machen, beweist dies nur, dass wir in einer Demokratie nicht weiterkommen.«

»Glauben Sie, dass Sie in einer Diktatur mehr bewirken könnten?«, konnte die Reporterin sich nicht verkneifen.

»Alle Wölfe, die sich dauerhaft in Norwegen aufhalten, und alle Wolfswelpen, die in norwegischen Wäldern geboren werden, müssen entfernt werden«, sagte sie, unbeeindruckt von dem Seitenhieb. »Ich spreche im Namen meines Vereins, aller Jagdverbände und aller Eltern, die Angst haben, ihre Kinder allein zur Schule gehen zu lassen.«

Leo schaltete den Fernseher aus, nahm sein Notebook und setzte sich splitternackt in den Sessel. Der Wollbezug kratzte, deshalb stand er auf und zog Boxershorts und ein T-Shirt an. Zurück im Sessel, setzte er Kopfhörer auf und schlug die Beine übereinander.

Das Kribbeln und die Unruhe waren immer morgens am schlimmsten. Er hatte gelesen, dass das Stresshormon Cortisol zu dieser Tageszeit das höchste Level erreichte.

Er ging auf YouTube und versuchte es mit einer halbstündigen Body-Scan-Mindfulness-Meditation auf Australisch, mit Didgeridoo-Musik im Hintergrund. Die pathetische Stimme sagte: »Your mind will wander, simply notice when it does, and with compassion and love for yourself, accept that your mind has wandered and bring your awareness back to the physical sensation of breathing.«

Er tat sein Bestes, sich selbst zu lieben und sich aufs Atmen zu konzentrieren.

»Close your eyes and observe each breath as if it was the first breath you have ever taken.«

Er schloss die Augen.

Als Baby hatte Siri monatelang unter Koliken gelitten. Sie schrie und schrie, als könnte sie jeden Moment sterben. Ragna und Leo teilten sich die Nächte und trugen sie abwechselnd im Haus herum, steckten einen Finger in ihren Mund und ließen sie daran saugen, bis sie sich beruhigte und einschlief. Eine Stunde später ging es wieder los.

Er hatte sich Siri nie so nahe gefühlt wie seinem vier Jahre älteren Sohn Willy. Das war die nackte, hässliche Wahrheit.

»Let your breath be the gateway to this moment«, insistierte der Australier.

Leo warf den Kopfhörer aufs Bett, stand auf und öffnete die Gardinen. Er blickte direkt auf das alte Elgstua Café und den Verkehrsstrom auf der Landstraße. Dahinter begann das endlose Tannenmeer. Er konnte nicht im Hotelzimmer hinter geschlossenen Vorhängen vor sich hin trauern. Er musste raus in die Sonne.

Er zog eine kurze Hose, weiße Tennissocken, ein langärmliges T-Shirt und ein kariertes Hemd an, stieg in die Masai-Schuhe und ging ins Bad, wo er eine Pille schluckte.

Dann lief er hinaus und grüßte auf dem Weg ins Freie seinen Freund an der Rezeption. Draußen stieg er in den Leihwagen und fuhr auf der Ostseite der Glomma nach Norden.

Er wollte die Gebiete durchforsten, die Gilbert als mögliche Rino-Hangouts bezeichnet hatte. Bevor er Elverum verließ, wollte er ein letztes Mal versuchen, den wilden Mann zur Vernunft zu bringen.

14

Emma balancierte auf einem Bein. Die Welt war noch immer fern und unwirklich. Es kam ihr vor, als wäre sie schon eine Ewigkeit bei dem sanften, einfühlsamen Riesen. Sie hatte die Nase voll von dem Pilz-Trip und wollte zu sich selbst zurück.

»Wem gehören die Hunde?«, fragte sie und kniff die Augen zusammen.

»Ich beobachte den schwedischen Drecksack seit zwei Monaten.« Rino stand auf. »Er hat fünf Mischlinge trainiert, auf Kommando zu töten.«

Emma blieb auf einem Bein stehen und starrte Rino mit offenem Mund an.

»Er ist öfter mit zwei Typen zusammen, immer denselben.«

»Weißt du, wer sie sind?«

»Der eine ist der Vizebürgermeister von Elverum. Ich habe ihn gestern auf der Bühne wiedererkannt.«

»Viggo Hennum?«

Rino sah sie mit finsterem Blick an. »Viggo Hennum.«

»Bjarne sagt schon immer, dass der Bürgermeister und sein Vize mit den Jägern unter einer Decke stecken, aber das …« Sie verlor das Gleichgewicht und stellte den zweiten Fuß wieder auf den Boden. »Sind die total durchgeknallt?«

Rino schwieg.

»Was ist mit dem Dritten?«

»Sieht aus wie ein alter Countrysänger«, sagte Rino. »Alberner Bart, schwarz gekleidet. Ich hab ihn nur von Weitem gesehen.«

»Mein Gott.« Emma begriff allmählich, was das bedeutete. Sie trank einen Schluck Tee, obwohl sie eigentlich mehr gebraucht hätte. »Warum haben sie das getan?«

»Um die Schuld auf den Wolf zu schieben. Sie wollen ganz Norwegen auf ihre Seite bringen und die Wölfe ausrotten.«

»Wir müssen zur Polizei!«

»Vergiss es. Tomteberget hasst Wölfe.«

»Embret Tomteberget ist vielleicht kein Wolfsfan, aber Mörder mag er noch weniger, glaube ich.«

»Ich war Zeuge des Mordes.« Rino leerte seine Tasse und warf sie auf den Boden. »Aber ich darf unter keinen Umständen da hineingezogen werden.«

»Warum nicht?«

»Das ist eine lange Geschichte.«

»Willst du den Wolf nicht reinwaschen?«

Er sah ihr in die Augen. »Ich kann nicht aussagen.«

Ihr Blick wanderte zu Rinos Augenbrauen, die sie an Moosbüschel oder kleine Waldmäuse erinnerten.

»Wir müssen es ihnen mit gleicher Münze heimzahlen«, sagte Rino. »Sie sollen wissen, dass wir es ernst meinen.«

»*Wir*?«

»Wir, die wir für den Wolf kämpfen.«

Emma schaute ins Feuer und dachte, wie sehr es sich veränderte, wenn nur eines der Scheite zusammenfiel. Es flammte auf oder wurde kleiner, die Grenzen waren fließend. »Was meinst du mit *gleicher Münze*?«

»Sie sollen ihre eigene Scheiße zu schmecken kriegen. Das ist die einzige Sprache, die sie verstehen.«

Emma wischte die Hände an der Hose ab, hob sie vors Gesicht und starrte sie an, als gehörten sie nicht ihr. »Ich glaube, ich muss jetzt gehen.«

Rino setzte seinen Hundeblick auf und fragte, ob sie Lust auf Blaubeeren und Waldhimbeeren mit Sahne hätte, aber Emma war der Appetit vergangen.

»Wie überlebst du hier draußen?«, fragte sie. »Wo kriegst du Geld her?«

Rino deutete auf das Loch im Boden.

»Ich habe einen ganzen Koffer voll Cash.«

»Echt?« Emma hob die wohlgepflegten Augenbrauen.

»Ich habe einen Mann getötet und es gestohlen.«

Emma redete sich ein, dass er Scherze machte.

»Eigentlich ist er eines natürlichen Todes gestorben, zumindest für seine Branche«, sagte Rino. »Willst du noch ein bisschen Tee?«

»Ich glaube, ich habe genug«, sagte Emma.

Rino legte mehr Pilze in seine Tasse und füllte sie mit heißem Wasser auf.

»Ich fahre mehrmals im Monat in die Stadt. Gehe in die Bibliothek, lese Online-Zeitungen und halte mich über Wölfe und Fußball auf dem Laufenden. Natürlich leihe ich auch Bücher aus.«

»Du liest! Was denn?«

»Zum Beispiel *Mein Leben als Schäfer*. Aber momentan eher Peter Singer und Heidegger.«

»Ist Singer nicht der Typ mit *Animal Liberation*?«

»Jep.«

»Und der deutsche Philosoph?«

Rino nickte. »Martin.«

»*Sein und Zeit*?«

»Nein, seinen *Brief über den Humanismus* von 1947.«

»Worum geht es da?«, feixte Emma.

Rino schaute in den Himmel und atmete durch die Nase aus. »Nicht das bloße Sein macht den Menschen, sondern das Denken des Seins.« Er sah ihr tief in die Augen. »Nur dadurch, durch Existenzialität, Verstehen und vorlaufende Entschlossenheit erreichen wir im Sein zum Tode Eigentlichkeit. Ohne den Tod würden wir das Leben nicht verstehen.«

Das muss an den Pilzen liegen, dachte Emma, als sie überall Gänsehaut bekam. Die Stimme des Riesen war sonor und hypnotisch wie ein langsam dahinfließender breiter Strom. Sie hätte ihm den ganzen Abend zuhören können. Seine Worte waren reflektiert und voller Tiefe. Alles, was er sagte, war mehrdeutig. Sie fühlte sich auf mystische Weise mit dem schmutzigen Wilden verbunden, als hätte sie ihn schon immer gekannt. Emma neigte den Kopf und sah ihn mit großen Augen an. Rino erwiderte ihren Blick, stand auf, klopfte den Schmutz von der Hose und fragte: »Weißt du, wie Vålerenga am Sonntag gegen Stabæk gespielt hat?«

15

Leo fuhr die Autofenster auf beiden Seiten herab und ließ sich den Fahrtwind durch die Haare wehen und im Nacken kitzeln. Der Duft von frisch geerntetem Getreide und Dünger füllte das Wageninnere. Es war ein perfekter Spätsommertag, ungewöhnlich warm für Ende August, weit über zwanzig Grad im Schatten, fast windstill. Immer wieder sah er die Glomma, die breit und sanft jenseits der gelben Felder dahinfloss. Nicht eine Welle brach die Oberfläche, und neben dem Fluss glänzten die Eisenbahnschienen in der Sonne. Der Wasserstand war seit seiner Ankunft um mindestens einen halben Meter gesunken, und das Wasser war wieder klar. Ein alter Instinkt erwachte ihn ihm, und er bereute, dass er die Angelrute nicht mitgenommen hatte. Es war viel zu lange her, seit er zum letzten Mal in einem Fluss Fliegenfischen war.

In Granbekken parkte er das Auto am Straßenrand und ging in den Wald. Gilbert hatte ihm drei Gebiete verraten, in denen man sich längere Zeit versteckt halten konnte. Dies war eines davon.

Klassischer Østerdalen-Wald mit drei bis vier Meter Abstand zwischen den Föhren. Sie brauchten Luft, um in der mageren Erde zu gedeihen. Zwischen den Stämmen wuchsen Rentierflechten, Preiselbeeren und ein paar junge Bäume, überall lagen moosbewachsene Steine, Föhrenzapfen und modrige Baumstämme. Das Terrain war gut begehbar, trocken und übersichtlich. Zwischendrin gab es Flecken mit dichtem Fichten- oder Mischwald. Kurz darauf betrat er eine ganz andere Landschaft: Moore und kleine Seen voller Wasserlilien, umkränzt von hellem Schilf und Birkenwald. Danach eine Rodung mit riesigen frischen Baumstümpfen, ein Meer vermodernder Äste und wilder Himbeeren. Leo rastete kurz und aß ein paar Beeren, ehe er weiterging.

Die Mücken zerstachen seine kreidebleichen Beine, er hatte nasse Füße. Die Masai-Schuhe waren für Asphalt gedacht. Er fühlte sich wie ein Fisch an Land und musste irgendwann einsehen, dass er sich verlaufen hatte. Er dachte an Henry Morton Stanley, der in Belgisch Kongo nach dem verschollenen Forscher David Livingstone suchte, doch im Gegensatz zu Stanley hatte er keine Helfer, keinen Plan und keinen Verlagsvertrag für ein Reisebuch, das er hinterher schreiben sollte. Keiner scherte sich um ihn, keiner wusste, wo er war. Er hatte sich von allem und allen distanziert, selbst seine Tochter wollte nichts mehr mit ihm zu tun haben. Niemand würde es mitbekommen, wenn ihm hier etwas zustieß.

Nachdem er mehrere Stunden durch die Gegend geirrt war, sah er zwischen den Bäumen etwas glitzern. Es war die Glomma, nur wenige Hundert Meter entfernt. Sie zog ihn an, aus alter Gewohnheit. Vielleicht schlüpften gerade die Eintagsfliegen, und die Forellen sprangen.

Er sank auf einen Baumstumpf am Ufer, atmete in den Bauch und hielt Ausschau. Er merkte, dass er schon lange auf den Beinen war. Auf dem Wasser waren keine Insekten, typisch für warme Tage Ende August. Die Natur war ausgebrannt. Alles, was schlüpfte, blühte oder schwärmte, war längst damit fertig. Die Natur wartete auf den Herbst, auf einen Temperatursturz und Niederschlag. Dann würde sich alles, was kreuchte und fleuchte, beeilen, um rechtzeitig auf den Winter vorbereitet zu sein.

Zu Leos großer Überraschung regten sich hinter einem Stein ein paar Forellen. Er sah die charakteristischen kleinen Ringe, wenn sie etwas von der Oberfläche schnappten. Wie lange hatte er das nicht mehr gesehen. Er hatte vergessen, wie befriedigend der Anblick war. Früher hatte er ihnen stundenlang zugesehen und dabei den Gedanken freien Lauf gelassen.

Warum hatte er so etwas nie gemeinsam mit Siri gemacht? Warum hatte er zugelassen, dass sie ihm entglitt?

Sie war an die falschen Leute geraten. Doch anstatt sie ihre eigenen Erfahrungen machen zu lassen, hatte er sie kritisiert und es ihr noch schwerer gemacht.

Eine Schafherde zog am Fluss entlang, ihre Glöckchen bimmelten. Sie waren wie kleine naive Leckerbissen in der unbarmherzigen Natur. Der Journalist der *Nationen* hatte recht, sie gehörten nicht hierher. Ebenso wenig wie Leo Vangen. Er begann zu frieren. Die Sonne war längst hinter den Hügeln im Westen versunken, auch die Fische waren verschwunden. Er rutschte von dem Baumstumpf, lehnte sich dagegen, verschränkte die Arme und schlief ein.

Siri war an der Brust ihrer Mutter eingeschlafen, die ebenfalls schlief. Er saß daneben und sah ihnen beim Schlafen zu, wie er es so mochte. Ragnas langes rotglühendes Haar deckte das Baby schützend zu. Er streckte die Hand aus und versuchte, ihr Haar zur Seite zu streichen, aber

Ragna hielt den Kopf des Kindes so fest, dass ihre Finger sich in den weichen Schädel eingruben.

Siris schriller Schrei weckte ihn, er rappelte sich auf und schüttelte den Kopf, unterkühlt und desorientiert. Dann klopfte er Laub und Erde von seiner Kleidung und wankte zurück zum Auto.

Zurück im Hotel, ging er sofort aufs Zimmer und schluckte ein Rivotril, das zweite des Tages. Dann packte er seinen Koffer, gab die Schlüssel des Leihwagens ab, beglich die Rechnung, und nach ein paar Höflichkeitsfloskeln mit dem schwedischen Portier verschwand er zur Tür hinaus. Auf dem Weg zum Bahnhof kaufte er einen Cheeseburger mit Bacon, den er im Gehen aß, ohne etwas zu schmecken. Er hätte ihn nicht gebraucht, fühlte sich aufgebläht und benommen, bereute sowohl den Burger als auch die zweite Pille.

Er setzte sich auf die Metallbank vor dem Bahnhof und wartete auf den Zug nach Oslo. Teilnahmslos starrte er den Steinhaufen auf der anderen Seite der Gleise an. Ein endloser Güterzug fuhr vorbei, hundertzwanzig Wagen Bauholz aus Østerdalen. Auf dem Schild am Stationsgebäude stand »Elverum, 188,1 m ü. NHN«. Lächerlich niedrig für einen Ort, der so tief im Binnenland liegt, dachte er. Elverum brauchte ihn nicht, und er brauchte Elverum schon gar nicht. Wenn Rino nichts mit ihm zu tun haben wollte, war das seine Entscheidung. Wie sollte er jemanden retten, der nicht gerettet werden wollte? Wölfe waren nicht wichtig. Siri war wichtig. Es war Zeit, dass er heimfuhr und Siri im Krankenhaus besuchte, ob sie es wollte oder nicht.

16

Während Leo im Zug nach Oslo schlummerte, durchstreiften fünf grün gekleidete Männer mit konzentriertem Blick die Wälder nordöstlich von Elverum und suchten nach Kadavern, Kot und anderen Wolfsspuren. Sie bereiteten die erste große Wolfsjagd seit drei Monaten vor. Der Mann, der mit dem Elchhund an der Leine voranging – rasierter Schädel, Spitzbart und Goldohrring –, war der Werbefachmann aus Lysaker, Preben Hognestad, den Bürgermeister Kojedal angestellt hatte, um die Gemeinde im »Umgang mit den Medien in Wolfsfragen« zu schulen. Auf dem Höhepunkt des Achtzigerjahre-Booms hatte Hognestad eine Werbeagentur gegründet und große Kampagnen für Damenbinden, Müsli, Haarspray, Intimseife, Makrele in Tomatensoße und Zahnpasta gestartet. Er machte auch Kinoreklame und behauptete, dass die Kinobesucher mehr über seine Spots als über die Filme lachten, für die sie bezahlten. »Wir sind die neuen Geschichtenerzähler«, sagte er gerne. »Du bist doch nur ein Verkäufer«, sagten seine Akademikerfreunde, die neidisch auf seinen Erfolg waren. Preben reagierte so sauer, dass er schon bald keine Akademikerfreunde mehr hatte.

Die Krone seines Werks war ein Werbefilm für TV-Leihgeräte, der acht nationale und fünfzehn internationale Preise gewonnen hatte, darunter den prestigeträchtigen Löwen des *Cannes Lions International Festival of Creativity*. Der Slogan lautete »Überrasche deine Frau mit einem 65-Zöller«.

Als das Geschäft nach der Jahrtausendwende für die alten Werbeagenturen härter wurde und jüngere Geschichtenerzähler auf den Markt drängten, gab Preben die traditionelle Reklame zugunsten von Kommunikationsberatung auf. Die Geschäftsidee war, bekannte Personen im Umgang mit den Medien zu schulen. Sie sollten lernen, was sie sagen konnten oder besser nicht sagten, wenn sie Ärger hatten. Nach der unglücklichen Geschichte mit der Sozialdemokratin, die sich einen Behinderten-Parkausweis erschlichen und später Selbstmord begangen hatte, ging die Firma den Bach runter, und Preben zog aus der Stadt. Er brauchte Luft, Ellbogenfreiheit und mehr Nähe zur Natur.

Preben Hognestad war von Anfang an überaus erpicht darauf gewesen, in Elverum akzeptiert zu werden. Er wollte unbedingt »zu den Jungs« gehören, und als durchtriebener Kommunikator verstand er bald, dass der beste Weg darin bestand, den Wolf *noch* mehr zu hassen als die Einheimischen. Sein Hass auf Wölfe wurde so intensiv, dass er ihn fast in den Wahnsinn trieb. Er verbrachte viele schlaflose Nächte. Selbst für Bürgermeister Kojedal war dieser Hass zum Problem geworden. Er hätte nicht gedacht, dass der Werbefuzzi irgendwann zum eifrigsten Wilderer der Kommune mutieren würde. Schon in seinem ersten Jahr in Elverum brachte Hognestad eigenhändig drei Wölfe um.

Preben liebte es, das Jagdgebiet zu erkunden, er fühlte sich wie ein Pionier, der den Grund für das große Abschlachten bereitete.

Vielleicht lag es an der Schnee-Eule die er im Wipfel

einer Föhre entdeckt hatte, dass er nicht aufpasste, wo er hintrat. Vielleicht war es auch einfach zu gut versteckt. Jedenfalls sah er das Fangeisen erst, als es zu spät war. Er konnte kaum noch *Ups* denken, als die frisch geschärften Zähne des antiquarischen Jagdgerätes zuklappten und sich von beiden Seiten in seinen Wadenmuskel bohrten. Ein laut gellender Schmerzensschrei, von dem man noch viele Jahre erzählen sollte, schallte durch die Wälder von Østerdalen.

17

Im Herbst 1910 begegneten sich zwei junge Norweger in London. Harald H. Hennum kam aus einer wohlhabenden Kaufmannsfamilie aus Bærum, deren Wurzeln in Østerdalen lagen, und machte eine Ausbildung in der Schifffahrt. Johan W. Kojedal, ein Junge aus Hamar und Sohn eines Klempners, war dort, um sich zum Ingenieur ausbilden zu lassen. Laut den Akten aus einem späteren Rechtsstreit (die Bürgermeister Trym Kojedal noch immer im Safe hinter dem Tidemand-Gemälde auf seinem Hof nördlich von Elverum aufbewahrte), kamen sie Weihnachten 1914 bei einem Mittagessen im Osloer Grand Café auf die Idee, gemeinsam eine Reederei zu gründen. Noch am selben Abend besuchten die Jungen Hennum senior – Hannibal Lorenz Hennum, damals einer der reichsten Männer Norwegens –, um ihn um Geld zu bitten. Im Herbst 1915 gründeten die drei Herren die Reederei Hennum & Co, deren Hauptsitz in Kristiania lag.

1925, nach einigen lukrativen Jahren, stieg Hennum senior wegen Alzheimer im fortgeschrittenen Stadium aus der Firma aus. Kurz vor seinem Tod vermachte er das gesamte Familienvermögen seiner persönlichen Pflegerin, der achtzehnjährigen Kommunistin Ida Hakk aus Hokksund.

Die zwei Kommilitonen betrieben die Reederei zunächst weiter, doch zwei Jahre später einigten sie sich darauf, ihre geschäftliche Partnerschaft zu beenden. Offiziell geschah dies in gegenseitigem Einvernehmen. In Wahrheit hatte Kojedal den überzeugten Junggesellen Hennum auf frischer Tat mit dem Gärtner Kjell im Treibhaus ertappt, und obwohl Kojedal für seine Zeit ein liberaler Mann war, konnten weder er noch Hennum die peinliche Episode unter den Teppich kehren. Mit einer Abfindung in Höhe von 450.000 Kronen – damals eine beträchtliche Summe – nahm Hennum seinen Hut. Kojedal ändert den Firmennamen in »Reederei Johan W. Kojedal« und betrieb sie mit großem Erfolg weiter.

Hennum zog zusammen mit Kjell in eine Wohnung über einer Bäckerei in Bærum und investierte die gesamte Abfindung in eine Firma, die exklusive Damenhandtaschen aus Fischhaut herstellte. Als diese in Konkurs ging, verschwand Kjell, und Hennum flüchtete nach Ostasien, um dort sein Glück zu versuchen. Viele Jahre lang betrieb er einen lukrativen Autoimport in die Mongolei und nach China. Durch seinen Job traf er Horden von Weißrussen, die auf der Flucht vor der Roten Armee waren. Diese Menschen und ihre Schicksale hinterließen einen unauslöschlichen Eindruck bei ihm, und als er 1937 nach Norwegen zurückkehrte, fühlte er sich in der Pflicht, Europa gegen den Kommunismus zu verteidigen. Er trat in die Nationale Vereinigung NS ein.

Trotz des Erfolges als Autoverkäufer im Orient sorgte Hennums ausschweifender Lebensstil dafür, dass seine Ersparnisse rasch schrumpften, und als er 1938 für 60.000 Kronen den stattlichen Hof Brustad bei Elverum kaufte, musste sein alter Kompagnon Kojedal ihm sechzig Prozent der Summe vorstrecken.

Im Krieg besetzten die Deutschen den Hof als Hauptquartier und Kontrollposten gegen feindliche Flugzeuge, und als treues Mitglied der Nationalen Vereinigung nahm Hennum die Besatzer mit offenen Armen auf. Jeden Morgen um sieben, bei jedem Wetter, hisste er in seiner grauen Uniform mit roter Armbinde die Hakenkreuzflagge vor dem Haupthaus.

Der Widerständler Kojedal hatte Norwegen verlassen, um die Reederei von Stockholm aus zu betreiben.

1943 heiratete der inzwischen fünfundfünfzigjährige Harald H. Hennum die neunzehn Jahre junge Propagandaleiterin für Haushaltshilfen in Oslo, Julie Docken. Etliche Familienmitglieder blieben der Hochzeit mit der offiziellen Entschuldigung fern, dass sie Probleme mit dem großen Altersunterschied hätten. Der wahre Grund war der wachsende Widerstand gegen den Nazismus, der durch Hitlers Niederlage in Stalingrad drei Tage vor der Hochzeit angefeuert wurde. Nach dem Krieg wurde Hennum verhaftet und wegen Landesverrat, Denunziation und Folter zu neun Jahren Gefängnis verurteilt.

Johan W. Kojedal hatte schon immer eine Schwäche für den stattlichen Hof Hennums gehabt, und als er zurückkehrte, zeigte er keine Gnade für den alten Freund und Geschäftspartner und setzte die hochschwangere Julie vor die Tür. Die junge Frau zog mit ihrem kleinen Sohn Agne von Hof zu Hof und fand bei verschiedenen nazifreundlichen Familien Unterschlupf. Am 14. Dezember 1950 gebar sie ihren Sohn Viggo in einer Scheune in Opphus.

Weihnachten 1953 sah Viggo seinen inhaftierten, hungerstreikenden Vater zum ersten Mal – ein alter Mann, der gerade noch 48 Kilo wog. Er war im Gefängnis zum Katholizismus konvertiert, was er als »Vergeistigung der Niederlage« ansah. Wenige Monate später kam er frei, und die Familie Hennum zog in eine Blockhütte bei Elverum, nur wenige Hundert Meter von Brustad entfernt. Dort lebten sie von Sozialhilfe, anonymen Almosen von alten Nazis und den gelegentlichen Einnahmen des Vaters als Stallbursche. Als der Reeder Kojedal im September 1961 starb, zogen sie vor Gericht, um ihren Anteil an Brustad einzuklagen, verloren jedoch in allen Instanzen.

Harald H. Hennum blieb Katholik, Nazi und eifriger Anhänger von Borussia Mönchengladbach, bis er im Herbst 1968 friedlich auf dem Schaukelstuhl vor dem Ofen einschlief. Er trug seine alte Uniform und hatte sich in eine norwegische Flagge eingewickelt, um sich warm zu halten.

Klein Viggo wuchs mit der Erklärung auf, dass der größte Feind des streng religiösen Vaters die Kommunisten waren. Europa stand in Flammen, und der Vater habe nur Angst um die traditionellen norwegischen und christlichen Werte.

In seiner Kindheit und Jugend fegte Viggo alles, was mit den politischen Überzeugungen seines Vaters zu tun hatte, unter den Teppich, obgleich ganz Elverum davon wusste und seine Klassenkameraden, allen voran Trym Kojedal, ihn unermüdlich daran erinnerten. Obwohl ihre Väter einmal beste Freunde gewesen waren, bekam der junge Trym Kojedal strengstens von seiner Mutter eingetrichtert, sich von dem armen Schlucker Viggo Hennum fernzuhalten.

Der einsame Junge suchte Trost in der Musik. Er spielte Posaune im Schulorchester, zuerst weil kein anderer das

Instrument erlernen wollte, dann weil er ein großer Jazz-Fan, insbesondere Tommy Dorseys, war. Die Posaune gab ihm ein seltenes Erfolgserlebnis, und die Musik wurde zu seiner Oase, in der er König und unantastbar war. Leider brachten ihm weder die Posaune noch Jazzkenntnis Anerkennung bei den anderen Jungen in Elverum. Die Mutter fand, dass ihm etwas mehr Offenheit guttäte, und so lernte er auf einem Landestreffen seine spätere Frau kennen, Linda Janken Østbye, Tochter der berühmt-berüchtigten Faschistin und Antisemitin Gunilla Østbye.

Trym Kojedals Leben verlief ungleich angenehmer und geradliniger. Er schloss 1972 die Offiziersschule ab und reiste nach Moscow (Idaho), um an der University of Washington Ökonomie zu studieren. Es war die beste Zeit seines Lebens, er erzählte allen, die es aushielten, von seinen »Eskapaden« in Amerika. Danach arbeitete er zwanzig lukrative Jahre für die Storebrand-Versicherung, wohnte in einem Einfamilien-Blockhaus mit einem halben Hektar Grundstück und geschnitzten Drachen an den Giebeln, doch irgendwann hatte er es satt, nur einer von vielen Erfolgreichen zu sein, und zog zurück nach Elverum, wo er den Familienhof übernahm und für seine geliebten Konservativen in die Lokalpolitik ging.

Es war eine triumphale Heimkehr, nachdem er die Welt erobert hatte. Der einzige Elverumer, der es vielleicht noch besser getroffen hatte, war der Fußballer Stig Inge Bjørnbye, Linksaußen in Liverpool und bisher einziger norwegischer Premier-League-Gewinner. Aber der würde aller Wahrscheinlichkeit nach nie zurückkehren.

Als Erstes renovierte er den Hof, um ihm wieder zu früherer Pracht zu verhelfen, weil die pferdeverrückten Pfingstler, an die er verpachtet hatte, ihn völlig heruntergewirtschaftet hatten. Als Nächstes kandidierte er zur Wahl des Bürgermeisters, und mit dem Slogan »Elverum hat Herz« wurde er 2008 in das Amt gewählt.

Kojedal suchte einen Vizebürgermeister, der ihm keinen Sand ins Getriebe streute. Nach einem politischen Pferdehandel mit den Konservativen, der Linkspartei und der Zentrumspartei bekam er schließlich, was er wollte. Seine Wahl fiel auf den Besamer Viggo Hennum, der schon in der Schule ganz unten in der Hackordnung gestanden hatte und der nun mit ihm am Kamin saß und an einem gut gefüllten Glas Scotch nippte.

»Das passt ja alles wie geschmiert, Viggo. Ich kann es kaum glauben.« Kojedal ließ die Eiswürfel in dem schweren Whiskyglas kreisen. »Wenn du die Finger im Spiel hast, geht doch sonst das meiste in die Hose.«

Hennum zog eine Grimasse, sog zwei Eiswürfel ein und zerbiss sie.

»Wer hätte gedacht, dass die Wölfe einmal selbst unsere Sache vorantreiben?«

»Du meinst das mit der Ching-Chong-Frau?«, fragte Hennum und kratzte sich am Kopf.

»Zehn Jahre lang habe ich mir den Mund fusselig geredet, wie gefährlich Wölfe sind. Ich stand schon fast als Idiot da, unsere Jungs landeten im Knast, und jetzt das.« Er streckte die Faust in die Luft. »Diese Gong-Gong hat uns gerettet!«

»Oder Ching-Chong«, sagte Hennum und bewegte die kohlschwarzen Augenbrauen auf und ab.

»Jetzt müssen wir nur die richtigen Karten ausspielen«, schmunzelte Kojedal. »Sind die Truppen klar zum Einsatz?«

»Es juckt ihnen in den Fingern.« Hennum richtete sich

im Stuhl auf. »Wir müssen die Tiere bloß noch aufspüren. Unser Mann in Evenstad kommt am Samstag mit den neuesten Daten.«

Hennum ließ den Blick durch das Kaminzimmer schweifen, als wolle er sagen, dass es eigentlich ihm gehörte. Besonders die zwei schwarz glänzenden Congas neben dem Schreibtisch weckten seine Begierde.

»Wie viele seid ihr?«

»Dreißig Mann. Heute Abend erkunden sie das Gelände.«

»Ist Svendsbråten dabei?«

»Glaubt der Papst an Gott?« Hennum grinste, bekam aber keine Antwort. »Ja, der Chef ist dabei. Er führt sie an.«

»Ist er so gut, wie die Leute sagen?«

»Der Beste.« Hennum bekam rote Wangen. »Er ist wie ein Rockstar der Jagd. Der Keith Richards der Wälder.«

Bürgermeister Kojedal hatte in seinem Leben viele finstere Typen getroffen und konnte mit Psychopathen und anderen Verrückten umgehen, wie er fand, aber jedes Mal, wenn er in Erik Svendsbråtens eisblaue Augen sah, bereute er, nach Elverum zurückgekehrt zu sein. Doch wenn die Wölfe weiterhin im richtigen Tempo und der richtigen Reihenfolge von der Bildfläche verschwinden sollten, war Svendsbråten ihr Mann – ein Söldner, der gegen entsprechende Bezahlung gründliche Arbeit verrichtete und sich nicht von Gefühlen oder anderen lästigen Dingen abhalten ließ. Er war ein Wilderer, der seine Beute an Schlachter, Kürschner oder Präparatoren verhehlte. Gerüchten zufolge verkaufte er gewilderte Schafe und Kühe direkt an einen Halal-Metzger in Oslo.

»Wo kommt er her?« Kojedal trank einen Schluck Lagavulin, den er direkt in der Destillerie auf Islay gekauft hatte. »Er ist nicht aus Østerdalen?«

»Keine Ahnung«, sagte Hennum. »Er wohnt auf einem kleinen Hof tief im Wald bei Myklebu, hat ein paar Schweine, räumt die acht Kilometer Weg im Winter selbst mit einem Schneepflug, den er an seinen Toyota montiert.«

Kojedal rümpfte die Nase. »Kann man vom Wildern leben?«

»Er kriegt vierhundert für einen Vogel, fünfhundert für einen Hasen, achthundert für einen Fuchs. Elch und Rotwild verkauft er direkt an die Restaurants, das ist außerhalb der Saison sehr lukrativ. Einmal hat er ein Pferd auf der Weide geschossen und dafür von einem Schlachter in Hamar zehntausend bar auf die Kralle bekommen.«

»Warum trägt er so einen albernen Bart?«, fragte Kojedal. »Er sieht aus wie ein Erweckungsprediger aus dem vorletzten Jahrhundert.«

»Oder wie Gregory Peck als Käpt'n Ahab.«

»Frauen?«

Hennum schüttelte den Kopf.

»Für ihn gibt es nur seinen Hund.«

Kojedal stand auf, legte ein Scheit nach und starrte ins Kaminfeuer.

»Gut, dass er sich bedeckt hält.«

»Er hat in den letzten fünf Jahren mindestens zwölf Wölfe geschossen, und ich wette, Tomteberget weiß nicht mal von seiner Existenz.«

»Doch«, sagte Kojedal. »Er hat erzählt, dass er ihn einmal ermahnt hat, weil er mit einem Flammenwerfer Schnee geräumt hat. *Ich hab die weiße Scheiße gründlich satt*, soll er als Rechtfertigung gesagt haben.«

Hennum kringelte sich vor Lachen, bis er merkte, dass der Bürgermeister überhaupt nicht lachte.

»Es gibt schon seltsame Zufälle im Leben«, sagt Kojedal.

»Wie meinst du das?«

»Du bist immer hiergeblieben.«

»Natürlich. Østerdalen ist meine Heimat.«

»Du hättest abhauen sollen, solange du die Chance hattest.« Er trank einen Schluck Lagavulin. »Zum Beispiel auf die Musikhochschule. Du hast Talent auf der Posaune.«

»Du kennst mich doch. Ich wäre in der Großstadt zugrunde gegangen.« Er fuhr sich mit dem Finger über die Kehle. »Zu viele Versuchungen.«

»Du hättest Jazz gespielt, andere warme Brüder gefunden und wärst jetzt Bohemien statt Dorftrottel.«

Der Vizebürgermeister sank tief in den Sessel.

»Aber das nur nebenbei!« Kojedal hob das Glas. »Jetzt wird gejagt. Wie lautet der Plan?«

Hennum räusperte sich. »Wir verteilen sechs vergiftete Elchkadaver in der ganzen Gemeinde. Der Bäcker darf überfahrenen Elchen den Gnadenschuss geben und sie einsammeln. Er hat drei riesige Kühltruhen voll Fleisch vom letzten Winter.«

»Aber funktionieren die Giftköder auch?« Kojedal runzelte die Stirn. »Bisher hat das nie so gut geklappt.«

»Wir versuchen es noch einmal.« Er richtete sich wieder auf. »Wir greifen von allen Seiten an.«

Der Bürgermeister ging zu seinen Congas. »Was noch?«

»Sechs Köder, an jedem zwei Schützen, macht zwölf. Der Rest patrouilliert mit Autos – ein Fahrer, ein Schütze. Alle sind zur Treibjagd bereit. Aber die ist vor dem ersten Schnee schwierig.«

»Betrachtet es als Training.« Kojedal begann zu trommeln. Abgehackt, ohne Rhythmus und Gefühl malträtierte er die Congas und sang ohrenbetäubend falsch: »*Tall and tan and young and lovely, the girl from Ipanema goes walking …*«

Hennum biss die Zähne zusammen und verzog das Gesicht.

Kojedal gab auf und setzte sich wieder.

»Wir müssen proaktiv sein.« Er streckte den Zeigefinger in die Höhe. »Vergiss nicht: Das Morgen war nie näher als heute!«

»Was soll das heißen?«

»Du musst auf alles vorbereitet sein, was auch kommen mag.«

»Und was kommt?«

»Das entscheiden wir.« Er trank einen Schluck, schloss die Augen und schmatzte genüsslich. »Wisst ihr, ob Gilbert in letzter Zeit neue Tiere ausgesetzt hat?«

»Davon sagt er unserem Maulwurf nichts. Offenbar vertraut er ihm nicht.«

»Sieht aus, als hätte der Professor einen Schuss vor den Bug bekommen. Nach der Versammlung hat er sich wie ein verletztes Tier zurückgezogen.«

»Er hat wohl bei dem Mädchen mit den Pippi-Langstrumpf-Zöpfen Trost gesucht, der alte Bock.«

»Emma Vase?«

»Aus Bærum.« Hennum kicherte. »Eine Wolfsexpertin aus Bærum!«

»Die ist doch höchstens achtzehn?«

»Gilbert ist ein Frauenheld«, sagte Hennum. Obwohl er Bjarne Gilbert zutiefst hasste, bewunderte er dessen Hartnäckigkeit und Intelligenz und nicht zuletzt seinen Erfolg bei Frauen, aber das konnte er Kojedal nicht sagen.

»*And now to something completely different.*« Kojedal fuhr sich über die Haare. »Ich habe dein Interview im *Østlendingen* gelesen.«

Hennum schob erwartungsvoll die Brust vor.

»Hör endlich auf, dich mit dem ausgestopften Wolf aus dem Waldmuseum ablichten zu lassen. Ich glaube, ich habe noch nie ein Bild von dir ohne dieses mottenzerfressene Viech gesehen.«

Hennum sank wieder zusammen.

»Hast du mir gestern den toten Hecht in den Briefkasten gelegt?«, fragte er.

Kojedal strich sich über das glattrasierte Kinn.

»Warum in aller Welt sollte ich dir einen toten Fisch in den Briefkasten legen?«

»Ich dachte, das sei ein Scherz. Wie damals, als du mir die tote Fledermaus auf mein Frühstücksbrot gelegt hast.«

»Das war bestimmt so ein Spaßvogel von *Landbewohner für Raubtiere*.«

»Er war in Zeitungspapier eingepackt.«

»Luca Brasi«, murmelte Kojedal.

»Luca was?«

»Hast du nie *Der Pate* gesehen?«

»Nur Teil drei.«

Kojedal grinste und runzelte die Stirn. »Unmöglich. Niemand hat *nur* den dritten Teil gesehen.«

Dieses Grinsen kannte Hennum nur zu gut. Er wünschte sich, weit weg zu sein. Er fragte Kojedal, ob er Tomteberget unter Kontrolle habe, was der Bürgermeister bejahte. Kojedal griff zur Flasche mit dem norwegischen Whisky und schenkte Hennums Glas halbvoll. Dann füllte er sein eigenes mit Lagavulin. Selbst Hennum musste verstehen, dass er keine schottischen Perlen vor die Säue werfen wollte.

Kojedal ging an den Schreibtisch, setzte sich und schaltete den Laptop ein.

»Wenn wir schon dabei sind«, sagte er. »Ich habe noch ein Hühnchen mit dir zu rupfen.«

Hennum zog die Augenbrauen hoch. Der Ton des Bürgermeisters verhieß nichts Gutes.

»Gestern habe ich mir deine Facebook-Seite angesehen, weil jemand mich darauf aufmerksam gemacht hat.«

Hennum wand sich im Stuhl wie ein Wurm am Angelhaken.

»Da haben wir es.« Kojedal zeigte auf den Bildschirm. »Dein Eintrag von letzter Woche. Wie blöde kann man eigentlich sein?«

Hennum sah auf den Boden und räusperte sich, war zurück in der Grundschule.

Kojedal setzte die Lesebrille auf, die an einer Lederkordel um seinen Hals hing, und las laut vor: »Der Sommer ist da, und die Asylanten radeln wieder über die Straßen. Pass auf, dass du sie nicht überfährst, es könnte dein Fahrrad sein.«

Hennum konnte sich das Kichern nicht verkneifen.

Kojedal nahm die Brille ab.

»Findest du das lustig?«

»Schon …«

»Noch so ein Schnitzer, und du stehst wieder mit Gummihandschuhen im Stall!«

Hennum starrte seinen Kugelbauch an. Es hatte so gut begonnen, aber jetzt kam wieder die alte Leier. Er brannte danach, Kojedal von dem Schweden und seinen Hunden zu erzählen, wie er und Svendsbråten eine ganze Nation hereingelegt hatten und weshalb ihm alle Landbewohner dankbar sein sollten, aber stattdessen sagte er:

»Das ist mir so rausgerutscht. Ich werde mich beherrschen.«

»Sag mal …« Kojedal legte die Beine auf den Tisch. »Wie ist eigentlich die Stimmung so da draußen unter dem Fußvolk?«

»Die Leute haben Angst um ihr Leben.«

Kojedal lachte. »Glauben sie, der Wolf sei über Nacht gefährlich geworden, weil ein Mensch angegriffen wurde?«

»Der Wolf *ist* gefährlich. Die Leute haben Angst, und diese Angst müssen wir ernst nehmen.«

»Ich finanziere diese Jagd nicht, weil ich Angst vor dem bösen Wolf habe, sondern weil ich die nächste Wahl gewinnen will.«

Hennum schwieg.

»Die Menschen in Elverum brauchen einen gemeinsamen Feind.« Kojedal sog einen Schluck Whisky ein und spülte ihn im Mund herum. »Nichts eint uns mehr als Isegrim.«

»Und jetzt haben wir die Chance, diese Plage für immer loszuwerden«, sagte Hennum. »Wir können den ganzen verdammten Wolfsbestand des Landes ausrotten.«

Kojedal stand auf, ging zum Fenster und starrte hinaus in die Dunkelheit.

»Glaubst du wirklich, ich wollte den Wolf ausrotten?«

Hennum wusste nicht, was er antworten sollte.

»Ich brauche keine Endlösung der Wolfsfrage. Meine politische Karriere hängt davon ab, dass es immer welche gibt, gegen die wir kämpfen können.«

Ein Tropfen Speichel lief über Hennums Kinn.

»Ich muss Handlungskraft zeigen, das ist alles, was zählt«, fuhr Kojedal fort. »Ich muss den Menschen in Elverum zeigen, dass ich etwas dagegen unternehme.«

Hennum wischte den Speichel mit dem Finger ab. Das war ziemlich viel Information auf einmal, er musste nachdenken. Eigentlich hatte er vorgehabt, sich ganz auf den Drink in seiner Hand und auf die bevorstehende Jagd zu konzentrieren, das war mehr als genug.

»Die Leute müssen wissen, dass ich die Jagd finanziere. Sie sollen glauben, dass ich einer von ihnen bin.«

»Bist du das etwa nicht?«

»In der Politik muss man mit den Wölfen heulen.«

»Mit welchen?«

»Das ist ein Sprichwort, du Dummkopf. Man muss sich dem gemeinen Volk anpassen, auch wenn man es weder respektiert noch mag.«

Hennum schüttelte verwirrt den Kopf.

»Schau mich an«, sagte Kojedal. Er ging zu Hennum, beugte sich über ihn und zeigte mit zwei Fingern auf sein Gesicht. »Was siehst du?«

»Den alten Trym. Meinen Freund und Bürgermeister von Elverum.«

»Falsch. Ich bin Weltbürger, Viggo. Vor dir steht ein Europäer.« Er richtete sich auf. »Elverum ist voller Eigenbrötler und Bauerntrampel, die nicht über die eigene Nasenspitze hinaussehen. So bin ich nicht. Ich habe die Welt gesehen. Ich habe in den USA gelebt.«

Hennum trank einen Schluck norwegischen Whisky.

Kojedal sank in seinen Ledersessel und lehnte sich zurück. »Vielleicht kann ich in Zukunft exklusive Jagdrechte für Wölfe verkaufen. Reiche Engländer im Tweedanzug würden ein Vermögen dafür bezahlen, einen echten skandinavischen Wolf zu schießen und sein Fell über den Kamin zu hängen.«

»Manchmal verstehe ich nicht, wie du tickst«, sagte Hennum.

»Mach einfach deinen Job. Sorg dafür, dass ihr genügend Wölfe tötet, um die Leute zufriedenzustellen.«

»Das ist also alles nur zum Spaß, oder wie?«

»Das nennt sich Politik, Viggo. Realpolitik.«

Hennum machte ein Gesicht, als wäre sein gesamtes Weltbild mit einem Mal zusammengebrochen.

»Könnt ihr eine der Bestien für mich ausstopfen?«, fragte Kojedal. »Ich hätte gern einen für oben am Himmelbett.«

»Lässt sich einrichten.«

Kojedal beugte sich vor.

»Du wirkst irgendwie so schwerfällig, Viggo. Hast du Probleme mit Linda?«

Hennum schüttelte den Kopf.

»Ist alles grad ein bisschen viel.«

»Was kümmert's dich? Normalerweise ist's dir doch egal, dass du nicht ganz dicht bist.«

Hennum sank zusammen wie eine Schnecke, die ihr Haus verloren hat.

»Jedes Dorf braucht seinen Trottel, Viggo. Das Thema hatten wir schon.«

Hennum sank noch tiefer.

»Du bist der perfekte Dorfdepp. In deiner Gegenwart fühlt sich jeder wie ein König. Das ist der Sinn deines Lebens: Du machst uns andere froh, weil wir nicht wie du sind.«

Viggo Hennum stand langsam auf, leerte sein Glas, stellte es auf den Schreibtisch, verließ das Zimmer mit hängendem Kopf und ging die Treppe hinab. Als er die schwere Haustür hinter sich schloss, hörte er aus der Ferne chaotisches Trommeln. Wieder einmal fühlte sich Viggo Hennum nach einem Gespräch mit Trym Kojedal klitzeklein und zerbrochen wie die Kellerfenster in dem Haus, in dem er aufgewachsen war.

18

In Oslo stieg Leo Vangen in die Regionalbahn nach Lysaker um, wo ihn sein Untermieter Kjartan abholte. Der Bildhauer erschien in kurzer Jeans, grünen Sandalen und nacktem Oberkörper. Er war noch immer irritierend gut drauf, schlank und durchtrainiert, kein Gramm überflüssiges Fett am Körper.

»Hat sich schon jemand das Haus angesehen?«, fragte Leo, als sie in Kjartans blauem Tesla Richtung Fornebu fuhren. Schiebefenster und Seitenfenster waren weit geöffnet, und aus dem Radio tönte die australische Band Wolfmother. Was für ein Zufall, dachte Leo.

»Nur ein altes Ehepaar gestern«, sagte Kjartan. »Sie haben mit einer Princess 45 unten angelegt, ohne um Erlaubnis zu fragen, und sind eine Stunde lang auf dem Grundstück rumspaziert. Der Mann hat die Wände mit einer Ahle untersucht und an allem herumgemeckert: am Haus, an Bærum, an der Aussicht, dem Baumaterial, dem Zugang, der Wasserqualität im inneren Oslofjord und so weiter.«

»Woher wussten sie es?«

»Keine Ahnung. Bestimmt Freunde von deiner Schwester.«

»Wann ist der Besichtigungstermin?«

»Dein Bruder war für Mitte September, aber deine Schwester bestand auf dem ersten Wochenende im Oktober.«

»Wahrscheinlich hat sie sich durchgesetzt?«

Kjartan nickte.

Leo streckte den Arm aus dem Fenster und fühlte die milde Luft, die über ganz Südnorwegen hing.

»Warum rufen sie dich und nicht mich an?«

»Sie wissen wohl, dass ich den Laden schmeiße.« Kjartan sah Leo mit lächelnden Augen an. »Warum hast du nicht gesagt, dass du nicht verkaufen willst?«

Leo zuckte mit den Schultern. »Das hätte die Stimmung verdorben.«

»Sie können dich nicht einfach übergehen.«

Leo schüttelte den Kopf.«Ich finde es seltsam, dass sie das Haus verkaufen wollen.«

»Und ich finde es seltsam, dass sie es nicht längst getan haben. Das gibt zehn Millionen für jeden von euch.«

»Dreißig Millionen?«

»Mindestens fünfunddreißig, wenn du mich fragst.«

»Niemand würde so viel für die alte Bruchbude bezahlen.«

»Der Käufer wird die Bude sofort abreißen und sechs neue funktionalistische Villen bauen. Der Wert des Grundstücks zählt.«

»Wo sollen wir nur hin?« Leo warf einen Blick auf die Telenor-Arena, an der sie vorbeifuhren. »Wir sind wie der FC Stabæk. Man wirft uns aus unserer Arena.«

»Dann machen wir's wie sie«, sagte Kjartan. »Wir ziehen dorthin zurück, wo wir hingehören.«

»Und wo ist das?«

»Das müssen wir noch herausfinden.«

Es blieb lange still im Tesla.

»Du kannst ja zurück nach Rjukan ziehen und dir einen kleinen Hof kaufen«, sagte Leo schließlich. »Aber was soll ich tun?«

»Du kannst dir damit ein neues Haus leisten«, sagte Kjartan. »Ein ganz normales.«

Leo schaute die vorbeiziehenden Gebäude an. Auf dem Gelände des alten Flughafens gab es kein einziges normales Haus, nur große, moderne Industriegebäude: Telenor, Aker Solution, Statoil – und auf der anderen Straßenseite kleine Wohnblöcke auf flachen Feldern, mit den norwegischen Wirtschaftsgiganten zwischen sich und dem Meer. Langsam sah das Gebiet nicht mehr wie die Wüste Gobi aus. Als sie an Rolfstangen vorbeirauschten, dachte Leo an den skrupellosen Spekulanten Terje Klavenes und fragte sich, wer dessen Projekte übernommen hatte, nachdem Rino Gulliksen ihn in seinem eigenen Tresor geröstet hatte. Sicher bloß ein weiterer Drecksack, so etwas ändert sich nicht.

»Ich will kein normales Haus«, sagte Leo. »Ich will am Meer wohnen. Ich will im Liegestuhl sitzen und übers Wasser schauen.«

»Du hörst dich an wie ein kleines verwöhntes Kind.«

»Soll ich so tun, als fände ich es in Ordnung?«

»Schon gut, lass es raus.«

»Ich will nicht in einer engen Stadtwohnung leben, ich brauche Luft und Wasser.«

»Sag das deinem Bruder und deiner Schwester, nicht mir.«

Leo verstummte, knetete sein Ohr und versuchte, den Shen-Men-Punkt zu finden, der laut der chinesischen Heilkunde das sympathische Nervensystem stimulierte.

Kjartan parkte auf dem reservierten Platz am Anleger in Snarøya, sie stiegen in das alte Boot und tuckerten Richtung Gåsøya. Es war noch immer ungewöhnlich warm für die Jahreszeit, mehr Sommer als Herbst, viele Boote waren draußen, und es roch nach Salzwasser, Teer und verrottetem Tang. Leo winkte einer Clique Jugendlicher, die vom Segelboot aus im Sund zwischen Grimsøya und Oustøya badeten. Glückliche Jungen und Mädchen aus Bærum, die noch das ganze Leben vor sich hatten – so wie Siri theoretisch auch. Leo versuchte, das Glücksgefühl heraufzubeschwören, das ihn sonst immer überkam, wenn er von einer Reise nach Gåsøya zurückkehrte, aber er spürte nichts. Nur die vage Ahnung, dass etwas vorüber war und nie mehr wiederkommen würde.

»Wie geht's Siri?«, fragte Kjartan. »Hast du mit ihr geredet?«

»Sie will nicht mit mir reden. Ich gehe davon aus, dass sie noch im Krankenhaus ist.« Leo verschränkte die Arme und zog die Schultern hoch. »Ich fahre morgen zu ihr.«

»Auch, wenn sie es nicht will?«

»Es ist den Versuch wert.«

Kjartan drosselte den Motor, damit sie nicht schreien mussten. »Was ist mit Ragna? Hast du mit ihr gesprochen?«

Er schüttelte den Kopf. »Ich habe es versucht.«

»Hat sie einen neuen Mann?«

»Sieht so aus.« Leo legte die Hände auf die Windschutzscheibe und zog sich vom Sitz hoch. »Einen Lachszüchter aus Bergen.«

»Ihr müsst euch gemeinsam um sie kümmern. Siri ist wichtiger als eure Altlasten.«

Leo fuhr sich durch die Haare. »Ich rufe sie morgen an.«

»Warum nicht jetzt gleich?«

»Ich muss mich ein bisschen vorbereiten«, antwortete Leo. »Ich muss planen, was ich sage.«

Kjartan gab Vollgas und grinste. Fünf Minuten später vertäuten sie das Boot an dem halb verfallenen gemauerten Anleger und spazierten die hundert Meter zu Leos Bruchbude hinauf.

Nach einem einfachen Pastagericht mit Hühnchen und einer Flasche italienischem Rotwein saßen sie mit nacktem Oberkörper und je einem Tuborg auf Leos Terrasse. Selbst um sieben Uhr abends wärmte die Sonne noch und spiegelte sich tieforange an den Fassaden auf Nesodden auf der anderen Seite des Fjords. Die Wasserfläche war mit Booten gespickt, alle genossen den letzten Rest des Sommers. Durch die Schiebetür klang Nick Caves *Into My Arms*.

»Das ist alles bald vorbei«, sagte Leo.

»Ja, der Herbst kommt schnell in Norwegen«, bestätigte Kjartan.

»Ich meinte allgemein«, sagte Leo. »Dieses Leben.«

»Du hast noch ein paar gute Jahre vor dir.«

Leo sah Kjartan an.

»Ich meine das Haus. Du und ich, alles hier.« Er zeigte auf den Garten und den Fjord.

»Jammerlappen.«

»Das ist Tatsache.«

Sie schwiegen.

»Was du brauchst, ist eine Frau«, sagte Kjartan schließlich.

»Und wie krieg ich die?«

»Jedenfalls nicht, indem du auf einer einsamen Insel sitzt, Bier trinkst und dich selbst bemitleidest.«

Leo antwortete nicht und trank einen großen Schluck Bier.

»Oder vielleicht einen Hund«, schlug Kjartan vor. »Die sind wenigstens treu.«

»Wie wär's mit einem Cockerspaniel?«, feixte Leo.

Ein Schwarm Möwen schwebte vom Meer heran und ließ sich auf dem Rasen vor ihnen nieder.

»Wie lange warst du nicht mehr im Büro?«, fragte Kjartan.

»Hundert Jahre.«

»Vielleicht solltest du mal wieder hingehen?«

Leo antwortete nicht. Er starrte nur die Möwen an, die dort saßen, als warteten sie auf irgendetwas.

»Wie geht es Rino Gulliksen?«, fragte Kjartan.

»Fantastisch. Er lebt in einem Zelt in den Wäldern von Elverum.«

»Das ist normalerweise ein gutes Zeichen.«

»Er hat beschlossen, den Wolf zu retten.«

»Den Wolf?« Kjartan verschluckte sich fast. »Hat er nicht genug damit zu tun, sich selbst zu retten?«

»Er will den Wolf vor den Wolfshassern retten. Das geht natürlich nach allen Regeln der Kunst schief.«

»Was hat er in den letzten zwei Jahren gemacht?«

»Weiß ich nicht genau. Er hat sich versteckt.«

»Und keiner weiß, dass er lebt?«

Leo schüttelte den Kopf.

»Dann kann er doch tun, was er will.«

»Er plant irgendwas Dubioses.« Leo hob den Zeigefinger. »Jetzt klinge ich wie meine Mutter, aber *das wird böse enden!*«

»Warum sorgt er sich so sehr um den Wolf?«

Leo zuckte mit den Schultern.

»Für irgendwas muss man ja leben.«

Er leerte sein Bier, rappelte sich auf und ging hinein. Kurz darauf kam er mit zwei frischen Bier und einem peruanischen Wollponcho wieder, legte ihn um seine Schultern und ließ sich wieder in den gestreiften Liegestuhl fallen. Die Boote wurden immer weniger, eine dünne Wolkendecke nahm der Sonne die Kraft. Die Finn Brothers sangen *Edible Flowers.*

»Scheiße, werd ich das vermissen«, sagte Leo.

»Ich habe in der Zeitung von dem Wolfsangriff gelesen«, sagte Kjartan.

»Fiese Sache«, sagte Leo.

»Man hat lange davor gewarnt.«

»Die *Wolfshasser*, nicht man.«

»Sie wurden ausgelacht.«

»Kein Wunder«, sagte Leo. »Die sind total übergeschnappt. Sie hassen Wölfe, Leute aus Oslo, Asylanten und Naturschützer, mit einer Inbrunst, um die Joe Pesci sie beneiden würde.«

»Joe Pesci?«

»Der Kleine aus *Good Fellas* und *Casino.*«

»Was hat der damit zu tun?«

»Das war nur ein Vergleich.«

Beide beobachteten ein Kreuzfahrtschiff, das langsam über den Fjord glitt.

»Ist es nicht auffällig, wie das zusammenhängt?«, fragte Leo.

»Was hängt zusammen?«

»Wolfshass, Fremdenhass und Klimawandel-Leugnung.«

»Wirfst du da nicht zu viel in einen Topf?«

»Doch, die sind wirklich so. Ich hätte nicht gedacht, dass das Klima was mit Wölfen und Einwanderern zu tun hat.«

»Und ich?«, fragte Kjartan. »Ich zweifle nicht daran, dass der Klimawandel menschengeschaffen ist, aber den Wölfen gegenüber bin ich skeptisch.«

Leo sah ihn entgeistert an.

»Du bist gegen Wölfe?«

»Was wollen wir denn mit Wölfen?«

Leo suchte nach Anzeichen von Ironie im Gesicht seines Untermieters, aber er fand keine.

»Wir haben uns verpflichtet, sie zu schützen. Norwegen hat die Berner Konvention unterschrieben.«

»Die Wölfe, die bei uns leben, haben nichts Natürliches mehr«, sagte Kjartan. »Sie sind ausgesetzt, tragen Halsbänder und sind von vorne bis hinten überwacht. Was soll das?«

»Du überraschst mich«, sagte Leo. »Ich hätte schwören können, dass du für Wölfe bist.«

»Du vergisst, dass ich auf einem Schafbauernhof in der Telemark aufgewachsen bin.«

»Der Schafbauer in dir dominiert also den Hippie?«

Kjartan sprang auf, noch immer mit nacktem Oberkörper, und stolzierte zu dem Rosenbusch. »Erinnerst du dich an die Jagd auf den Vegårsheiwolf in den frühen Achtzigern?«

»Natürlich«, sagte Leo. »Die ganze Nation hat sie verfolgt.«

»Vierzig Mann haben ihn zehn Monate lang gejagt. Als sie ihn endlich erlegt hatten, präsentierten sie ihn auf einer Schneewehe vor der ganzen Jagdgesellschaft, mit einem Stock im Maul, damit man die Raubtierzähne sehen konnte. Dann stellten sie ihn zur allgemeinen Belustigung in der Grundschule von Espeland aus. Der Direktor hisste die Flagge, bevor es ins Altersheim weiterging.«

»Warum ins Altersheim?«

»Sie dachten wohl, dass die Alten, die früher so hart gegen die Wölfe gekämpft hatten, das Biest sehen sollten. Sie hatten vergessen, dass im Sørland seit dem 19. Jahrhundert kein Wolf mehr gesichtet wurde. Er endete schließlich vor dem Gemeindehaus.«

»Warst du dabei?«

Kjartan nickte.

»Mit meinem Vater. Ich war zehn, und wir fuhren extra von Rjukan runter. Es war wie am Nationalfeiertag. Am Tag danach verfrachteten sie das Biest in die Hauptstadt und stellten es vor dem Parlament aus – immer noch mit dem Stock im Maul. Ein Präparator aus Kristiansand stopfte es aus, und dann stellten sie es in der Sparkasse von Vegårshei in eine Vitrine, wo es heute noch steht.«

»Norwegen von seiner schönsten Seite«, bemerkte Leo.

»Das ist noch nicht alles«, schmunzelte Kjartan. »Ein paar Wochen später aßen die Angestellten des Direktorats für Jagd und Süßwasserfischerei den Kadaver auf.«

»Du machst Witze?«

»Nein. Der Staat fraß den einzigen Wolf, den es in ganz Norwegen gab. In der Zeitung stand damals, dass ein Luchsforscher das Fleisch für äußerst wohlschmeckend befand.«

Die Musik war längst vorbei. Leo ging hinein, legte *Try Whistling This* von Neill Finn auf und nahm zwei weitere Bier und einen Kapuzenpulli mit hinaus. Als er auf die Terrasse kam, hüpfte Kjartan auf und ab wie ein Massai beim Sprungtanz.

»Ich glaube Professor Gilbert und seiner Gang kein Wort«, sagte der hopsende Hippie. »Der Stamm ist von neuen Genen abhängig. Natürlich setzen sie immer mal wieder einen Wolfsrüden aus, das würde ich auch tun.«

Leo seufzte.

»Schon mal vom *Projekt Varg* gehört? Dem Plan der Schweden, Wölfe in der Natur auszusetzen«, sagte Kjartan.

»Das war in den Siebzigern, und da ist nichts draus geworden.«

»Es gab detaillierte Pläne für die Aufzucht von Wölfen und wo sie ausgesetzt werden sollten. Das Projekt Varg war der Beginn dessen, was wir heute ›den skandinavischen Wolfsstamm‹ nennen.« Er hörte auf zu hüpfen, atmete schwer. »Das heißt nicht, dass keine Wölfe eingewandert sind. Ich schätze, es war eine Kombination aus beidem.«

Leo gab Kjartan den Pulli und ein Bier, und sie ließen sich wieder auf die Liegestühle fallen.

»Und wenn schon?«, sagte Leo. »Wir manipulieren doch alles Mögliche in der Natur.«

»Der Wolf schafft zu viele Konflikte, das ist er nicht wert.« Kjartan stellte sein Bier auf den Boden, zog den Pulli an und verschränkte die Hände hinter dem Kopf. »Wie der Utilitarist Peter Singer sagen würde: Unterm Strich schafft die Wiedereinführung des Wolfes in die norwegische Natur mehr Leid, als wenn man es sein ließe.«

»Rino hat auch von Singer gequasselt«, sagte Leo. »Aber er zitiert ihn, um zu beweisen, dass Wölfe genauso viel wert sind wie Menschen.«

»Warum in aller Welt sollte Norwegen einen Wolfsbestand erhalten, der gar nicht von hier stammt?«, fragte Kjartan.

»Ist das nicht herrlich«, sagte Leo, »dass wir zwei hier draußen sitzen und diskutieren können, während die Welt um uns herum zusammenbricht? Das ist doch fantastisch!«

Kjartan ging um elf ins Bett. So war er immer gewesen. Kein sentimentales Geschwätz über alte Tage, kein Glas zu viel, immer alles unter Kontrolle, den Blick auf den nächsten Tag gerichtet.

Leo blieb alleine im Dunkeln sitzen. Er hörte Neil Finn und trank, in die Decke eingemummelt, sein Bier, schaute in den Sternenhimmel oder auf die Lichter der Boote, die auf dem kohlschwarzen Wasser vorbeiglitten. Es grauste ihm vor dem nächsten Morgen, da konnte kein Bier der Welt Abhilfe schaffen. Ihm grauste vor der Arbeit, vor dem Gespräch mit Ragna, vor der möglichen Abweisung durch die eigene Tochter.

Gegen Mitternacht ging er ins Haus, sah sich eine Mindfulness-Meditation auf YouTube an, saß mit dem schalldichten Kopfhörer im Ohrensessel und schloss die Augen.

»Wenn du unruhig bist, liegt es meist an unbehaglichen Gedanken und Gefühlen«, sagte die Stimme im Bergenser Dialekt und forderte ihn auf, sich ganz auf die Luft zu konzentrieren, die durch die Nase in und aus seinem Körper strömte. Kalte und frische Luft herein, warme und tote Luft hinaus.

»Denk daran: Deine Erfahrungen sind nicht du.«

Kalte Luft herein, warme Luft hinaus. Sein Puls beruhigte sich, es dauerte immer länger zwischen den Herzschlägen.

»Gedanken und Gefühle sind nur Dinge, die du mit Gehirn und Körper erfährst«, sagte die Stimme, die so mitmenschlich klang, dass es schon wieder unmenschlich war.

Er versuchte, die Gedanken zu kontrollieren, die durch sein Unterbewusstsein flossen, ein endloser Strom von Theorien, Entschuldigungen, Anschuldigungen und Erklärungen.

»Auf dieselbe Weise, wie du einen Laut mit den Ohren auffängst oder einen Geruch mit der Nase. Doch Gedanken und Gefühle sind nicht du …«

Wer denn sonst?, dachte Leo.

»Sie sind nicht du«, wiederholte die behagliche Bergenser Stimme.

19

Emma Vase lief auf dem weißen Fliesenboden des Labors in Evenstad hin und her und warf verstohlene Blicke aus dem schmutzigen Fenster. Draußen mühte sich ein Bauer in einem gelb-grünen Genossenschaftsoverall mit einem Stapel rosa Siloballen ab. Der Herbst war nach Østerdalen gekommen, die Natur befand sich im Wandel. Von nun an ging es so schnell bergab, dass man täglich Veränderungen sah. Die erste Frostnacht würde nicht lange auf sich warten lassen.

Sie dachte an die Zeit, die vor ihnen lag: unendlich und gnadenlos, fünf Monate Tiefkühltruhe; Mühsal im Tiefschnee, mit Schneeschuhen durch die Wälder, stockdunkel um vier. Sie fror bis ins Mark, wenn sie nur daran dachte.

Das Grün war aus dem Tal verschwunden, das Gras war gelb und zerknickt. Aber der Himmel war weiterhin strahlend blau, die Luft frisch und klar, und tagsüber wärmte die Sonne noch. Sie wollte den kurzen Herbst genießen, Pilze und Beeren pflücken, Äschen in der Glomma angeln, im Heidekraut auf dem Rücken liegen und die Natur in sich aufsaugen.

Irgendwie erleichterte es sie, dass es keine Wölfe waren, die Phung Johansen getötet hatten. Wie hatte sie das nur glauben können? Emma setzte sich auf einen Schemel neben dem Aluminiumtisch. Was konnten sie tun? Wie sollten sie der Welt klarmachen, dass es keine Wölfe waren? Eigentlich müsste sie direkt zu Embret Tomteberget gehen und ihm sagen, was Even ihr erzählt hatte. Aber es war unmöglich, sie hatte dem sympathischen und philosophischen wilden Mann ihr Ehrenwort gegeben. Sie könnte Tomteberget einen anonymen Hinweis geben, aber das würde er bestimmt als Verleumdung seitens fundamentalistischer Naturschützer abtun. Die Leute von *Stimme der Raubtiere* taten so etwas ständig, sie und die Jäger hatten schon öfter gegenseitige Morddrohungen ausgesprochen, es war der reinste Bürgerkrieg.

Niemand konnte ihr garantieren, dass Even die Wahrheit sagte, aber seine Augen und die Art, wie er es erzählt hatte, sprachen dafür. So eine Geschichte erfand man nicht. Trotz allem blieb ein Unsicherheitsmoment: ihr Zustand, als er ihr das alles erzählt hatte. Sie hatte es wie in einem Traum gehört und wie durch einen Schleier erlebt.

Wie konnte sie so dumm sein, tief im Wald mit einem wildfremden Mann, der eine Schlange um den Hals tätowiert hatte, einen Sud aus halluzinogenen Pilzen zu trinken? Weil sie sich nicht traute, Nein zu sagen? Weil sie Angst hatte, ihn zu beleidigen? Wenn sie an den schmutzigen, aber reflektierten Eremiten dachte, durchrieselte sie ein wohliger Schauder.

Früher oder später musste sie Gilbert alles erzählen. Dann bestand die Gefahr, dass er sofort zu Tomteberget gehen würde, um mit seinem alten Erzfeind Viggo Hennum abzurechnen. Auf den bärtigen Einsiedler, den er nie gesehen hatte, würde er wohl pfeifen.

Die Ergebnisse der Laboranalysen waren wie erwartet. Sie hatten DNA von fünf verschiedenen Tieren gefunden, äußerten sich jedoch nicht dazu, ob es reinrassige Wölfe oder Bastarde waren. Wie viel Prozentanteile Wolf ein Tier hatte, verrieten die Raubtierforscher nie. Emma war sich sicher, dass sie Gilbert nach dem Mund redeten. Sie hatten die Möglichkeit, genetisch zwischen Wolf und Bastard zu unterscheiden, daran lag es nicht. Die Analyse bestätigte lediglich, dass die Mutter der Tiere keine Hündin war, doch das bewies nur, dass die Tiere, die Phung Johansen getötet hatten, einen Anteil Wolf in sich hatten. Außerdem konnte die Wolfs-DNA auch ohne Weiteres von falschen Spuren stammen, die die Täter gelegt hatten. Ihre Kühltruhen waren immer voller Wölfe, und in jedem zweiten Wohnzimmer Østerdalens hingen Wolfsfelle an der Wand.

Sie hatte überlegt, ob sie eine Zeitung anrufen und ihnen sagen sollte, dass der Unterschied zwischen Wolf und Hund biologisch weit weniger deutlich ist, als die meisten glaubten, aber das bewies nichts. Um überzeugend zu sein, müsste sie ihre Identität preisgeben, was in diesem Fall ausgeschlossen war.

Während Emma dasaß und grübelte, kam Balder zur Tür hinein. Er trug rosa Laufschuhe, eine eng anliegende schwarze Sporthose und eine limettengrüne Trainingsjacke. Schweißperlen liefen ihm über die Stirn. Er blinzelte sie mit großen warmen Augen an. Die rasierte Haut über den Ohren und die schräge Stirnlocke waren nass. Er atmete schwer. Sie war in großer Versuchung, ihr Geheimnis mit ihm zu teilen, aber Balder war mit dem Vizebürgermeister verwandt, man konnte ja nie wissen.

»Joggingtour?«, fragte Emma

»Acht Kilometer.« Er stemmte die Hände in die Seiten. »Die große Tronkberg-Runde.«

»Du Irrer.« Sie verschränkte die Arme und rümpfte die Nase. »Da sind doch überall Wölfe.«

»Purer Zufall, dass ich noch am Leben bin.« Er umfasste die Kante des Aluminiumtischs mit beiden Händen und dehnte das rechte Bein.

»Du bist mit Viggo Hennum verwandt, nicht wahr?«, konnte Emma sich nicht verkneifen.

»Er ist der Cousin meines Vaters.«

»Was für ein Typ ist er?«

»Ein armer Kerl.« Balder richtete sich auf, schüttelte die Beine und atmete tief ein. »Sein Vater war ein bekannter Nazi.« Er stützte sich wieder auf den Tisch und dehnte das andere Bein. »Es ist nicht leicht, an einem Ort zu leben, wo jeder jeden kennt.«

»Wie hat er den Job als Vizebürgermeister bekommen?«

»Kojedal hat ihn ausgesucht. Sie kennen sich seit ihrer Kindheit. Er hat ihn an den Eiern.«

Emma neigte den Kopf zur Seite.

»Und was macht er sonst beruflich?«

»Er ist Besamer.« Balder räusperte sich. »Fährt von Stall zu Stall und steckt Kühen den Arm ins Loch.«

Emma sprang von ihrem Hocker. »Ich weiß, was ein Besamer ist.«

Balder richtete sich auf.

»Warum fragst du?«

»Macht er das, damit er was in der Tasche hat, wenn es mit der Karriere als Politiker vorbei ist?«

»Na ja, er kann die Gummihandschuhe jederzeit wieder anziehen.«

Emma ging ans Fenster. »Ist es schwierig für dich, hier zu arbeiten?«

»Wie meinst du das?«

»Ob die Leute dich deswegen schneiden oder anmachen.«

Er hob den rechten Fuß und hielt ihn hinter dem Rücken fest, um die vorderen Muskeln zu dehnen.

»Warum willst du das wissen?«

»Fiel mir gerade so ein. Das muss doch schwer für dich sein.«

»Mutters Familie findet, dass ich ein Verräter bin.«

Emma drehte sich um.

»Echt?«

»Ja.« Er wechselte das Bein. »Mein Großvater nennt mich Quisling.«

»Wie kommt ein Kerl aus Rasta auf die Idee, Wolfsforscher zu werden? Du musst doch geahnt haben, dass das Ärger gibt.«

Er zog eine Grimasse, schwankte auf dem einen Bein.

»Ich hatte mir eingebildet, man könnte die Debatte mit Wissen und Fakten beeinflussen.«

Emma grinste.

»Du kennst doch die Jungs von hier … Was kommt als Nächstes?«

»Keine Ahnung. Aber jetzt, wo das ganze Land zuschaut, sind die bestimmt zu feige, was zu unternehmen.« Er ließ das Bein los und schüttelte es. »Kommst du nächste Woche mit auf die Jagd?« Balder versuchte, das Thema zu wechseln.

»Bin nicht gerade in Stimmung für die Jagd.«

»Hasenjagd mit Hund ist was anderes. Da sitzt man nicht einfach auf dem Hochsitz und wartet, sondern bewegt sich und arbeitet mit den Hunden zusammen. Du wirst es lieben.«

»Ich finde es einfach nicht angebracht momentan.«

»Das Leben geht weiter.«

Balder schwärmte so begeistert und reizend weiter von der Hasenjagd mit Hunden, vom Jagdgebiet seiner Familie und Hasengulasch mit Preiselbeeren, dass Emma sich nicht länger zurückhalten konnte. Sie musste mit ihm reden.

»Ich muss dir etwas sagen«, unterbrach sie ihn.

»Das klingt ernst«, sagte Balder.

»Vielleicht solltest du dich setzen.«

Balder ließ sich auf einem Hocker nieder und wischte sich den Schweiß von der Oberlippe.

»Schieß los.«

»Gestern war ich am Tatort.« Sie lief wieder hin und her. »Als ich dort im Heidekraut nach Spuren suchte, kam ein Mann und behauptete, er hätte alles gesehen.«

Balder runzelte die Stirn.

»Was?«

»Das ganze Drama. Was mit Phung Johansen und ihrem Sohn geschehen ist.«

Balder machte ein langes Gesicht.

»Wer war das?«

»Der Mann, der den Jungen zur Polizeiwache gebracht hat.«

»Der Wanderer, der zufällig vorbeikam?«

Sie räusperte sich.

»Er behauptet, dein Onkel Viggo und noch ein Typ hätten einen schwedischen Hundetrainer dafür bezahlt, seine Hunde auf Phung und den Jungen loszulassen und den Leuten weiszumachen, es seien Wölfe gewesen.«

Balder verzog das Gesicht, als hätte er sich den Zeh gestoßen und wartete auf den Schmerz. Er schüttelte den Kopf und versuchte vergeblich zu lachen. Stattdessen schnaubte er, zog die Schultern an die Ohren und sagte: »Und das glaubst du?«

»Es war pures Glück, dass der Junge überlebt hat.«

»Der Typ ist garantiert von *Stimme der Raubtiere*, kapierst du das nicht?« Balder stand auf. »So ein Blödsinn.«

»Ich bin überzeugt, dass er die Wahrheit sagt.«

Balder verschränkte die Hände im Nacken.

»Onkel Viggo war zwar schon immer ein Idiot, aber so etwas würde er nie tun. Er ist überhaupt nicht im Stande, so komplex zu denken.«

»Vielleicht war das seine Chance, sich zu beweisen?«

»Unmöglich.«

»Vielleicht hat der andere Typ das Sagen.«

»Welcher andere Typ?«

»Er sagt, sie seien zu dritt. Der Schwede, Hennum und ein unheimlicher Kerl mit komischem Bart und schwarzer Schiebermütze.«

Balder atmete schwer und starrte aus dem Fenster.

»Das ist Quatsch.«

»Es könnte Svendsbråten sein«, sagte Emma. »Der Wilderer, von dem Gilbert immer spricht. Der Anführer der Wolfsjäger, sagt er.«

Balder schüttelte den Kopf.

»Das stinkt gewaltig nach *Stimme der Raubtiere*. Die sind verzweifelt.«

»Warum sollten sie es auf die Art und Weise tun?«

»Sie brauchen einen Sündenbock. Die sind total verrückt. Ich kenne mehrere Leute, die Morddrohungen von ihnen erhalten haben.«

»Sie zahlen es den Wolfshassern nur mit gleicher Münze heim, das weißt du. Aber sie würden nie Ernst machen.«

»Hör doch auf mit diesen *Wolfshassern.*«

»Warum? Sie hassen die Wölfe.«

»Sie hassen sie nicht.« Balder sah sie an. »Sie verstehen bloß nicht, wozu der Wolf in der norwegischen Natur gut sein soll.«

»Verteidigst du sie jetzt?« Ihr Blick war fest, sie blinzelte nicht.

»Wir müssen mit dem Schwarz-Weiß-Denken aufhören«, sagte Balder. »Das führt zu nichts.«

»Ich nenne die Dinge nur beim Namen. Diese Männer hassen Wölfe, und das hat nichts mit Fakten zu tun, es ist irrationaler Hass, der seit Generationen gärt.«

»Und wer sind *diese Männer*?« Balder wischte sich mit dem Unterarm über die Stirn. »Die meisten Leute hassen gar nichts, sie wollen nur in Frieden und ohne Furcht leben.«

»Diese Männer töten Wölfe und geben damit an.«

»Das ist doch nur eine kleine Bande.«

»Groß genug, dass der Wolfsstamm keine Chance hat zu wachsen.«

»Was wissen wir über diesen Wanderer?« Balder ging zum Tisch und schaute in ein Mikroskop. »Tomteberget hat ihn schon verhört, nicht wahr?«

»Er nennt sich Even.« Emma stützte den Kopf auf die Hände.

»Was ist das für ein Kerl?«

»Er lebt wie ein Eremit in einem Zelt bei Bjørnmyra.«

»Du glaubst also einem verwirrten Wilden, der alleine im Wald haust?«

»Er wirkt irgendwie authentisch.« Emma bekam leuchtende Augen. »Und er ist sehr gebildet.«

»Du hast ihn einmal getroffen?«

Sie nickte.

»Er gehört zur *Stimme der Raubtiere*, garantiert.«

»Du glaubst mir also nicht?«

»Ich kenne diese Leute«, sagte Balder. »So etwas würden sie nie tun.«

»Du kennst Erik Svendsbråten?«

»Nein«, sagte Balder, zog die Kapuze über den Kopf und verschwand zur Tür hinaus.

Als Viggo Hennum gedemütigt vom Bürgermeister heimkam, ging er direkt in den Keller, trank zwei große Wolfstatzen-Wodka, hörte ein wenig Billie Holiday und spielte ein paar schmerzerfüllte Töne auf der Posaune dazu – Posaunenkaraoke. Dann schlich er auf leisen Sohlen ins Schlafzimmer im zweiten Stock, um Linda nicht zu wecken.

Er lag lange wach. Linda schnarchte, und es gab viel nachzudenken, also tat er, was er immer tat, wenn er nicht einschlafen konnte: Er dachte an Dolly Partons Brüste und stellte sich vor, wie er sein Gesicht zwischen ihnen vergrub.

Als er um neun Uhr aufwachte, war es hell. Er hatte vergessen, die Jalousien zu schließen. Linda schnarchte noch immer, sie schlief gern bis tief in den Tag. Hennums Schädel dröhnte, er streckte den Arm aus und tastete nach einem Kleidungsstück, das er über die Augen legen konnte. In diesem Moment spürte er etwas Feuchtes an den Füßen, den Beinen, bis in den Schritt hinauf. Er musste sich bepisst haben, das kam manchmal vor. Er schob die Hand unter die Decke und fühlte eine schmierige Flüssigkeit, zu zähflüssig für Urin, zog die Hand zurück und sah, dass sie rot war.

Blut.

Er riss die Decke zur Seite und spürte, wie ihm das eigene Blut in den Kopf stieg, als er in die blassen Augen seiner Katze Billie starrte. Die Kehle war durchgeschnitten, sie sah aus wie ein Wischmopp mit Kopf. Die drei Schlaftabletten, die Linda vorm Schlafengehen genommen hatte, verloren schlagartig ihre Wirkung, als Hennum alle Hemmungen fahren ließ und brüllte, wie er nicht mehr gebrüllt hatte, seit Trym Kojedal und seine Kumpane ihn in der sechsten Klasse an eine Föhre gefesselt und mit dem Luftgewehr auf ihn geschossen hatten.

20

Der Rauch stieg von den brennenden Birkenscheiten auf und dampfte dick und weiß durch die Öffnung im Dach der Blockhütte tief im Wald von Elverum. Zwölf Männer und eine Frau saßen um die Feuerstelle, umgeben von dreihundert Jahre alten Rundlingen. Das Holz knackte, die Flammen und die Öffnung im Dach waren die einzigen Lichtquellen. Eine Plastikflasche ohne Etikett mit einer rötlichen Flüssigkeit, Schwarzgebrannter mit Wodkaessenz und Preiselbeersirup, wurde herumgereicht.

Ihre Geländewagen standen draußen auf dem Wendeplatz, alle hatten grüne Kennzeichen. Die meisten hatten Aufkleber mit einfachen Botschaften an Heck und Scheiben: »Nulllösung«, »Echte Männer schießen Wölfe« oder »Norwegische Natur ist herrlich – ohne Wölfe«.

Die Männer und die junge Frau trugen Jagd- oder Tarnkleidung in allen möglichen Grüntönen. Svendsbråtens Finnischer Laufhund Loke lag vor der Tür und atmete schwer. Sein Herr hatte ihm einen Wolfschild umgebunden, eine orange Weste mit fünf Zentimeter langen, scharfen Stahlnägeln am gesamten Rückgrat – eine schwedische Erfindung, die wie eine Hunderüstung aussah.

»Haben alle gehört, was gestern bei der Erkundung mit

Preben Hognestad geschehen ist?«, fragte Svendsbråten, der als Einziger ganz in Schwarz gekleidet war.

Alle nickten leise murmelnd.

»Wie geht es ihm?«, fragte ein Mann mit dicht stehenden Augen und Spitzbart.

»Er musste operiert werden«, sagte Hennum. »Der Arzt meint, dass er für den Rest seines Lebens humpeln wird.«

»Wie zum Teufel kam das Fangeisen da hin?« fragte ein Mann mit Pferdeschwanz und Vollbart.

»Das hat wohl jemand vergessen«, antwortete der Spitzbart.

»Vergessen? Anno 1896, oder was?« Svendsbråten wieherte, ohne eine Miene zu verziehen. »Jemand hat es absichtlich dorthin gelegt.«

»Apropos: Hast du die Drohbriefe bei den Leuten von *Stimme der Raubtiere* eingeworfen?«, fragte Hennum einen dürren Kerl um die vierzig mit schütterem Bart, Brille und einer tarnfarbenen Baseballmütze.

»Klar«, antwortete der Mann. »Gestern Nacht. Volle Kanone.«

»Was hat du geschrieben?«

»Das Übliche.«

Er zuckte mit den Schultern.

»Was heißt das?«

»An Ørnhoi: *Du Arschgesicht*, an Jerveland: *Solche wie dich sollte man abmurksen* und so weiter.«

»Hoffentlich waren nicht zu viele Rechtschreibfehler drin.«

Der Dürre schüttelte den Kopf, aber er war verunsichert.

»Kannst du dir nicht mal was Neues einfallen lassen?«, fragte Hennum. »Ein bisschen Kreativität schadet nie. Er weiß doch, dass wir ihn für ein Arschgesicht halten.«

»Diese Zettel haben doch keine Wirkung«, rief ein etwa dreißigjähriger Glatzkopf mit einem Fisch-Tattoo am Hals und zwei Goldringen am rechten Ohr. »Wir sollten Taten folgen lassen.«

»Vorsicht, Leute!«, warf Polizeimeisterin Sigrun Wroldsen ein, die ebenfalls Tarnkleidung und eine orange Kappe trug. »Wenn den Vorsitzenden von *Stimme der Raubtiere* etwas zustößt, muss Tomteberget reagieren.«

Wroldsen hatte die Stelle bei der Polizei nicht wegen besonderer Eignung oder ausgeprägtem Gerechtigkeitssinn bekommen, sondern weil ihr Vater, ein notorischer Wilderer, Schürzenjäger und Bassist der örtlichen Tanzkapelle, mit Viggo Hennum und Trym Kojedal befreundet war.

»Das mit dem Fangeisen können wir nicht ungestraft lassen. Das waren bestimmt die«, sagte der Typ mit dem Fischtattoo.

»Das wissen wir nicht«, erwiderte Wroldsen. »Es könnte auch eine alte Falle gewesen sein.«

»Es war frisch geschärft«, sagte Hennum. »Das war kein Unfall.«

»Letzte Woche habe ich Jerveland vor die Garage geschissen, aber es hat wie immer nichts gebracht«, sagte der Fischtyp. »Als wir gestern die Gegend erkundet haben, ist er in seinem rostigen Suzuki auf und ab gefahren, hat uns angeschrien und so getan, als würde er uns filmen.«

»Wie ist die Stimmung droben in Evneveikstad?«, fragte Svendsbråten einen jungen Mann auf der anderen Seite des Feuers, der als der Einzige in Alltagskleidung irgendwie deplatziert wirkte. »Glaubt Gilbert, dass er noch was ausrichten kann?«

»Er ist ziemlich verzweifelt«, murmelte Forschungsassistent Balder Brekke mit gesenktem Kopf. »Er weigert sich zu akzeptieren, dass seine besten Freunde einen Menschen getötet haben.«

»Er lebt schon immer in einer Traumwelt«, sagte Viggo Hennum. »Walt fucking Disney.«

»Was da geschehen ist, ist echt krank«, sagte Balder. »Das hätte nicht passieren dürfen.«

»Ich habe nur darauf gewartet«, sagte Sigrun Wroldsen und schob die Brust vor.

»Wenigstens waren die Wölfe klug genug, eine schlitzäugige Baumumarmerin zu fressen und nicht einen von uns.« Svendsbråten grinste mit geschlossenem Mund.

»Hat sie nicht auch bei *Landbewohner für Raubtiere* mitgemacht?«, fragte der Glatzkopf.

»Doch«, sagte Hennum. »Sie und ihr Mann. Hirnlose Wolfsromantiker der schlimmsten Art.«

»Du hast doch selbst behauptet, Wölfe seien für den Menschen ungefährlich.« Svendsbråten warf einen Seitenblick auf Balder. »Und wie erklärst du dir das?«

»Keine Ahnung. Es gibt keine Erklärung.«

»Sogar die Forscher sind ratlos?« Svendsbråten lachte sich ins Fäustchen. »Ihr seid doch die Experten.«

Balder senkte den Blick.

»Könnte es vielleicht damit zusammenhängen, dass es in Norwegen gar keine echten Wölfe gibt?«, sagte Hennum und sah Svendsbråten verstohlen an.

»Das ist völliger Unsinn.« Balder musterte seinen Nennonkel. »Aber die Tiere, die die Frau angegriffen haben, könnten Bastarde gewesen sein, das ist eine mögliche Erklärung. Dann wäre es umso wichtiger, sie zu entnehmen.«

»Der einzige Grund, warum noch nie ein Mensch angegriffen wurde, ist, dass es bei uns keine Wölfe gab«, sagte Wroldsen. »Jetzt gibt es sie massenweise, der Bestand ist außer Kontrolle geraten.«

»Außer Kontrolle?«, sagte Balder, und seine Augen blitzten auf. »Sechzig Tiere im ganzen Land, und das nennst du *außer Kontrolle*? Mein Gott, in Alaska gibt es mehrere Tausend, und in den vergangenen zweihundert Jahren wurden dort genau zwei Menschen von Wölfen getötet. Die Chance, an einem Mückenstich zu sterben, ist höher.«

»Aber in Indien wurden über hundert Kinder ...«

»Halt die Klappe!«, brüllte Balder. »Wölfe sind nicht gefährlich, und ihr wisst das.«

»Das Ehepaar Johansen hat Marihuana und Magic Mushrooms an unsere Jugend verkauft«, sagte Hennum. »Sie haben ihnen den Dreck aufgeschwätzt, um ein paar läppische Kronen zu verdienen.« Er spuckte in die Flammen.

Balder sah ihn entgeistert an.

»Was hat das mit den Wölfen zu tun?«

»So eine Tragödie«, sagte Svendsbråten. Er nahm die Brille ab, zog ein Brillentuch aus der Jackentasche und putzte sie. »Wo sollen unsere Kinder jetzt ihr Dope herbekommen?«

Alle kicherten, außer Balder Brekke.

Während der Autofahrt von Evenstad waren ihm große Zweifel an seiner Menschenkenntnis gekommen. Jeder Mensch war schwach und zu Grausamkeiten fähig, das lag in seiner Natur. Die Körpersprache der beiden Männer, wie sie miteinander redeten und wie sie einander ansahen, bestätigte seine Befürchtung, dass Emma doch recht hatte. Svendsbråten und Onkel Viggo steckten hinter dem Wolfsangriff.

»Phung Johansen möge in Frieden ruhen«, sagte Sigrun Wroldsen und nahm die orange Kappe ab. »Lyder Johansen hat ein saftiges Bußgeld für den Anbau von Marihuana bekommen. Wir hätten gleich die ganze Hippiekommune verjagen sollen.«

»Dann wäre sie jetzt noch am Leben«, sagte ein Kerl mit einem Cowboyhut aus Filz und einer Maiskolbenpfeife im Mund.

»So ist es«, bemerkte Svendsbråten und setzte die Brille wieder auf. »Manchmal ist so eine Knüppeljagd das Beste für alle.«

Die Männer kicherten noch mehr, tranken Kaffee und mehr Schnaps und erzählten sich Jagdgeschichten und schmutzige Witze. Eine Plastiktüte mit getrocknetem Elchfleisch machte die Runde, und jeder bediente sich.

»Was sagt die Raubtier-Datenbank über die DNA? Habt ihr schon Ergebnisse?«, fragte Hennum.

»Es war keines unserer Tiere. Die DNA war nirgendwo registriert.« Balder versuchte, Viggo in die Augen zu sehen, aber der wich seinem Blick aus. »Auf jeden Fall war Wolfs-DNA dabei. Mehr verraten sie nicht, das ist normal.«

»Können sie nicht feststellen, ob es Wölfe oder Bastarde waren?«

Svendsbråten unterbrach sie.

»Jetzt müssen wir uns auf die Jagd konzentrieren.« Er zog eine Karte aus der Tasche und breitete sie auf dem Schoß aus. »Viggo«, sagte er, ohne ihn anzusehen, »kannst du uns nicht ein Lied singen, während wir planen?«

»Ich hab keine Gitarre dabei.«

»Vielleicht was von Roger Whittaker? *New World in the Morning*?«

»Kann ich nicht«, log Hennum. »Aber ich kann *The Last Farewell.*«

»Auch gut. Leg los.«

»*There's a ship lies rigged and ready in the harbour* …«, sang Hennum.

Die klaren, reinen Töne standen in grellem Kontrast zu dem Mann, aus dessen Mund sie kamen, und zu den derben Menschen, die ums Feuer saßen und Pläne schmiedeten.

»Sørskogsbygda ist ein Knotenpunkt, durch den alle Rudel ziehen«, sagte Svendsbråten. »Stimmt's?«

»Stimmt«, sagte Balder mit kraftloser Stimme.

»Teddy, der Psychopath und die Koppang-Brüder übernehmen Røtkjølen.« Er deutete auf die Karte. »Dort treiben sich mindestens sieben Tiere herum. Ein Fünfer-Rudel und zwei Einzelgänger. Nicht wahr, Balder?«

Balder zögerte etwas mit seiner Antwort.

»Richtig.«

»*For you are beautiful and I have loved you dearly, more dearly than the spoken world can tell* …«, sang Hennum.

»Legt den Köder zwischen Fiskelaus und Djupsjøen aus. Zieht euch warm an, tarnt euch gut und haltet die Schnauze.« Svendsbråten schüttelte den Zeigefinger wie eine strenge Großmutter. »Wollunterwäsche, mehrere Schichten wärmeisolierende Kleidung und winddichte Jacken. Und kein knisternder Stoff. Vergesst Schlafsäcke und Vorräte nicht, und sauft nicht so viel.«

Die Jäger starrten mit ernsten Gesichtern in die Flammen, als nähmen sie militärische Befehle vor einem Einsatz in Afghanistan entgegen.

»Warum singst du nicht mehr?« Svendsbråten sah Hennum verärgert an.

»Ich kann nur eine Strophe«, sagte Hennum.

»Dann pfeif eben.«

»Ich kann nicht gut pfeifen.«

»Das kann doch jeder.«

»Wie wär's mit Bruce?«, schlug Hennum vor. »Dem *Boss.*«

»Springsteen ist gut«, sagte Svendsbråten. »Kannst du *Born in the USA*?«

Hennum begann mit dem Intro, dann »*Born down in a dead man's town, the first kick I took was when I hit the ground …*«

Die Grüngekleideten nickten im Takt, klatschten und grölten den Refrain mit: »*Born in the USA.*«

Svendsbråten betrachtete sie eine Weile, dann stand er auf und hielt die Hand in die Höhe. Die Jäger verstummten.

»Ihr wisst schon, dass das ein antiamerikanisches Lied ist?«

Schamvolle Blicke trafen den Boden.

»Bruce ist ein verdammter Sozialist.«

Hennum wollte den Rockstar verteidigen, aber er schluckte es herunter.

Svendsbråten fischte ein Silberetui aus der Tasche, nahm einen Zigarillo heraus und steckte ihn in den Mund. Sigrun Wroldsen war sofort mit einem Feuerzeug zur Stelle.

»Terje und Siggen übernehmen die Gegend von Kynna«, befahl Svendsbråten. »Dort gibt es ein paar Einzelgänger, wie unser Professor weiß.« Er sah Balder an, der stumm nickte. »Der Ort, wo der Köder liegt, ist ziemlich bekannt, seid vorsichtig, da könnten ein paar Arschlöcher rumlaufen.«

Er zog ein schwarzes Notizbuch aus der Tasche, blätterte darin und blies Rauch aus der Nase.

»Der Vorarbeiter und der Bäcker übernehmen Letjenna,

Hannibal und Gunnar Julussa. Ihr wisst, was ihr zu tun habt.«

Svendsbråten zeigte auf Hennum.

»Ich und Bruce übernehmen Kråkmyra und Ryssjøen. Balder sagt, dass sie dort mehrere Tiere mit Peilsender lokalisiert haben.«

»Ob es Nachwuchs gibt, können wir erst mit Sicherheit sagen, wenn Schnee liegt«, sagte Balder kleinlaut. »Aber es gibt garantiert mehrere Tiere in dem Gebiet.«

»Was benutzen wir als Köder?«, fragte Wroldsen eifrig.

»Ich habe alles ausprobiert«, sagte Svendsbråten und sog den Rauch tief in die Lunge. »Elchschädel, Pferdekopf, läufige Wölfin, Schoßhündchen, Katze, Lachs, Pottwal, Schlachtabfälle. Einmal habe ich alle Baumstämme rund um den Köder mit Ochsenblut bestrichen. Hat alles mehr oder weniger funktioniert, aber einer Sache kann kein Wolf widerstehen.«

»Was denn?«, fragte Wroldsen gespannt.

»Elchkadaver. Aus irgendeinem Grund lieben die Wölfe ganze, tote und stinkende Elche.«

Hennum war enttäuscht, er hatte etwas Exotisches erwartet.

»Keep it simple«, sagte Wroldsen.

»Dürfen wir ein paar Füchse schießen, während wir warten?«, fragte der Typ mit dem Fischtattoo.

»Berücksichtigt die Windrichtung. Und legt das Tier mit dem Kopf oder dem Hintern zu euch. Die Wölfe fangen immer am Bauch an, dann stehen sie mit der Breitseite zu euch.«

»Was ist jetzt mit den Füchsen? Wir wollen uns auch amüsieren.« Der Fischtyp gab nicht nach.

»Absolutes Telefonverbot«, rief Svendsbråten. »Jede Kommunikation geschieht per SMS. Ihr kennt den Code?«

Alle nickten.

»Warst du beim Militär?«

Sigrun Wroldsen sah Svendsbråten mit gierigen Augen an und schob die Brust vor.

Svendsbråten sog an seinem Zigarillo.

»Intendantur in Gardermoen. Vier Jahre mit Unterhosen, Leberpastete und Diesel.«

Es wurde still, Enttäuschung lag in der Luft.

»Dann zwei Jahre UN-Friedenstruppen im Libanon.«

Die Männer schöpften neue Hoffnung.

»Danach drei Jahre in Angola, Kongo und Tschad. Und als krönender Abschluss vier Jahre in einer Ölraffinerie in Liberia. Im Auftrag von Statoil in einer südafrikanischen Security-Firma.«

Die Männer starrten zufrieden ins Feuer, bis Wroldsen das Schweigen brach.

»Hast du schon mal jemanden getötet?«

Svendsbråten wirkte abwesend und rauchte genüsslich fertig, ehe er sagte: »Wir benutzen normale Munition. Keine Bauchschüsse, die Beute soll ausgestopft werden!«

»Wir stopfen unser Beweismaterial aus?«, fragte der Typ mit der Pfeife entsetzt.

»Ja«, sagte Svendsbråten. »Der Bürgermeister will sich einen ans Himmelbett stellen.«

21

Als Leo um neun Uhr aufwachte, war es hell im Schlafzimmer. Er brauchte ein paar Sekunden, um zu begreifen, wo er war, blieb auf dem Rücken liegen und starrte an die Decke, drückte sein steifes Kreuz tief in die weiche Matratze und vergegenwärtigte sich, was vor ihm lag. Schließlich stand er auf, schüttelte den Kopf und ging zum Fenster.

Ein weiterer schöner Tag. Langsam wurde es inflationär. Eine frische Brise aus Südwest trieb kleine Wellen mit weißen Schaumkronen über den Fjord. Segler, Windsurfer und Kiter vergnügten sich auf dem Wasser. Keine Angler. Niemand angelte mehr vom Boot aus, dachte Leo. Was war aus all den Schleppfischern geworden?

Nach einem langen Frühstück mit nacktem Oberkörper auf der windgeschützten Seite der Terrasse ging er in die Küche. Er setzte sich und starrte das Telefon an, das auf dem Tisch lag. Ich komme nicht drumrum, dachte er, hob es auf und wählte Ragnas Nummer.

»Woher das plötzliche Interesse?«, fragte seine Exfrau am anderen Ende. »Schlechtes Gewissen?«

»Ich will nicht streiten«, sagte Leo.

Ragna schwieg.

»Wie geht es ihr?«

»Sie ist schwach«, sagte Ragna. »Aber sie wird jeden Tag ein bisschen stärker.«

»Wann sind die Besuchszeiten im Krankenhaus?«

»Sie will nicht, dass du sie besuchst.«

Leo ballte die linke Hand zur Faust und biss sich in einen Knöchel.

»Woher weißt du das?«

»Sie hat es gesagt, mehrmals.«

Leo atmete so tief wie möglich ein und zählte stumm bis fünf.

»Ich kann nicht einfach aufgeben, verstehst du das nicht?«

»Ich dachte, du hättest längst aufgegeben.«

»Ich hatte keine Ahnung, wie schlimm es ist.«

Ragna antwortete nicht.

»Du glaubst also, dass ich nichts tun kann?«, fragte Leo.

»Ich glaube, du würdest es nur schlimmer machen.«

Leo stand auf, ging hinaus und lief auf der Terrasse hin und her.

»Warum hast du mir nie etwas gesagt?« Sein Herz pochte. »Das konnte ich doch nicht wissen.«

»Sie hat sich so geschämt«, sagte Ragna. »Deshalb hat sie mir streng verboten, irgendetwas zu sagen.«

»Sie ist doch noch ein Kind, das hat sie nicht zu bestimmen.«

»Sie ist zwanzig Jahre alt«, sagte Ragna. »Ich muss auf sie hören.«

»Welche Pillen hat sie geschluckt?«

»Sarotex, ein gewöhnliches Antidepressivum.«

»Wie lange nimmt sie die schon?«

»Ein paar Jahre.«

»Und keiner hat mir was gesagt.«

»Leo … Du bist wie eine dunkle Wolke durch ihr Leben gezogen. Du hast nie mit ihr geredet.«

»Wie kannst du das beurteilen?«, sagte Leo, obwohl er einsah, dass sie nicht unrecht hatte.

»Ich will auch nicht streiten.«

»Morgen besuche ich sie«, sagte Leo.

Ragna schwieg, Leo stand zähneklappernd im Wind.

»Sie ist jetzt in der Jugendpsychiatrie«, sagte Ragna.

»Ich weiß«, sagte Leo. »Sind die gut?«

»Ich glaube ja.« Ragna schniefte. »Du kannst dich nicht einfach verdrücken und erwarten, dass alles gut wird.«

»Ich versuche, es wiedergutzumachen«, sagte Leo.

Eine lange Pause.

»Fahr am Nachmittag zwischen drei und vier hin«, sagte Ragna. »Das ist meistens ihre beste Zeit.«

Auf dem Weg zum Krankenhaus machte Leo eine Stippvisite in dem Büro, das er am Lilleaker Torg gemietet hatte. Er war seit Ende Juni nicht mehr dort gewesen, seit der Krankenwagen Siri abgeholt hatte.

Er parkte vor dem Café Grønn und stellte fest, dass die Kneipe im »Alten Bad« nicht mehr existierte. In den Räumen war jetzt eine Apothekenkette. Wahrscheinlich war das schon lange so, er hatte es bloß noch nicht bemerkt.

Er zitterte am ganzen Körper, hatte feuchte Hände und stand irgendwie neben sich. Die Pillen, die er daheim eingeworfen hatte, zeigten noch keine Wirkung.

Die Türen der anderen Büros standen offen, und alle grüßten ihn höflich.

»Hei, Leo!«

»Schicke Schuhe!«

»Wie geht's?«

Keiner fragte, wo er gewesen war oder was er in den letzten zwei Monaten getrieben hatte.

Er ging in sein kleines Büro und schloss die Tür. Auf dem Schreibtisch herrschte Chaos, es roch muffig. Im Papierkorb lag ein in Folie gewickeltes halbes Baguette mit Schinken und Käse, das schon bessere Tage gesehen hatte. Er öffnete das Fenster, atmete tief ein und beobachtete die Menschen, die unten auf dem Parkplatz in der neu eröffneten Sushibar ein- und ausgingen.

Er setzte sich an den Schreibtisch und starrte den schwarzen Bildschirm an. Er hatte alles schleifen lassen. Seine Klienten waren fort. So musste es ja kommen, wenn man neun Wochen lang keine Anrufe, Nachrichten oder Mails beantwortete. Er musste von vorn beginnen, aber wo war das?

Er dachte, dass er wenigstens etwas aufräumen, Staub wischen und den Mülleimer leeren sollte. Als er aufstand, spürte er die Wirkung des Clonazepam: Sirup im Schritt, träge im Hirn, alles in Watte gepackt. Er fühlte sich wie ein Junkie mit weichen Knien. Er war ein Pillen-Junkie, da gab es nichts zu beschönigen.

Leo schloss das Fenster, ging aus dem Büro, ohne die Tür zu schließen, verließ das Gebäude in Zeitlupe, ohne sich zu verabschieden. Auf dem Parkplatz gab er einem Bettler, der vor dem Supermarkt stand, einen Zwanziger, zwängte sich ins Auto und nahm Kurs auf das Krankenhaus.

22

Sechs Stunden nach dem Treffen in der Schutzhütte saßen Erik Svendsbråten und Viggo Hennum auf zwei schmutzigen Klappstühlen in dem kleinen Ansitz zwischen zwei Birken am Fuß eines Hügels. Es war eine fensterlose, grün gestrichene Fertigbau-Baracke, provisorisch mit ein paar Tannenzweigen getarnt. Zwei Schießscharten gewährten freie Sicht auf den Köder, der siebzig Meter entfernt am Rand des Kråkmyra-Moores lag. Die Schießscharten in den Seitenwänden hatten die Jäger zugeklebt, damit kein skeptischer Wolf ihre Witterung aufnahm. Der Boden war mit Müll und leeren Flaschen bedeckt.

Ein holperiger Schotterweg führte fast bis zum Ansitz. Er verlief durch den Wald eines alten Freundes von Hennum, früherer Kreismeister im Dreisprung und eifriger Wolfsgegner, der zwar nicht selbst an der Jagd teilnehmen wollte, aber mehr als gerne seinen Privatweg zur Verfügung stellte.

»Wenn die Naturschutzbehörde uns jetzt sehen könnte«, sagte Hennum und grinste.

»Es ist nicht verboten, Tierkadaver auszulegen, die zur heimischen Fauna gehören. Ich bin auf Fuchsjagd, und du?«

»Ich auch, natürlich.«

»Einmal habe ich einen Seehund als Köder benutzt. Hatte ihn billig beim Fischwagen bekommen.«

»Und, hat das geklappt?«

Svendsbråten schüttelte den Kopf.

»Die Tiere hatten Angst davor. Nicht mal die Krähen haben ihn angerührt.«

Die zwei Männer hatten sich schwarze Decken um Hüfte und Beine gewickelt. Loke lag in der Ecke und schlief. Die Flinte auf Hennums Schoß, ein Mauser-Karabiner 98, hatte schon seinem Vater gehört. Er hatte ein Lager mit deutschen Waffen im Kartoffelkeller gehabt, die Viggo nie hatte anrühren dürfen. Svendsbråten benutzte eine umgebaute 33/40, mit Schaft aus der Waffenfabrik Kongsberg, die ein waffenverrückter Onkel ihm zur Konfirmation geschenkt hatte. Sie hatte das gleiche Kaliber wie die Mauser, war aber leichter und kürzer. Das Modell war 1941 für deutsche Gebirgsjäger produziert worden. Beide Waffen waren mit modernen, lichtstarken Zielfernrohren ausgestattet, die Bürgermeister Kojedal spendiert hatte.

»Weißt du, was mein Vater immer gesagt hat?«, flüsterte Hennum.

»Woher zum Teufel soll ich das wissen?«

»Verlass dich auf nix, was aus dem Meer kommt.« Hennum gluckste. »Er war misstrauisch gegen alles, was nicht aus der Hedmark war.«

Svendsbråten räusperte sich, spuckte an die Wand und sah zu, wie der graugrüne Schleimklumpen langsam am Holz hinablief und eine Schleimspur wie von einer Schnecke hinterließ.

»An der Südküste hat er sich mal 'ne Muschelvergiftung geholt«, fuhr Hennum fort.

»Warum erzählst du das?«, fragte Svendsbråten. »Das ist überflüssige Information.«

»Weiß nicht«, antwortete Hennum. »Meine Gedanken wandern.«

»Halt einfach die Klappe«, sagte Svendsbråten und zog ein kleines durchsichtiges Tütchen aus der Innentasche der schwarzen Uniformjacke. Er nahm die Thermosflasche, die neben ihm auf dem Boden stand, schraubte sie auf und streute etwas grauweißes Pulver aus der Tüte hinein.

»Was ist das?«, fragte Hennum und runzelte die Stirn.

»Pfeffer«, sagte Svendsbråten. »Speed.«

»Du schüttest Drogen in deine Brühe?«

»Das schärft die Sinne«, sagte Svendsbråten. »Viel besser als der Scheißdreck, den du in dich schüttest.«

»Ja, ja. Wir haben alle unsere Laster.«

Hennum ergriff seine Plastikflasche und kippte einen Deziliter Schwarzgebrannten hinunter. Dann streichelte er den Gewehrkolben und spähte durch die Schießscharte.

Es war halb neun und wurde langsam dunkel, eine lange Nacht lag vor ihnen. Sie hatten es nicht eilig. Hennum fühlte sich gut. Er war stolz darauf, mit einem respektierten Jäger wie Erik Svendsbråten zusammenzusitzen. Die lebende Legende hätte jeden anderen als Partner mitnehmen können, aber er hatte ihn ausgewählt.

Der Kadaver, der stinkend im Moor lag, war eine Elchkuh, die Mitte Juli auf der R65 von einer schwedischen Familie auf Sommerferien überfahren worden war. Seit drei Tagen lag sie dort, die Krähen und Elstern hatten sie schon angepickt, die Augen verspeist und versucht, das dicke Fell durchzuhacken, aber das war der Vorteil von Elchen: Weder Vögel noch Füchse konnten den Wölfen viel wegfressen.

»Wie geht's dem Drachen?«, fragte Svendsbråten. Seine Stimme und sein Blick waren glasklar, die Pupillen wie schwarze Murmeln. »Hat sie den Schock überwunden?«

»Die Alte ist jetzt noch schreckhafter, als sie eh schon war«, sagte Hennum.

»Eine tote Katze im Bett …« Svendsbråten kicherte, ohne eine Miene zu verziehen. »Köstlich.«

»Das Bett war blutgetränkt.«

»Hast du *Der Pate* gesehen?«

»Das hat mich Kojedal auch schon gefragt«, sagte Hennum. »Nur den dritten Teil.«

»Du hast nur *Der Pate III* gesehen?«

Hennum nickte.

»Du bist pervers, Viggo.«

Hennum ahnte eine Art Anerkennung in Svendsbråtens Stimme.

»Im ersten Teil legt die Mafia einen Pferdekopf in das Bett des Filmproduzenten«, sagte Svendsbråten.

»Was bedeutet das?«

»Das ist eine Warnung.«

Hennum kratzte sich an der Mütze.

»Was glaubst du, wer das getan hat?«

»Das kann nur einer gewesen sein.«

»Jerveland? Die *Stimme der Raubtiere*?«

»Professor Gilbert.«

»Glaubst du?« Hennum kratzte weiter. »Meinst du, der wäre im Stande, so etwas zu tun?«

»Er hat dich gedemütigt, Viggo.« Svendsbråten trank einen Schluck Brühe direkt aus der Thermosflasche. Seine Brille beschlug vom Dampf.

Hennum grübelte. Er kannte Bjarne Gilbert seit über

dreißig Jahren und wusste, dass der Professor so etwas nie tun würde. Er hatte nie jemandem etwas zuleide getan, weder Mensch noch Tier, und würde dies auch in Zukunft nicht tun.

»Und das mit dem Fangeisen?«, fragte Hennum.

»Gilbert.«

Hennum trank noch einen Schluck. Er wollte das Thema wechseln.

»Es wird herrlich, Norwegen von der Wolfspest zu befreien.«

Keine Antwort von Svendsbråten.

»Schade nur, dass wir für unseren gelungenen Plan keine Lorbeeren bekommen.« Er tätschelte den Gewehrkolben. »Ich hätte große Lust, es den Jungs zu erzählen.«

»Du bekommst deinen Lohn im Himmel.«

»Ich glaube nicht an Gott.« Hennum verzog das Gesicht, als würde er darunter leiden. »Glaubst du an Gott?«

»Natürlich. Was meinst du, warum ich Roger Whittaker so mag?«

Hennum rollte mit den Augen und sah durch die Schießscharte in den Sternenhimmel. Ein perfekter Halbmond erleuchtete den Wald. Die Natur war totenstill, es war nur wenige Grad über null, kein Wind wehte, nur sein Magen grummelte in regelmäßigen Abständen wie ferner Donner.

»Wie herrlich, den Wolf auszurotten«, sagte er, um das Schweigen zu brechen.

»Ausrotten?«, schnaubte Svendsbråten. »Der Wolf ist das majestätischste Tier in der norwegischen Natur.«

»Was?«

»Der Wolf ist der König.«

Hennum öffnete den Mund, aber er sagte nichts.

»Er lehrt uns, wie wir uns in der Wildnis bewegen, wie man Täler, Windrichtung, Bäche und Dickichte ausnutzt. Er zeigt uns, was Geduld, Konzentration und Selbstbeherrschung sind.« Er richtete die eisblauen Augen auf Hennum. »Und wie man im entscheidenden Augenblick brutal zuschlägt.«

Hennum hielt den Mund.

»Wir werden den Wolf niemals ausrotten.« Svendsbråten zog einen Zigarillo aus der Tasche und zündete ihn an. »Das ist nicht der Grund, warum wir das tun.«

Hennum trank mehr Schnaps und grübelte.

»Aber wir müssen ihn entfernen, damit es wieder mehr Elche gibt.«

»Bis 1970 gab es kaum Elche in Norwegen«, erklärte Svendsbråten. »Sie waren vielerorts ausgerottet. Aber die Leute sind damit zurechtgekommen. Der Mensch ist anpassungsfähig. Mir sind die 50.000 Kronen, die wir für jedes Tier bekommen, wichtiger.«

Das musste Hennum erst einmal verdauen.

Beide Männer hingen ihren eigenen Gedanken nach. Mithilfe von etwas mehr Schnaps lenkte Hennum seine Gedanken auf Emmylou Harris, Dolly Parton und Linda Ronstad. Alle drei lagen nackt in einem Bett, mehr oder weniger vom Leben gezeichnet. Er war betrunken, langsam war ihm alles egal. Völlig unbewusst stieß er ein lautes Heulen aus, das die Nacht wie ein Messer durchschnitt. Svendsbråten zuckte zusammen, umklammerte seine Waffe und zischte: »Was zum Teufel tust du da?«

»Ich dachte, ich probiere mal was Neues«, lallte Hennum.

»Wie oft muss ich dir noch sagen, dass Loke keinen Lärm verträgt.«

Hennum hielt die Hand vor den Mund und sah die Hündin an, die friedlich in der Ecke lag und schlief.

»Ich wollte nur was ausprobieren.«

»Lockrufe?«, fragte Svendsbråten, der plötzlich Interesse zeigte und die Tür einen Spalt öffnete.

»Letzten Winter habe ich in Rendalen an einem Kurs teilgenommen. *Predator's call.* Man ahmt den Todesschrei des Beutetiers nach.«

Svendsbråten grinste.

»Kannst du Gilberts Todesschrei nachahmen?«

Hennum brüllte und röchelte, gefolgt von Svendsbråtens stillem Kichern.

»Wusstest du, dass Wölfe in neun verschiedenen Tonarten und elf verschiedenen Tonlagen heulen können?«, sagte Hennum. »Jeder Ton bedeutet etwas anderes.«

»In Angola waren wir im Dunkeln auf Lockjagd«, sagte Svendsbråten. »Unser Rekord lag bei neunzehn Schakalen und zwei Negern in einer Nacht.«

»Das Kontaktheulen im Herbst ist ganz anders als das Paarungsheulen im Winter.« Hennum tat, als hätte er Svendsbråten nicht gehört. »Ich habe den ganzen Winter mit einer CD mit Wolfsgeheul geübt.«

»Und was sagt Linda, wenn du im Keller sitzt und heulst?«

»Sie traut sich nicht, was zu sagen«, sagte Hennum.

»Hat wohl Angst vor dem Herrn im Haus?« Svendsbråten grinste höhnisch.

Hennum war nicht in der Lage, Svendsbråtens Sarkasmus zu kontern, aber das Heulen hatte den Knoten in seinem Magen gelöst. Da erklang in der Ferne ein ähnliches langgestrecktes Heulen. Svendsbråten höhnte: »Ich glaube, du hast einen potenziellen Partner gefunden.«

Hennum schob die Brust vor, lockerte die Schultern und antwortete mit einem Monstergeheul, das alles Bisherige übertraf.

»Halt die Klappe«, zischte Svendsbråten. »Der ist viel zu weit weg.«

Hennum sank im Klappstuhl zusammen. Alles war gesagt, er war müde und enttäuscht, die Augen fielen ihm zu. Jedes Mal, wenn er gähnte, sah es aus, als würde er sich den Unterkiefer ausrenken, wie eine Würgeschlange, die ein übergroßes Beutetier schluckt. Svendsbråten trank Brühe und starrte mit funkelnden Augen durch die Schießscharte. Wenige Minuten, nachdem Hennum zu schnarchen begonnen hatte, tauchte ein großer dunkler Schatten neben dem Köder auf. Das Tier stand seitlich zum Mondlicht und schnüffelte an dem toten Elch. Dann versuchte es, sich durch das dicke Bauchfell zu nagen. Svendsbråten nahm die Brille ab, steckte sie in die Brusttasche und trat Hennum gegen die Schulter, der die vernebelten Augen aufschlug und sich wie ein ausgeknockter Boxer das Kinn rieb. Dann hoben beide feierlich das Gewehr an die Schießscharte und schauten durchs Zielfernrohr.

»Sieh an«, flüsterte Svendsbråten. »Ein Graubein. Bitte schön!«

»Bist du sicher?«, flüsterte Hennum benommen.

»Schieß ihm in die Lunge.«

»Ich habe noch nie einen Wolf geschossen.«

»Ich weiß«, sagte Svendsbråten ruhig und leise. »Ziel auf die Lunge.«

»Ich habe überhaupt noch nie auf etwas Lebendiges geschossen«, wandte Hennum ein.

»Halt die Schnauze und schieß«, zischte Svendsbråten.

Hennums Hände zitterten, er sah sich selbst von außen, schloss die Augen und drückte ab.

Ein Dröhnen erfüllte die Baracke. Der Rückstoß schleuderte Hennum in den Stuhl, Loke sprang auf die Beine und kläffte wie wild. Der Wolf am Moor ließ von dem Elchbauch ab, aber anstatt umzufallen oder zu flüchten, streckte er den Kopf in die Höhe und witterte wie eine Wolfsstatue auf den hellen Sägespänen, die Svendsbråten rund um den Köder ausgestreut hatte.

»Das habe ich schon einmal gesehen«, flüsterte Svendsbråten.

»Was?«, stotterte Hennum.

»Er bleibt regungslos stehen, anstatt zu flüchten.«

Er atmete tief ein, hielt die Luft an und drückte ab. Der Wolf im Moor ging sofort zu Boden.

»Weißt du, was man sagt?«, fragte Svendsbråten in seiner sanftesten Tonlage.

»Nein«, sagte Hennum, der sich noch immer die Ohren zuhielt. »Was sagt man?«

»Dass die Kälte in Østerdalen einen entweder tötet oder abhärtet.« Er fixierte Hennum. »Aber was zum Teufel hat sie mit dir gemacht?«

»Eine Fanggrube?«, wieherte Svendsbråten. »Der Vorarbeiter ist in eine alte Fanggrube gefallen?«

Die Jäger hatten sich zum Briefing in Hennums Keller getroffen. Linda servierte Preiselbeerwodka, Kaffee und Waffeln mit hausgemachter Himbeermarmelade und Rahm.

»Findest du das etwa lustig? Er hätte sterben können.«

»Wir können alle sterben«, erwiderte Svendsbråten und sah Linda dabei an, als wäre sie sein Eigentum. »Jederzeit.«

»Das ist doch pervers«, sagte der Mann, den sie den Bäcker nannten. »Ich jage schon mein Leben lang da oben und habe nie eine solche Grube gesehen.«

»Ein drei Meter tiefes Loch?«, fragte Hennum.

»Wo genau war das?«

Svendsbråten trank einen Schluck Kaffee.

»Oben bei Letjenna«, sagte der Bäcker.

»Wie geht es ihm?«, fragte Linda und richtete ihre Frisur.

»Er hat sich den rechten Fuß gebrochen und ein paar Wirbel angeknackst«, sagte der Bäcker. »Liegt auf der Intensivstation, ist wahrscheinlich fürs Leben gezeichnet.«

»Und keiner wusste von dieser Grube?« Hennum stopfte ein ganzes Waffelherz in den Mund. »Ihr kennt die Gegend doch wie eure Westentasche.«

»Du wiederholst, was der Bäcker gesagt hat«, bemerkte Svendsbråten.

Hennum kaute und untersuchte seine Hände.

»Sie war mit Fichtenzweigen und Ästen getarnt«, sagte der Bäcker.

»Das Leben ist gefährlich«, sagte Svendsbråten.

»Er ist nur ein paar Zentimeter neben den spitzen Stöcken am Boden der Grube gelandet«, sagte der Bäcker. »Und die waren nicht alt, sondern frisch gespitzt.«

»Erst der Werbefuzzi im Fangeisen, dann das«, sagte der Typ mit der Fischtätowierung. »Was zum Teufel ist da los?«

»*Rambo 4*«, sagte Hennum und leckte sich die Finger. »Habt ihr den gesehen?«

»Niemand schaut sich *Rambo 4* an«, sagte Svendsbråten.

»Doch, ich«, gestand der Typ mit der Tätowierung.

»Seit über hundert Jahren benutzt hier keiner mehr Fangeisen oder Fallgruben, das ist der Punkt«, sagte der Bäcker.

»Das Leben ist seltsam, wie meine Großmutter zu sagen pflegte, bevor ich sie erwürgte«, sagte Svendsbråten, ohne eine Miene zu verziehen.

Alle sahen ihn an. Er wartete zehn Sekunden, dann grinste er und sagte: »Sie hatte es verdient.«

Ein unsicheres Lachen ging durch die Versammlung. Linda schüttelte den Kopf und verließ den Raum.

»Aber drei Graubeine, Jungs?« Hennum hob sein Glas. »Das ist wirklich nicht schlecht.«

Svendsbråten hob die Kaffeetasse.

»Gratuliere, Jungs! Jetzt bekommt der Bürgermeister endlich seinen Wolf ans Himmelbett.«

23

Leo schlich mit Sonnenbrille durch die elektrische Tür der jugendpsychiatrischen Station, er fühlte sich wie betäubt und unangreifbar. Auf dem Korridor schlug ihm der penetrante Geruch von Salmiak und Urin entgegen.

Er fragte einen jungen Mann in grüner Hose, grüner Jacke, einer grünen Badehaube und blauen Beuteln an den Füßen, wo Siri Vangen lag. Seine Nase lief, was er hasste. Der Krankenpfleger zeigte den Gang hinab und murmelte etwas von Zimmer 122.

Er war kein guter Vater für Siri gewesen, das gab er zu. Sie hatte den ganzen Mist vor der Trennung mitbekommen: die Streiterei, das Geschrei, die Kälte und Verachtung. Er und Ragna waren zu lange zusammengeblieben. Er hatte sich nicht getraut, sie zu verlassen. Als er endlich den Mut fasste auszuziehen, war es natürlich, dass Siri bei ihrer Mutter blieb.

Am Anfang war sie häufig nach Gåsøya gekommen, besonders im Sommer und oft zusammen mit Freundinnen. Doch je älter sie wurde, desto seltener wurden die Besuche. In den letzten drei Jahren war sie kaum dort gewesen. Wann hatten sie zuletzt etwas zusammen unternommen? Die Reise nach New York, als sie fünfzehn war?

Er hatte ein paar Schattenwolken bei ihr bemerkt, aber nicht genug, dass er etwas unternommen hätte. Ragna hatte ihm nichts gesagt. Er hatte nicht gefragt. Gleichgültigkeit und Feigheit, das waren seine Verfehlungen.

Leo klopfte vorsichtig an die Tür. Als niemand antwortete, drückte er die Klinke herunter, schlüpfte durch den Spalt und schloss die Tür hinter sich.

Da lag sie, das zarte Wesen, mit Schläuchen und Röhren an den Armen und in der Nase. Es sah aus, als würde sie schlafen. Sie erinnerte Leo an seine Großmutter, den einzigen toten Menschen, den er je berührt hatte.

Er beugte sich zu über sie und streichelte ihr über die Haare. Sie schlug die Augen auf und sah ihn an, als wäre er ein Fremder. Als sie sich gesammelt hatte, hoffte er auf ein Lächeln, das nicht kam.

»Papa«, sagte sie mit schwacher Stimme. »Was machst du hier?«

»Ich wollte sehen, wie es meinem Mädchen geht«, schniefte Leo. Es war seine Pillenstimme, er hatte Schwierigkeiten, klar zu reden.

Ihre Augen verließen ihn, starrten auf einen Punkt an der Decke. Sie sagte nichts.

»Ich habe viel an dich gedacht in letzter Zeit«, sagte Leo.

Ihre Augen kamen zurück.

»Warum bist du dann nicht früher gekommen?«

»Weil du mich nicht sehen wolltest«, sagte Leo.

»Wer hat das gesagt?«

»Deine Mutter hat gesagt, dass du mich nicht hier haben wolltest.«

»Das habe ich nur so gesagt.« Ein Lächeln deutete sich an. »In Wirklichkeit wollte ich, dass du kommst.«

»Ich habe dich hundertmal angerufen und Nachrichten auf dem Anrufbeantworter hinterlassen.«

»Papa ... das heißt nicht mehr Anrufbeantworter, und selbst auf eine Mailbox spricht heute keiner mehr.«

»Warum hast du nicht geantwortet?«

»Ich darf hier kein Telefon benutzen.«

Leo versuchte zu lächeln, aber seine Gesichtsmuskeln gehorchten ihm nur halb, und es kam ein seltsames Grinsen heraus. Er wusste, dass er erleichtert sein sollte, aber momentan waren alle Gefühle irgendwie blockiert.

Sie schwiegen eine Weile.

»Ich fand, dass du keine Tochter verdient hast«, sagte Siri. »Du hast nur an dich selbst gedacht.«

»Ich dachte, du wolltest deine Ruhe haben.«

»Ich war schwierig, damit bist du nicht zurechtgekommen und hast dich zurückgezogen.«

»Ich war verletzt, weil du nichts mehr mit mir zu tun haben wolltest.«

»Aber du bist der Erwachsene. Du bist mein Vater und hättest nicht den Verletzten spielen dürfen.«

»Du hast recht«, sagte Leo. »Es tut mir leid. Ich habe versagt.«

»Du bist einfach verschwunden.«

»Jetzt bin ich hier. Ich gehe nirgendwo hin.«

Sie schloss die Augen und lächelte.

»Ich weiß ja, dass ich schwierig war.«

Er schüttelte den Kopf. »Du warst nicht schwierig.«

»Doch, war ich.« Sie schlug die Augen wieder auf. »Ihr tut mir leid.«

Leo wollte sagen, dass er sie liebte, sie fest und lange in den Arm nehmen, aber er stand da wie eine Salzsäule.

»Schicke Schuhe«, sagte sie.

»Danke«, sagte Leo. »Sind gut für den Rücken.«

»Es ist nicht deine Schuld«, sagte Siri. »Ich hab alles verkackt.«

»Ich liebe dich«, sagte Leo und schluckte. »Daran darfst du nie zweifeln.« Er zog einen Stuhl ans Bett und setzte sich.

»Ich glaube, es ist besser, wenn du jetzt gehst«, sagte Siri.

Leo nahm ihre Hand, kalt und trocken, und streichelte sie.

»Ich würde gern noch ein bisschen bei dir sitzen.«

»Aber ich möchte alleine sein.« Siri schloss die Augen. »Das hat nichts mit dir zu tun.«

Leo rang nach Worten, aber es fiel ihm nichts ein. Er war traurig und erleichtert zugleich, aber beide Gefühle waren gedämpft und wie in Watte gepackt. Er stand auf, seine Knie waren weich, ein Tropfen Speichel lief aus seinem Mundwinkel und tropfte auf ihre Wange. Er wischte ihn schnell mit dem Handrücken weg. Sie öffnete die Augen und lächelte.

»Ich brauche nur etwas Zeit«, sagte sie.

»Ruf mich an, wenn du dich stärker fühlst«, sagte Leo. »Jederzeit.«

Sie schloss langsam die Augen.

Er trat zwei Schritte zurück, blieb kurz stehen und betrachtete sie mit feuchten Augen, dachte an alles, was er versäumt hatte, und hoffte, dass es nicht zu spät war. Dann drehte er sich um und verließ leise das Zimmer.

24

Der Hundetrainer und Schrotthändler Rolf »Roffe« Wassberg aus Svinesund hievte gerade den letzten von vier Säcken Mandelkartoffeln von der Ladefläche des Pick-up neben den Zwinger seiner geliebten Wolfhunde – ein Bonus von Vizebürgermeister Viggo Hennum für den gelungenen Job –, als er plötzlich einen Schlag auf den Hinterkopf bekam und das Bewusstsein verlor.

Eine Viertelstunde später erwachte er aus der Ohnmacht und musste die Augen mehrmals fest zusammenkneifen, bevor sein Gehirn akzeptierte, was seine Augen sahen.

Zwar hatte Roffe gewusst, dass es keineswegs ungefährlich war, seine Dienste an die norwegischen Wolfshasser zu verkaufen, doch dass er einmal in dieser Position enden würde, hätte er wahrlich nicht gedacht. Mit ausgestreckten Armen und Beinen lag er da, wie Jesus Christus am Kreuz, die Hände und Füße an Pflöcke gefesselt, die in den Boden gerammt waren. Zu allem Überfluss war er nackt, und das Moos war kalt und voller Ameisen, Käfer und anderem Gezücht, das ihm in alle Öffnungen kroch.

Vor ihm stand ein riesiger Glatzkopf mit braunen Gummistiefeln, roten Shorts und einer Schaffellweste auf nacktem Oberkörper. Eine große Sonnenbrille mit runden Gläsern verdeckte sein Gesicht. Die Hundepfeife aus Weidenholz, an der Roffe mühsam vier Monate geschnitzt hatte, hing an einer Schnur um den Hals des Mannes. Neben ihm standen die Wolfhunde. Sie hechelten, sabberten, fiepten und knurrten. Noch waren sie angebunden, aber wahrscheinlich nicht mehr lange. Sie waren hungrig, das wusste er, sie hatten seit Tagen keine anständige Mahlzeit bekommen.

Der Riese stellte sich neben ihn. In einer Hand hielt er einen weißen Plastikeimer, in der anderen einen roten Malerpinsel mit runder Quaste. Ohne ein Wort ging er in die Hocke, tauchte den Pinsel in den Eimer, strich ihn sauber am Rand ab, als wäre es kostbare Farbe, und pinselte Roffes Fußsohlen, die Zehen, den Fußrücken mit der Masse ein. Er arbeitete sich systematisch nach oben vor und bedeckte jeden Quadratzentimeter Haut mit einem dünnen Film des geruchlosen Schleims.

»Wer zum Teufel bist du?«, fragte der Schwede in seinem besten Norwegisch.

»Mein Name ist Rino Gulliksen.«

»Und was tust du da?«

»Ich übe Vergeltung.«

»Wofür?«

»Ich glaube, das weißt du.«

»Ich habe nichts getan.«

»Wie man sich bettet, so liegt man«, sagte Rino.

»Was ist das für ein Zeug?«

»Flüssiges Rizin«, sagte Rino. »Ein natürliches Protein aus den Bohnen des Wunderbaums und einer der tödlichsten Giftstoffe der Welt – sehr beliebt bei skrupellosen Idioten, die Giftköder im Wald auslegen.«

»Ich habe nie Giftköder ausgelegt«, protestierte Roffe.

»Aber du hast mindestens einen unschuldigen Menschen getötet«, sagte Rino. »Und beinahe einen kleinen Jungen.«

»Das war ein Unglück!« Roffe begann zu zittern. »Ich sollte sie nur erschrecken.«

Rino schüttelte den Kopf und lächelte. »Lieg still!«

»Es ist verdammt kalt.« Roffe schluchzte, obwohl er dagegen ankämpfte, um ein gewisses Maß an Würde zu wahren.

»Hast du wirklich geglaubt, dass du ungestraft davonkommst?«, sagte Rino.

»Ich habe nur getan, was man mir gesagt hat.«

Rino schmatzte mit der Zunge, schüttelte den Kopf und pinselte ruhig und systematisch weiter, bis nur noch das Gesicht übrig war.

»Das war nicht meine Idee!«, heulte Roffe.

»Wessen Idee war es dann?«

»Svendsbråten. Es war Erik Svendsbråtens Idee.«

»Was ist mit dem Vizebürgermeister?«

»Hennum ist ein Trottel.« Er zitterte am ganzen Körper. »Svendsbråten ist der Boss.«

»Du behauptest also, dass du unschuldig bist?«

Roffe versuchte zu nicken, konnte den Kopf aber nicht bewegen.

»Ich wollte niemanden töten.«

»Was du wolltest, spielt keine Rolle. Die Konsequenz deiner Taten zählt.« Rino legte eine Pause ein, setzte die Sonnenbrille ab und sah dem zitternden Schweden in die Augen. »Du richtest Wolfhunde dazu ab, Menschen anzugreifen, hetzt sie auf die Frau und ihren Sohn und behauptest, du hättest niemanden töten wollen?«

Roffe sagte nichts, aber er zitterte immer mehr.

»Du provozierst mich«, sagte Rino.

Roffe schluchzte.

»Ich habe alles gesehen.« Nun pinselte Rino auch Roffes Gesicht ein. »Du hast mit einem Lächeln auf den Lippen dagestanden.«

Der Schwede zitterte.

»Ich muss ein Exempel statuieren«, sagte Rino. »Leider trifft es dich.«

Zwei Stunden später warf Rino Gulliksen fünf tote Wolfhunde und einen Spaten auf den Pick-up des Schweden, einen schwarzen VW Amarok, setzte sich ans Steuer und donnerte auf dem Schotterweg durch den Wald zu einem einsamen Moor. Dort würde niemand suchen. Rino hatte noch nie Probleme mit dem Töten gehabt, das hatte er von seinem Vater geerbt. Der alte Harald Gulliksen wusste, wann es an der Zeit war, etwas zu beenden. Als Rino zehn Jahre alt war, hatte sein Vater ihren Golden Retriever mit in den Wald genommen, ihn erschossen und begraben. Keiner wusste, wo er lag.

25

»Wer ist das?«, fragte Emma Vase und betrachtete den nackten Körper am Boden, der von vier batteriebetriebenen Scheinwerfern der Polizei angestrahlt wurde.

Die Stämme der Föhren warfen endlose Schatten in den Wald. Es war elf Uhr am Freitagabend, ein kalter Wind aus Nordosten bog die Baumkronen und rauschte in den Birken. Der Himmel war klar, es waren nur wenige Grad über null.

Zwei polnische Beerensammler hatten die Leiche am frühen Abend gefunden, die Polizei angerufen und in gebrochenem Englisch erklärt, wo der Tote lag. Tomteberget und Wroldsen rückten in das abgelegene Waldstück sieben Kilometer nördlich vom Zentrum Elverums aus, das nur über schlechte Schotterwege zu erreichen war. Es wurde langsam dunkel, und sie waren völlig unvorbereitet auf den Anblick, der sich ihnen bot. Tomteberget rief den Gerichtsmediziner an, Oberarzt Koren aus der Klinik in Elverum, der mit seiner Familie vor dem Fernseher saß und Tacos aß, als das Telefon klingelte. Er machte sich gleich auf den Weg, sah die Bescherung und kotzte. Dann versorgte er die Überreste, kotzte noch einmal und fuhr nach Hause, um den anderen beim Tacosessen zuzuschauen.

Die Hände und Füße des Manns waren mit dicken Stricken an Holzpflöcke gefesselt, die tief in die weiche Erde eingeschlagen waren. Er lag auf dem Rücken, der größte Teil eines Beins war verschwunden, ein Arm war an der Schulter abgerissen, der Bauch offen, die Eingeweide fehlten, ebenso die Kehle und die Geschlechtsorgane. Das Einzige, was noch intakt war, war der Kopf. Das Gesicht eines Mannes um die dreißig mit blonden, halblangen Haaren, ein völlig durchschnittlicher Typ. Die Augen waren weit aufgerissen, ebenso der Mund, in dem etwas steckte.

»Wir wissen noch nichts«, sagte Tomteberget.

»Mein Gott«, sagte Emma. »Was ist aus Elverum geworden?«

Emma wusste sofort, wer der Tote war und wer ihn gefesselt hatte, aber sie schwieg.

»Glaubst du, das könnte eine Art Ritualmord sein?«, fragte Wroldsen.

»Ritualmord?« Tomteberget drehte sich zu ihr um. »In Elverum?«

»Er sieht ja aus wie Jesus am Kreuz«, sagte Wroldsen.

»Was hat er im Mund?«, fragte Emma.

»Eine Björn-Borg-Unterhose.« Tomteberget trat näher heran, bückte sich und blinzelte. »Der Gerichtsmediziner hat sie mit einer Pinzette herausgezogen und dann wieder reingestopft. Er sagte, die Kriminalpolizei würde sich beschweren, wenn wir etwas entfernen.«

»Wann kommen die?«, fragte Emma.

»Morgen Vormittag.«

»Wollt ihr ihn so lange hier liegen lassen?«

»Wir müssen ihn wohl ins Krankenhaus bringen und auf Eis legen«, sagte Tomteberget.

Emma drehte sich um, fiel auf die Knie und erbrach sich.

»Sollte der Tatort nicht möglichst unberührt sein, bis die Kripo kommt?«, fragte Wroldsen.

»Keine Ahnung«, sagte Tomteberget. »So was ist hier noch nie passiert.«

»Glaubst du, jemand hat ihn den Wölfen geopfert?«, fragte Emma und wischte sich den Mund ab.

»Deshalb bist du hier«, sagte Tomteberget. »Du kannst sehen, ob es Wölfe waren.«

»Was meinst du?«, fragte Wroldsen. »Dasselbe Rudel? Sieht aus wie die Wunden bei der Japse.«

Emma nahm eine Taschenlampe, bückte sich und untersuchte die Wunden. »Ja, das sieht sehr ähnlich aus.« Sie zog eine Kamera aus dem Rucksack und machte ein paar Bilder. Der Blitz erleuchtete den Wald wie bei einem Gewitter.

Sigrun Wroldsen stand auf und verschränkte die Arme. Die Dunkelheit verbarg das Lächeln in ihren Mundwinkeln.

»Koren hatte keine Zweifel, dass es Wölfe waren.«

»Jemand hat den armen Kerl gefesselt und als lebendigen Köder liegen lassen.« Tomteberget ließ das Licht der Taschenlampe über die Leiche streifen.

»Trotzdem waren es Wölfe, die ihn getötet haben.« Wroldsen steckte sich eine Prise losen Snus hinter die Lippe und wischte die Finger an der Uniformhose ab. »Derjenige, der ihn gefesselt hat, hat nur nachgeholfen.«

»Das ist Mord«, sagte Tomteberget.

»Ich weiß nicht.« Wroldsen pickte sich ein paar Krümel Snus von der Zunge. »Technisch betrachtet, ist das die zweite tödliche Wolfsattacke in Norwegen innerhalb sehr kurzer Zeit.«

»Stopp«, sagte Emma. »Das ist ganz klar das Werk eines

Menschen. Wir können die Schuld nicht auf die Wölfe schieben.«

»Sie sind offenbar auf den Geschmack von Menschenfleisch gekommen«, sagte Wroldsen. »Dasselbe ist in Australien mit weißen Haien geschehen, mit Löwen in Afrika und Tigern in Indien.«

»Das sind alles Märchen«, sagte Emma.

»Der Rechtsmediziner sagt, die Leiche sei mit irgendeinem Gift eingeschmiert worden«, sagte Tomteberget. »Wenn der vorläufige Obduktionsbericht vorliegt, wissen wir mehr.«

»Wann wird das sein?«

»In ein paar Tagen«, sagt Tomteberget.

»Das würde bedeuten, dass die Tiere irgendwo tot in der Nähe liegen«, sagte Emma.

»Wir haben einen Suchtrupp losgeschickt. Sie haben nichts gefunden.«

»Was ist mit Spuren?«

»Jede Menge Tierspuren, viele Fußabdrücke, unter anderem von riesigen Gummistiefeln, Größe 50.«

»Wo ist König Gilbert von Evenstad?«, fragte Wroldsen.

»Wenn man vom Teufel spricht …«, sagte Tomteberget.

Ein oranger Toyota Land Cruiser aus den späten Achtzigern hielt etwa hundert Meter entfernt im Dunkeln. Bjarne Gilbert sprang aus dem Auto und joggte zu ihnen, makellos in eine grüne Felduniform gekleidet. Sein frisch gewaschenes und geföhntes Haar wehte im Wind.

»Was ist hier los?«, fragte Gilbert aufgeregt und musterte die Leiche.

»Am Boden gefesselt und von Wölfen aufgefressen«, sagte Tomteberget und schob einen weißen Portionsbeutel Snus hinter die Lippe.

»Wir wissen nicht, ob es Wölfe waren«, sagte Emma. »Könnten genauso gut Füchse gewesen sein.«

Gilbert ging neben der Leiche in die Hocke.

»Darf ich ihn anfassen?«

»Natürlich nicht«, sagte Tomteberget.

»Wenn ihn jemand an den Boden gefesselt hat, weiß ich nicht, ob es sich juristisch gesehen um überlegte Tötung handelt«, sagte Wroldsen.

»War er am Leben, als die Tiere über ihn hergefallen sind?«, fragte Gilbert.

»Laut Koren ja«, sagte Emma. »Muss also nicht stimmen.«

»Wenn wir bedenken, was vor zehn Tagen geschehen ist, glaube ich schon, dass wir von Mord reden können«, sagte Tomteberget.

»Dafür müsste die Tat vorsätzlich sein.« Polizeimeisterin Wroldsen spuckte Snus aus. »Wenn jemand das Opfer hier an den Boden gefesselt hat, wie groß war die Chance, dass Wölfe vorbeikommen und ihn auffressen? So denkt die Staatsanwaltschaft. Man könnte durchaus argumentieren, dass die Chance, statistisch betrachtet, so gering war, dass der Täter nicht für vorsätzlichen Mord verurteilt werden kann, sondern nur für Freiheitsberaubung.«

»Der Täter hat den Typen mit Gift eingeschmiert«, sagte Tomteberget. »Und ihn hier hilflos liegen lassen. Das ist mindestens Totschlag, eher sogar Mord.« Er schob die Dienstmütze aus der Stirn. »Aber das ist nicht unser Problem. Morgen übernimmt die Kriminalpolizei, sie wird den Tatort genauer untersuchen, und wir sind raus.«

»Das ist total verrückt«, sagte Gilbert.

»Pervers.« Tomteberget verschränkte die Hände im Nacken. »Das ändert alles.«

»Das ändert gar nichts«, sagte Emma. »Seit zwanzig Jahren findet hier organisierte illegale Wolfsjagd statt.«

Der Polizeichef sah Emma verwundert an.

»Große, schöne geschützte Tiere werden systematisch gemetzelt und vergiftet, seit du hier Polizeichef bist«, fuhr Emma fort. »Du hast einen Dreck dagegen getan.«

»Da liegt ein toter Mensch.« Der Polizeichef deutete auf die Leiche. »Warum redest du von Wolfsjagd?«

»Es gibt Millionen Menschen in Norwegen«, entgegnete Emma. »Aber wir haben nur sechzig Wölfe.«

»Du bist ja verrückt«, sagt Polizeimeisterin Wroldsen und sah den Polizeichef an. »Soll ich die erste Wache übernehmen?«

»Ja«, sagte Tomteberget.

»Alleine?«

»Jep. Genieß die Aussicht.«

Der Wind blies eine Locke in Wroldsens Stirn. Sie schob sie zurück und warf einen Seitenblick auf Emma, dann trottete sie zum Auto, um ihre Thermoskanne zu holen.

Während Polizeimeisterin Wroldsen sich auf eine lange und kalte Nacht im Wald bei dem geschundenen Menschenkörper vorbereitete und Tomteberget zurück auf die Wache fuhr, um einen Bericht zu schreiben und mit der Kriminalpolizei zu telefonieren, nahmen Gilbert und Emma die Proben mit, die sie eingesammelt hatten, setzten sich in den Land Cruiser und fuhren nach Evenstad. Der Professor schob die CD *How Will The Wolf Survive* der Latino-Rockband Los Lobos ein, und sie fuhren schweigend durch den stockdunklen Wald.

»Woran denkst du?«, fragte Emma schließlich.

»An dich«, sagte Gilbert und lächelte. »Ich denke die ganze Zeit an dich.«

»Denk an etwas anderes.«

»Warum sollte ich an etwas anderes denken?«

»Weil du alt bist und ich jung bin.«

Der Professor schmunzelte.

»Willst du wissen, was ich finde? Ich finde das alles total surreal.« Er fuhr sich mit der Hand durch die Haare. »Salvador Dalí.«

»Warum schaltest du nicht das Fernlicht ein?«, fragte Emma.

»Weil ich die Natur so wenig wie möglich stören will. Wie würdest du reagieren, wenn jemand mitten in der Nacht mit einem Scheinwerfer an dein Bett kommt?«

»Wenn du das Fernlicht einschaltest, siehst du die Tiere besser, statt sie zu überfahren«, sagte Emma.

»Einmal bin ich mit Fernlicht mit einem Elch zusammengestoßen, es hat nichts geholfen, er ist einfach auf die Straße gesprungen. Die Scheibe war in tausend Stücke, alles war voll Blut. Ich musste ihm selbst den Gnadenstoß geben.« Er hob die rechte Hand und krümmte die gespreizten Finger. »Mit dem Wagenheber.«

»Ich weiß, wer er war.«

Emma legte die Hände in den Schoß und starrte auf den Schotterweg.

»Wovon redest du?«, fragte Gilbert.

»Und ich weiß, wer ihn gefesselt hat.«

»Raus mit der Sprache.«

»Phung Johansen wurde nicht von Wölfen getötet.«

Gilbert trat so fest auf die Bremse, dass der Wagen ein paar Meter über den Schotter schlitterte.

»Ich glaube, jetzt musst du mir alles von Anfang an erzählen.« Er stellte den Motor ab, die Musik verstummte, und es wurde stockfinster.

Nachdem Emma alles über Even, den Schweden, Hennum, den Dunkelmann mit der Schiebermütze, die Wolfhunde und Phung erzählt hatte, sagte sie: »Ich bin ziemlich sicher, dass der Tote der schwedische Hundetrainer ist und dass es Evens Werk war.«

»Warum so sicher?«

»Er bestand darauf, es den Wolfshassern mit gleicher Münze heimzuzahlen, weil nichts anderes helfen würde.« Sie rieb sich die Stirn. »Er wirkte sehr entschlossen.«

»Du meinst, das waren dieselben Hunde?«

»Nicht Hunde. Dressierte Bastarde.«

»Wölfe, Hunde, Bastarde, Hybride – wo zum Teufel geht die Grenze?« Gilbert drehte den Zündschlüssel halb um, drückte auf den Zigarettenanzünder, machte das Innenlicht an und wühlte in dem Tassenhalter zwischen den Sitzen. Dann zog er einen fertig gedrehten Joint hervor und steckte ihn zwischen die Lippen. »Die Übergänge sind doch fließend.«

»Willst du damit sagen, dass die Tiere, die wir ausgesetzt haben, ebenfalls nicht reinrassig waren?«, fragte Emma.

»*Reinrassig*?« Er sah sie an, als wäre sie eine Idiotin. »Hast du denn nichts gelernt? Es gibt nichts Reinrassiges. Du hörst dich an wie Benito Mussolini.«

Emma verschränkte die Arme.

»Warum hast du nicht mit offenen Karten gespielt?«

»Ich mache das schon mein Leben lang.« Er zündete den Joint an. »Leute wie du kommen und gehen.«

Emma runzelte die Stirn.

»Wie kannst du nur so zynisch sein?«

»Wenn ich nicht zynisch wäre, hätte ich schon vor fünfunddreißig Jahren meine Sachen gepackt und wäre von hier verschwunden.« Gilbert atmete den Rauch tief ein und hielt ihn in der Lunge. »Armer Viggo. Der Idiot hat keine Ahnung, auf was er sich da eingelassen hat.«

»Mir tut er nicht besonders leid.«

»Ich kenne ihn seit dreißig Jahren. Er sucht verzweifelt nach Anerkennung, möchte respektiert und geliebt werden, wie wir alle.« Er blies den Rauch aus. »Erik Svendsbråten, der Mann in Schwarz, er ist der große böse Wolf.«

»Wer ist er?« Emma hustete und kurbelte das Fenster herunter.

»Ich finde nichts über ihn. Kein einziger Treffer im Internet, als hätte er nie existiert. Aber ich weiß, wo er wohnt.«

»*Internet*?« Emma lächelte. »Wie alt bist du eigentlich?«

»Ich weiß es nicht mehr«, sagte Gilbert. »Weißt du, woran man merkt, dass man alt wird?«

»Nein. Sag es mir.«

»Keiner redet mehr in deiner Gegenwart über den Tod.«

»Quatschkopf.«

»Was ist dieser Even für ein Typ? Ein völlig übergeschnappter Umweltaktivist? Seltsam, dass wir nie von ihm gehört haben. Von null auf hundert, sozusagen. Normalerweise dauert es viele Jahre, bis einer so weit geht, für die Sache zu töten.«

»Er ist sympathisch und gebildet. Es ist grausam, aber in einem hat er recht: Es ist das Einzige, was sie aufhält.«

»Sie zu töten?«

»Auf jeden Fall muss man sie mit Gewalt stoppen.«

»Ich mag deine Einstellung«, schmunzelte Gilbert. »Aber ich fürchte, dein Freund hat es vermasselt.«

»Warum?« Sie wedelte den Rauch mit der Hand weg und verzog das Gesicht.

»Weil wieder der Wolf die Schuld bekommt. Einmal ist keinmal, aber zweimal …« Er kurbelte das Fenster auf seiner Seite herunter und entließ den dicken Marihuanaqualm in die Nacht. »Jetzt ist es vielleicht zu spät.«

»Aber das ist eine Abrechnung zwischen Menschen und nicht die Schuld der Wölfe oder Bastarde.«

»Technisch betrachtet, waren es Wölfe, die ihn getötet haben.«

»Es waren keine Wölfe.«

»Das ist den Leuten egal. Ob fünfzig, siebzig oder achtundneunzig Prozent Wolf, die Wölfe bekommen die Schuld.«

Emma wurde nachdenklich.

»Glaubst du, dass die Behörden eine generelle Abschussgenehmigung für Wölfe erteilen würden?«

»Das würde mich nicht wundern.« Er drückte den Joint aus, zündete den Motor, schaltete das Fernlicht ein und setzte das Auto in Bewegung. »Habe ich dir je erzählt, dass Lyder und Phung Johansen Freunde von mir waren?«

»Du hast erwähnt, dass du sie kennst.«

Er trommelte mit den Fingern aufs Steuer.

»Lyder und ich haben zusammen einen Schreibkurs belegt.«

»Schreibkurs? Wann war das?«

»Anfang der Achtziger. Ich hatte die Wissenschaft satt und wollte Schriftsteller werden.«

»Und?«

»Es ist in die Hose gegangen. Ich blieb bei meinen Leisten und zog nach Østerdalen.«

»Und dann hast du Evenstad gegründet?«

Er nickte.

»Lyder war der urbanste Mensch, den ich je gekannt habe. Immer, wenn ich nach Oslo fuhr, rief ich ihn an, um herauszufinden, wo ich ausgehen oder welche Bands ich mir anhören sollte und was in der Großstadt angesagt war.«

»Und dann ist er ausgerechnet hierher gezogen?«

»Mit fünfzig beschloss er, der Stadt den Rücken zu kehren, und ließ sich auf einem kleinen Hof in Åsta nieder, mitten im Wald. Zusammen mit Phung. Ich hab mich sehr für sie gefreut, als sie ein Kind bekamen. Alles schien sich zu fügen.«

»Wovon lebt er?«

»Er spielt Ukulele, malt und schlägt Holz.« Gilbert richtete sich im Autositz auf. »Außerdem baut er Marihuana an. Beste Qualität.«

Emma versuchte vergeblich, die Heizung anzustellen.

»Er verkauft also Dope?«

»Nur an Freunde und Bekannte. Kleinster Maßstab.«

»Ist das nicht streng verboten?«

Gilbert lachte und schlug mehrmals mit einer Hand aufs Steuer. »Er hat seit zwanzig Jahren kein einziges Buch mehr verkauft. Von irgendwas muss man ja leben.«

Sie fuhren durch einen Insektenschwarm, die zu Hunderten an der Windschutzscheibe zerplatzten. Gilbert betätigte die Scheibenwaschanlage, das Gummi quietschte, aber die Scheibe wurde nicht wirklich sauber.

»Hast du morgen Abend was vor?«, fragte Gilbert.

»Wie bitte?« Emma sah ihn an wie eine Großmutter ein ungezogenes Kind.

»Die Welt um uns stürzt ein, und du willst mich anbaggern?«

Gilbert lächelte und fuhr sich durchs Haar.

»Ich dachte, wir könnten uns einfach treffen, Elchsteaks essen, ein bisschen Rotwein trinken und die Lage besprechen. Vielleicht finden wir eine Lösung.«

»Morgen gehe ich mit Balder in die Disco.«

Er sah sie mit traurigen Augen an.

»Was findest du an diesem Jungspund?«

»Balder ist süß, und er ist in meinem Alter.«

»Er ist bloß ein kleiner Junge.«

»Er ist positiv, unkompliziert und immer gut gelaunt. Und er hat einen schönen Körper.«

»*Einen schönen Körper*. Was zum Teufel hat das zu bedeuten?« Gilbert zog den Bauch ein und schob die Brust vor. »Er hat nicht Jimi Hendrix 68 in Monterey gesehen, hat nie mit Patti Smith einen getrunken, hat sich nicht 79 in Alta angekettet und ist nie wegen Entblößung auf dem Kalvøya-Festival verhaftet worden.«

Emma kicherte.

»Er ist gutaussehend, neugierig, nicht zu selbstsicher und nicht so knatschig. Du bist sweet und tüchtig, aber du könntest mein Großvater sein.«

»Alter ist nur eine Zahl.«

»Falsch. Alter bedeutet einen krummen Rücken, gelbe Zähne, Haare in den Ohren und Tunnelblick.«

»Jetzt bist du gemein.«

»Warum sollte ich mich für dich interessieren? Ich meine physisch.« Sie gestikulierte. »Du bist ein netter alter Onkel für mich.«

»Darauf reduzierst du mich?« Er schüttelte den Kopf.

»Ich habe noch immer viel zu bieten – physisch wie psychisch.«

»Such dir eine Frau in deinem Alter.«

»Die sind so … alt.«

»Hast du es schon mal im Sagbakken-Altersheim versucht? Da ist jeden Mittwoch Bingoabend.«

»Ich spiele lieber Kniffel.«

Sie legte einen Fuß auf das schmutzige Armaturenbrett. »Willst du nicht mal dein Telefon einschalten?«

»Habe ich gestern getan. Dreihundert unbeantwortete Anrufe, vierhundert SMS, zweihundert Messenger-Nachrichten und hundertfünfzig unbeantwortete Mails. Ich bin gefragt wie nie.« Er massierte sich das Gesicht und atmete fest durch die Nase aus. »Ich halte das nicht aus. Ich hätte große Lust, meine Sachen zu packen und mich in der Femundsmarka zu verlaufen.«

»Das darfst du nicht. Wir brauchen dich jetzt.«

»Nächste Woche fahre ich nach Schweden, zwei Tiere holen.« Er schlug mit der Faust aufs Steuer. »Willst du mitkommen?«

»Findest du das nicht extrem dreist zurzeit?«

»Direkt aus Estland. Zwei junge Rüden.« Er sah sie an, hob und senkte die buschigen Augenbrauen. »Wir brauchen neue Gene.«

»Willst du nicht lieber warten, bis sich die Lage etwas beruhigt hat?«

»Dann kann es zu spät sein«, sagte Gilbert und trat das Gaspedal durch.

26

Bürgermeister Trym Kojedal stand am Fenster seines Büros, drosch auf die Congas ein und schaute hinaus in den blauen Himmel, der überall auf der Welt gleich aussah. Er liebte es, tagzuträumen und seine Gedanken durch andere Himmelsstriche als dieses gottverlassene Nest namens Elverum wandern zu lassen. Er war für Größeres bestimmt, die Lokalpolitik war nur ein Zwischenspiel. Wenn er endlich in Rente war, würde er den Hof verkaufen und ein Schlösschen oder Weingut in Italien oder Frankreich kaufen. Nicht in Spanien, das war zu vulgär – zu viele Norweger.

Er freute sich auf die Herbstferien, denn er hatte eine Themenreise in die Toskana für sich und seine Frau gebucht. Der Reiseleiter war Jan Vincents Johannesen, jener Mann, der die Lebenskunst so beherrschte, dass er ein Buch darüber geschrieben hatte. Während er auf das Fell der Trommeln hämmerte und am helllichten Tag von gegrillten Sardinen, Oliven und Wein träumte, klopfte es an der Tür. Irgendjemand musste immer stören!

Tomteberget steckte den Kopf durch den Türspalt. Kojedal hatte ganz vergessen, dass er den Polizeichef einbestellt hatte, um mehr über den grotesken Leichenfund bei Lauvsjøen zu erfahren.

»Was zum Teufel geht hier vor?«, fragte Kojedal und setzte sich auf den Lederstuhl am Schreibtisch. »Das ist ja der reinste Horrorfilm.«

Tomteberget schloss die Tür, setzte sich an die andere Seite des Schreibtischs und schüttelte den Kopf. »*Wrong Turn 4*.«

»Hat die Kripo den Fall übernommen?«

Tomteberget nickte.

»Ich bin raus.«

»Wer war das Opfer?«

»Ein dreißigjähriger Schwede.«

»Was hatte der hier verloren?«

»Keine Ahnung. Er war offenbar Hundetrainer.« Tomteberget verschränkte die Arme. »Schrotthändler und Hundetrainer.«

Der Bürgermeister stützte die Ellbogen auf den Schreibtisch und das Kinn auf die gefalteten Hände.

»Ich gehe davon aus, dass es dieselben Wölfe wie neulich waren?«

»Sieht ganz so aus. Es war nur ein paar Kilometer vom ersten Unglücksort entfernt.« Er leckte sich über die Oberlippe. »Er hatte eine Björn-Borg-Unterhose im Mund.«

»Seine eigene?«

»Das will ich hoffen.«

»Was ist hier los?« Der Bürgermeister lehnte sich zurück. »Wir sind in Elverum, nicht in Guadalajara.«

»Sieht aus, als hätte die Welt Elverum erreicht.«

»Das musste ja mal kommen ...«

»Ich will aber, dass Elverum ein friedliches Fleckchen Erde bleibt, wohin man sich zurückziehen kann.«

»Das können wir nicht selbst bestimmen.«

Kojedal sah Tomteberget an und dachte, dass der Polizist

ein kluger Mann war – vielleicht ein wenig zu klug. »Bestimmt irgendeine Drogensache, das ist typisch«, sagte er.

»Würde mich nicht überraschen.«

»Wenn mir vor zwanzig Jahren jemand gesagt hätte, dass die Jugend von Elverum irgendwann mit blauen Haaren herumlaufen würde, wäre ich nie zurückgekommen.« Der Bürgermeister legte die Füße auf den Tisch. »Stimmt es, dass der arme Kerl am Leben war, als die Wölfe sich über ihn hergemacht haben?«

»Wir warten noch auf den vorläufigen Obduktionsbericht.«

»Wie groß ist die Chance, dass zufällig Wölfe vorbeikommen und den Kerl fressen? Das macht keinen Sinn.«

»Man könnte meinen, dass es geplant war.«

»Das wird Konsequenzen haben.« Kojedal fuhr sich durch die frisch gekämmten Haare und glättete den Seitenscheitel. »Würde mich nicht wundern, wenn die Behörden mit der Entnahme sämtlicher Wölfe auf der norwegischen Seite reagieren.«

»Bis jetzt haben wir nur durchsickern lassen, dass es Hinweise auf ein Verbrechen gibt. Ich finde, wir sollten abwarten, bevor wir mehr verbreiten. Wenn wir den Leuten erzählen, was wir wirklich gefunden haben, wird es nur wilde Spekulationen geben.«

»Ganz in meinem Sinne.« Der Bürgermeister starrte an die Decke. »Das ist ziemlich harter Tobak, ganz und gar unnorwegisch.«

»Ja, das kann sich mit den besten Verbrechen im Ausland messen.«

»Was ist geschehen?« Endlich sah der Bürgermeister Tomteberget in die Augen. »Hast du irgendwelche Vermutungen?«

»Ich weiß nur, dass es kein Zufall war.« Der Polizeichef

stand auf und ging zu dem großen Foto an der Wand, das den Bürgermeister mit einem riesigen Hecht in den Händen zeigte. »Wie viel hat der gewogen?«

»Zwölf Kilo.«

»Aus dem Rokosjøen?«

Kojedal nickte stolz.

»Wobbler?«

»Lebendköder.«

»Du weißt, dass das verboten ist?«

Kojedal streckte die Hände in die Höhe. »Da hast du mich erwischt. *In flagranti*!«

»In was?«

»*In flagranti*. Das ist Italienisch und bedeutet ›auf frischer Tat‹.«

»Warum sagst du dann nicht einfach ›auf frischer Tat‹?«

»*In flagranti* klingt flotter, finde ich.«

Tomteberget rollte mit den Augen, ging zum Fenster und ließ den Blick über den Parkplatz schweifen.

»Ich glaube, die zwei Todesfälle hängen irgendwie zusammen.«

»Willst du damit sagen, dass beim ersten Mal auch etwas faul war?«

»Das können wir nicht ausschließen.«

»Hast du mit dem Jungen aus dem Baum geredet?«

»Er konnte nicht viel beitragen. Er ist erst fünf.«

»Ich weiß noch, dass ich mich mit fünf ziemlich erwachsen fand.«

»Er hat schrecklich geweint, als ich ihm ein paar Fragen gestellt habe.«

»Und was sagt ihr heute Abend der Presse?« Kojedal reinigte sich die Fingernägel mit einem Zahnstocher.

»Wir sagen nur, dass ein Mann tot aufgefunden wurde und dass es sich wahrscheinlich um ein Verbrechen handelt.«

»Könnt ihr warten, bis ich mit Preben gesprochen habe?«

»Ich dachte, der läge mit einem kaputten Bein und einer Blutvergiftung im Krankenhaus?«

»Na und, sprechen kann er noch.«

»Wir müssen heute Abend an die Öffentlichkeit.«

»Aber nichts über Wölfe? Oder dass er gefesselt war? Keine Details?«

Der Polizeichef sah den Bürgermeister an.

»Damit warten wir.«

»Kluge Entscheidung.« Kojedal strich sich mit Daumen und Zeigefinger von den Mundwinkeln zur Mitte der Unterlippe. »Das könnte Elverum noch mehr schaden als damals Ole Paus mit seinem Lied *Elverum.* Und das hat schlimmeren Schaden angerichtet als die Deutschen im Krieg, sagen viele.«

»Wie ging nochmal der Text?«

»Ich kann nur den Refrain.« Kojedal sang ohne jede Melodie: »Manch einer behauptet, die Erde sei rund, doch wir glauben nicht alles in Elverum!«

»Das reimt sich ja nicht mal«, sagte Tomteberget.

»Egal, es ist bekannt. Und wenn das rauskommt, steht Elverum wie ein Irrenhaus da, und keiner kommt mehr hierher.«

»Irgendwann fliegt es sicher auf«, warf Tomteberget ein. »Fragt sich nur, wann.«

»Das müssen wir so lange wie möglich hinauszögern«, sagte Kojedal.

»Was weißt du über Erik Svendsbråten?« Der Ton des Polizeichefs war plötzlich strenger.

»Der mit dem Flammenwerfer Schnee geräumt hat? Warum willst du das wissen?«

»Er führt die Wolfsjagd an, stimmt's?«

»Warum fragst du?«

Tomteberget lächelte, ohne zu lächeln.

»Woher kommt er?«

»Keine Ahnung.« Kojedal zuckte mit den Schultern. »Er ist Schweinebauer, soviel ich weiß. War mal mit einer Russin verheiratet, aber das ist vorbei.«

»Als ich wissen wollte, woher er den Flammenwerfer hat, sagte er, aus dem Netz.«

»Er sieht aus wie ein Priester.« Kojedal versuchte, das Thema zu wechseln. »Also sind wir uns einig, dass *wir* bestimmen, was die Presse erfährt?«

Tomteberget steckte eine Portion Snus hinter die Lippe.

»Gibt es auf eurer Wache ein Leck?«, fragte Kojedal.

»Wroldsen tratscht wie ein altes Weib.« Tomteberget sah dem Bürgermeister tief in die Augen. »Aber das weißt du bestimmt.«

Kojedal stand auf, ging zu seinen Congas und spielte leise mit vier Fingern.

»Die Elchjagd steht vor der Tür. Wäre echt beschissen, wenn sie durch die Sache verdorben würde.«

»Wie bitte?«

»Ich habe vier Gruppen mit Deutschen, die viel dafür bezahlt haben, in unberührter norwegischer Natur Elche zu schießen.«

»Zwei Menschen sind gestorben, und du sorgst dich um die Elchjagd?«

»Der erste Todesfall war ein Unglück.« Das Trommeln wurde lauter. »Wer weiß, vielleicht der zweite auch.«

»Da draußen läuft ein Verrückter rum!« Tomteberget schrie, um das Trommeln zu übertönen. »Das verändert alles!«

»Es gab schon immer jede Menge Verrückte da draußen«, schrie Kojedal zurück. Er trommelte wie wild, unter seinen Achseln wuchsen Schweißflecken. »Østerdalen ist voller Verrückter!«

27

Leo rauschte in Kjartans blauem Tesla über die Minnesundbrücke. Auf dieser Strecke übermannten ihn immer die Erinnerungen. Die Ausflüge in Vaters Heimatort Hamar mit dem eckigen Volvo, immer Stau auf der kurvigen Straße am Ufer des Mjøsa, unterkühlter Regen und spiegelglatte Fahrbahn. Seine Großmutter hatte es schwer gehabt, Großvater hatte während des Krieges zwei Jahre im Konzentrationslager gesessen. Als er zurückkam, wog er nur noch 38 Kilo und wurde nie wieder der Alte. Ihr Leben war hart, aber Großmutter war stark und großzügig, sie behandelte ihre Enkel wie Prinzen und Prinzessinnen.

Siri war nach ihr benannt, und sie war ihr ähnlich. Sie hatte dieselben gutmütigen Augen und dasselbe runde Gesicht.

Als Leo am Morgen in der Zeitung gelesen hatte, dass ein Mann im Wald bei Elverum tot aufgefunden worden war und die Polizei von einem Verbrechen ausging, hatte er sofort seine Sachen gepackt und Kjartan gebeten, ihm das Auto zu leihen.

Die Sache stank zehn Meilen gegen den Wind nach Rino Gulliksen. Er musste versuchen, ihn aufzuhalten oder ihn zu retten, je nachdem. Diesmal durfte er sich nicht verdrücken, wie er es mit Siri getan hatte.

Die Straße am See war brandneu, jetzt durfte man 110 Stundenkilometer fahren, aber alle Leitplanken, Geländer und Laternenpfähle waren rostig. Das war bestimmt Absicht, dachte er, weil rostender Stahl den Eingriff in die Natur ein wenig abmilderte. Der rostige Stahl harmonierte perfekt mit den rotbraun gesprenkelten Bergen und den Herbstfarben, die viel stärker als noch vor wenigen Tagen waren.

Der schwedische Portier nickte ihm freundlich zu.

»Wieder da?«

»Ich konnte mich nicht zurückhalten«, sagte Leo. »Hier geht einfach die Post ab.«

Der Portier lächelte und zwinkerte verschwörerisch, als wollte er zeigen, dass er auch nicht von hier war und im Grunde viel zu urban, um in einem Kaff wie Elverum zu arbeiten.

»Schön warm für die Jahreszeit«, sagte er. »Indian Summer.«

Die Rezeption und die Bar waren nicht ganz so voll wie beim letzten Mal, aber offenbar sahen etliche Journalisten Potenzial in dem »wahrscheinlichen Verbrechen«. Allein, dass die Kriminalpolizei eingeschaltet war, versprach schon einiges.

Leo bekam dasselbe Zimmer wie beim letzten Mal, es war fast wie nach Hause zu kommen. Er nahm eine warme Dusche, legte sich nur mit dem Handtuch bekleidet aufs Bett und probierte einen meditativen Body Scan aus. Nach fünf Minuten gab er auf, zog sich an, ging ins Bad und schluckte ein Rivotril. Er sah in den Spiegel und rieb sich das Gesicht.

So konnte es nicht weitergehen, er konnte sich nicht ständig betäuben. Nicht einmal seine Tochter konnte er treffen, ohne vorher Beruhigungsmittel einzuwerfen.

Als er den Traktøren betrat, eine »einfache Kneipe mit norwegischer und mexikanischer Hausmannskost«, wie Bjarne Gilbert es ausgedrückt hatte, begann die Pille zu wirken. Er hatte sich von unterwegs mit dem Professor verabredet. Die Kneipe hatte zwölf dunkle Holztische mit roten und weißen Tischtüchern. Schwere orange Veloursgardinen verdunkelten den Raum vor der strahlenden Herbstsonne. An vier der Tische saßen ältere Männer allein vor ihrem halben Liter und starrten ins Leere, die anderen waren mit Jugendlichen besetzt, die schwatzten und lachten.

Auf einer kleinen Bühne in der Ecke spielte ein Alleinunterhalter mit langen blonden Haaren *Have You Ever Seen The Rain* im Reggae-Rhythmus, was fast so schlimm wie die Boney-M-Version von 1977 klang.

Bjarne Gilbert winkte ihm von einem kleinen Tisch am Fenster. Er hatte die süße junge Assistentin dabei, die ihre Pippi-Langstrumpf-Zöpfe durch eine schulterlange, glatte Frisur mit Schrägpony ersetzt hatte. Stupsnase, großer Mund, ungeschminkt und natürlich, Sommersprossen unter den grünen, neugierigen Augen. So könnte Siri auch aussehen.

»Wir sind gerade erst gekommen. Setz dich.«

Leo gab beiden die Hand und ließ sich nieder. Der Kellner, der wahrscheinlich aus Sri Lanka kam, war sofort zur Stelle. Leo bestellte Elchfrikadellen mit brauner Soße, Salzkartoffeln und Erbsenbrei, Emma eine mexikanische Tomatensuppe mit pikanter Chorizo und Gilbert Burrito mit Hähnchen und eine Portion Nachos mit Guacamole. Leo und Emma tranken einen halben Liter Bier, Gilbert ein Corona.

»Eine richtig bodenständige Kneipe«, sagte Gilbert. »Unprätentiös, deshalb mag ich es hier.«

Leo zog sich am Ohrläppchen.

»Ende der Sechzigerjahre war ich in Yucatan«, erzählte der Professor. »Playa del Carmen, damals nur ein kleines Fischerdorf, bevor die Amerikaner und der Massentourismus kamen und alles kaputtmachten.«

Leo bedankte sich höflich beim Kellner, der die Getränke brachte.

»Habt ihr keine Limette?«, fragte Gilbert. »Ich hätte gern ein Stück in meinem Corona.«

»Kommt sofort«, sagte der Kellner und verschwand Richtung Küche.

»Grand Funk Railroad hat damals live in Cancun gespielt«, fuhr Gilbert fort.

»Ist wohl richtig abgegangen in der guten alten Zeit?«, sagte Emma mit einem verschmitzten Blick auf Leo. Sie hatte eine Lücke zwischen den Schneidezähnen, genau wie Siri.

Der Kellner brachte ein Corona mit Limette und knallte es auf den Tisch.

»Wir haben uns jedenfalls nicht zurückgehalten.« Gilbert nahm die Flasche und starrte nostalgisch auf das Etikett. »Ich arbeitete ohne Lohn für eine linke Zeitung, schlug abends Zuckerrohr und verliebte mich in ein Mädchen von dort, Pilar. Fast hätte ich sie geheiratet, aber ihr Vater hat es im letzten Moment verhindert. Er fand, ich sei ein europäischer Imperialist, der nur auf ihren Körper aus war.«

»Vielleicht hatte er recht?«, fragte Emma.

Gilbert wiegte den Kopf hin und her.

»Es gab auch eine geistige Ebene.«

»Hat er dich verjagt?«

»Er hat mich mit einem Piñata-Stock aus dem Dorf gejagt.«

Sie redeten weiter um den heißen Brei herum, bis Leo endlich das Wort ergriff.

»Was ist hier los? Wer war der Typ, der im Wald gefunden wurde?«

Gilbert und Emma tauschten verstohlene Blicke aus, der Professor sah sich im Lokal um, dann beugte er sich über den Tisch.

»Sieht aus, als hätte dein Freund das Recht in die eigene Hand genommen«, flüsterte er.

Leo trank einen Schluck Bier.

»Erzähl.«

»Emma hat ihn vor einer Woche im Wald getroffen«, sagte Gilbert.

»Er war nett zu mir, aber er war sehr wütend.« Emma räusperte sich. »Er sagte, Phung Johansson sei von dressierten Hunden getötet worden. Er habe alles gesehen. Ein schwedischer Hundetrainer habe seine Hunde auf Phung und ihr Kind gehetzt.«

Der Kellner brachte das Essen. Sie lächelten ihn an und streckten die Daumen in die Höhe. Gilbert stürzte sich auf den Burrito, als hätte er seit Tagen nichts gegessen, die anderen ließen das Essen stehen.

Leo schloss die Augen und ließ die Neuigkeit sacken. Als der Kellner gegangen war, sagte er: »Es waren also doch keine Wölfe?«

Nachdem Emma ihm alle Details über ihre Begegnung mit dem wilden Mann und über den nackten, halb aufgefressenen Schweden erzählt hatte, lehnte Leo sich zurück, verschränkte die Arme und betrachtete die beiden Wolfsforscher. Es war an der Zeit, mit offenen Karten zu spielen. Sie waren auf derselben Seite, es machte keinen Sinn mehr, den Verrückten zu decken.

»Das klingt nach Rino, ja.«

»Rino?« Gilbert legte den Rest des Burritos auf den Teller und leckte sich die Finger.

»So heißt er. Und was hier geschehen ist, stinkt nach Rino Gulliksen.«

»Rino Gulliksen?« Emma ließ sich den Namen auf der Zunge zergehen. »Mir hat er sich als Even vorgestellt.«

Leo grinste.

»Und jetzt bekommen die Wölfe wieder die Schuld?«

»Die Polizei hat noch nichts Offizielles verlauten lassen«, sagte Gilbert. »Aber wenn die Presse davon Wind bekommt, ist der Teufel los.«

»Ist die Wolfsjagd schon im Gang?«, fragte Leo.

»Vor ein paar Tagen gab es eine große Jagd«, sagte Gilbert. »Bestimmt dreißig Mann. Ich glaube, sie haben drei Stück gekriegt.«

»Einer der Jäger ist in eine Fallgrube gestürzt und hat sich den Fuß und ein paar Wirbel gebrochen«, sagte Emma. »Rino Gulliksen hat offenbar beschlossen, ein paar alte Jagdtraditionen wieder aufleben zu lassen.«

»Der Berater des Bürgermeisters für Wolfsfragen ist bei der Erkundung in ein rostiges Fangeisen getappt«, fügte Gilbert hinzu. »Er hat fast ein Bein verloren.«

»So ein Pech.« Leo schüttelte den Kopf, dann spitzte er die Ohren. »Oh, wie heißt die Gruppe noch mal?«

Gilbert schloss die Augen und wiegte sich im Takt.

»Grateful Dead. Die hab ich 1974 am Lago Atitlán in Guatemala gesehen. Das beste Konzert meines Lebens – bis ich bemerkte, dass sie eigentlich gar nicht da waren und das ganze Konzert nur in meinem Kopf vorging.« Er dippte einen Nacho in die Guacamole und führte ihn andächtig zum Mund. »Jerry war immer einer der Größten.«

»Erzähl mir von deinem Freund Rino Gulliksen«, sagte Emma.

»Ich kenne ihn seit einigen Jahren.«

»Okay?«

»Er hat mir einmal das Leben gerettet.«

»Was macht er alleine im Wald?«

»Er versteckt sich.«

»Warum?«

»Die Behörden glauben, er sei tot.«

Emma wollte mehr hören.

»Das ist eine lange Geschichte.«

»Keiner weiß also, dass er existiert?«

Der Professor war aus seiner Träumerei zurück.

»Okay.« Leo räusperte sich. »Er wuchs bei seinem Vater in einer Blockhütte am Isielva in Bærum auf. Der Vater war ein Trinker und hielt sich meistens im Keller auf, Rino musste allein zurechtkommen, seit er zehn Jahre alt war. Er verdiente sein Geld als Kleingauner und Schuldeneintreiber, nahm viel Speed und anabole Steroide. Es endete damit, dass er ein paar Kerle umbrachte, die es durchaus verdient hatten: einen schleimigen Spekulanten namens Terje Klavenes und Rinos Kollegen Nils, einen psychopathischen Samen. Er ist abgehauen, bevor nach ihm gefahndet wurde. Hat sich an seinem Geburtsort versteckt, einem verlassenen Fjord in Nordland, lebte friedlich von Jagd und Fischfang, bis er mit der dortigen Lachszucht-Mafia in Konflikt geriet und die ganze Bande mithilfe einer Flutwelle vernichtete.«

Die beiden Wissenschaftler machten große Augen.

»Alle glauben, er sei ebenfalls bei der Flutwelle ums Leben gekommen. Er wurde für tot erklärt. Ich bin der Einzige, der weiß, dass er lebt.«

»War das die Flutwelle in Storbørja, bei der fünf Menschen starben?«, fragte Emma.

Leo nickte.

»Er hat den Storhella-Felsen mit Dynamit gesprengt. Enorme Steinmassen rasten sechshundert Meter tief in den Fjord und verursachten einen dreißig Meter hohen Tsunami, der alles am Fjord zu Kleinholz machte.«

»Was hat er seitdem gemacht?«, fragte Emma.

»Keine Ahnung. Sich im Wald versteckt?« Leo zuckte mit den Schultern. »Wenn die Polizei ihn findet und herausfindet, wer er ist, ist es aus mit ihm. Mit anderen Worten: Er kann nicht als Zeuge auftreten und meidet die Polizei wie der Teufel das Weihwasser.«

»Das hat er mir auch gesagt«, sagte Emma. »Ich wusste gleich, dass er die Wahrheit sagt.«

»Ist er gefährlich?«, fragte Gilbert.

»Kommt drauf an, für wen.« Leo stützte sich über dem vollen Teller auf die Ellbogen und faltete die Hände. »Er ist eine Naturgewalt. Wenn er einmal etwas beschlossen hat, hält ihn nichts auf. Nun hat er offenbar beschlossen, die Wolfsjäger zu stoppen.«

»Warum ausgerechnet Wölfe?«, fragte Emma.

»Er will die Natur vor den Menschen retten, das ist seine neue Lebensaufgabe. Dass es diesmal Wölfe sind, ist eher Zufall, glaube ich.«

»Ihr beide seid ziemlich … verschieden«, sagte Emma. »Wie ist er eigentlich?«

»*Eigentlich*? Er ist gut zu den Guten und sehr böse zu den Bösen.«

»Was sollen wir jetzt tun?«, fragte Gilbert.

»Rino finden und ihn aus der Gegend lotsen, ehe er noch mehr Menschen tötet oder selbst getötet wird.«

»Du willst ihn nicht der Polizei übergeben?«, fragte Emma.

»Bist du verrückt?« Leo sah ihr in die Augen. »Er ist mein Freund!«

»Ich weiß, wo er sich aufhält«, sagte Emma. »Ich kann dich hinführen.«

Emma zog ihr Telefon aus dem Rucksack, startete Google Maps und zeigte Leo den genauen Standort von Rinos Lager. Leo nahm sein Telefon und markierte Bjørnmyra auf der Karte. Gilbert verputzte den Rest des Burritos.

»Es sind zwanzig Minuten zu fahren und eine Viertelstunde zu Fuß. Eigentlich ganz zentral gelegen.« Sie trank einen Schluck Bier. »Wenn man im Wald von Elverum ein Lager aufschlägt, sind drei Dinge ausschlaggebend: die Lage, die Lage und die Lage.«

»Warum lassen wir diese Verrückten sich nicht einfach gegenseitig ausrotten?«, grunzte Gilbert.

»Vierzig gegen einen?«, sagte Leo. »Das ist alles andere als fair.«

Es war spät, als Emma nach Hause in die Einzimmerwohnung kam, die sie in einem weißen Holzhaus in Rena gemietet hatte. Sie setzte sich an den Küchentisch, aß eine Scheibe Brot mit Leberpastete und Tomate, trank ein Glas

Milch, putzte die Zähne und legte sich neben den Mann, der in ihrem Bett lag.

Sie starrte an die Decke und dachte an Rino Gulliksen, der mit den anderen Tieren da draußen im Dunkeln hauste. Durch das offene Fenster hörte sie Grillen, den Verkehr auf der R3 und weit entfernten Donner, der keinen Regen bringen würde.

Balder atmete schwer, aber er schnarchte nicht. Er wohnte seit Donnerstag bei ihr, war nach dem Bier im Traktøren mit ihr gekommen und hatte die Wohnung seither nicht verlassen. Es hatte sich ganz natürlich ergeben.

Seit zwei Jahren hatte sie keinen Mann mehr neben sich im Bett gehabt. Er war ein feiner Kerl, nett, einfühlsam, sexy und gebildet, aber irgendetwas schien ihn innerlich zu plagen. Er hörte ihr zu, wenn sie redete, aber seine Augen waren woanders. Sie würde es schon aus ihm herausbekommen, wenn nicht morgen, dann übermorgen. Emma drehte sich auf die Seite, stützte den Kopf auf eine Hand und betrachtete ihn.

Er schlief unruhig, bewegte die Beine und stöhnte leise. Sie streichelte ihm über die Wange und fühlte die warme Luft, die er durch die Nase ausatmete. Er atmete tief ein, strich sich mit der Hand über die Stirn und öffnete die Augen.

»Entschuldigung«, sagte Emma. »Ich wollte dich nicht wecken.«

»Da bist du ja«, sagte er verschlafen. »Ich konnte nicht mehr warten und habe mich hingelegt.«

»Du bist süß, wenn du schläfst«, sagte sie.

»Nur süß? Nicht mehr?«

»Ist das nicht genug?«

»Ich muss dir etwas sagen.« Balder richtete sich auf, kratzte sich am Kopf und sah ihr in die Augen. Plötzlich war er hellwach. »Du wirst ziemlich sauer sein.«

28

»Erst der schleimige Fisch, dann die Katze, das Fangeisen und die Fallgrube, und jetzt Roffe.« Viggo Hennum schlug mit der Faust auf den Tisch im Tiuren Kro im Zentrum von Elverum. »Wer ist als Nächster dran? Wir?«

»Hypothetische Problemstellungen sind mir egal«, sagte Erik Svendsbråten. »Die Welt ist schon irritierend genug.«

»Da draußen ist ein Verrückter los«, sagte Hennum mit zitternder Stimme.

Vor wenigen Stunden hatte er einen gelben Post-it-Zettel im Briefkasten gefunden, auf dem »Let's Rock« stand. Seitdem hatte er unaufhaltsam getrunken.

»Was soll das bedeuten, *Let's Rock*«, fragte Svendsbråten.

»Das stammt aus *Twin Peaks*.« Hennum hatte es gegoogelt. »Erinnerst du dich an die Serie?«

»Nö.« In den Neunzigern hatte Svendsbråten andere Sorgen gehabt. »Aber offenbar fordert er uns heraus.«

Hennum nickte. »So sieht's aus.«

»Interessant«, sagte Svendsbråten und trank einen Schluck Brühe, die er mit einer Prise Speed aufgepeppt hatte.

Die Männer, die im Tiuren Kro einkehrten, waren Überbleibsel aus einer anderen Zeit, Kerle, die Østerdals-Dialekt sprachen, nie in den Spiegel schauten und sich selten weiter als einige Gemeinden von ihrem Geburtshaus entfernten. Was in der Welt vor sich ging, spielte keine Rolle für sie.

»Wie läuft es mit deiner Ehe?«, fragte Svendsbråten.

»Wir sind nicht gerade Liz Taylor und Richard Burton.«

»Das war ein schlechtes Beispiel.«

»Warum?«, fragte Hennum, der sich für schlagfertig gehalten hatte.

»Das war keine glückliche Ehe. Mit solchen Vergleichen machst du dich lächerlich.«

Hennum schüttelte den Kopf, er verstand nicht, worauf Svendsbråten hinauswollte.

»Hast du mit unserer Informantin bei der Polizei geredet?«, fragte Svendsbråten.

»Ja, Wroldsen hat mich angerufen.«

Hennum wischte sich mit dem Handrücken über den Mund.

»Was ist da eigentlich los, hast du sie gevögelt?«

»Spinnst du?« Hennum trank mehr Bier. »Ich spiele jeden Dienstag mit ihrem Vater Gänsespiel.«

»Von seinen eigenen Hunden aufgefressen ...« Svendsbråten lehnte sich zurück. »Beeindruckend kreativ, fast symbolisch.«

»Er hat Roffe mit Rizin eingeschmiert.«

Hennum hatte Tränen in den Augen.

»Heißt das, dass die Hunde auch tot sind?«

»Wahrscheinlich.«

»Sie haben sie nicht gefunden?«

Hennum schüttelte den Kopf und das rechte Bein, dass der Tisch wackelte.

»Wer hat das getan? Die *Stimme der Raubtiere*?«

»Nein, die waren es nicht. Sie stehen unter Beobachtung.« Er streckte die Hand aus. »Zeig mir mal den Zettel.«

Hennum zog ihn aus der Hosentasche und gab ihn dem Chef.

Svendsbråten untersuchte ihn, blinzelte, trank einen Schluck Brühe. »Das kann nur einer gewesen sein.«

»Wer?«, fragte Hennum.

»Das stinkt nach Bjarne Gilbert.«

»Niemals«, sagte Hennum und schüttelte den Kopf. »So verrückt ist der nicht.«

»Der alte Hippie ist überschnappt.«

»Ich kenne ihn seit dreißig Jahren«, sagte Hennum. »So etwas würde er nie tun.«

»Ein Mensch kann sich ändern«, sagte Svendsbråten.

Hennum leerte sein Glas, er wusste, dass er gegen die Zeit antrank. Linda war gegenüber im Blumenladen, dann wollte sie noch rasch zum Metzger, bevor sie ihn abholte. Er starrte in das leere Glas.

»Die Sache ist ganz einfach«, sagte Svendsbråten. »Entweder er oder wir.«

Hennum ging zur Bar und kam mit einem halben Liter in jeder Hand zurück.

»Kannst du ein bisschen mehr abrollen beim Gehen?«, sagte Svendsbråten. »Loke wird ganz nervös von deinem Gestampfe.«

Hennum rollte mit den Augen. Langsam hatte er diesen Köter satt, aber er traute sich nicht, etwas zu sagen. Er sah den schwarz gekleideten Mann mit dem Amish-Bart an und fragte sich, was in ihm vorging. Jetzt wollte er auch noch Bjarne Gilbert umbringen, wahrscheinlich sehnte er sich schon lange danach.

»Eins ist sicher.« Svendsbråten leerte die Brühe, ließ die braune Flüssigkeit langsam in den Hals laufen, während seine Augenlider wie Schmetterlingsflügel auf- und zuklappten. »Jetzt hat er ins eigene Nest geschissen.«

»Wie meinst du das?«

»Gilbert kriegt es voll in die Fresse. Die Leute werden wieder glauben, dass es Wölfe waren, die den Schweden gefressen haben.«

Ein Grinsen breitete sich in Hennums Gesicht aus, als er begriff, was das bedeutete.

»Wir müssen ihn entnehmen, bevor er noch mehr Schaden anrichtet.«

»Ist das wirklich notwendig?« Hennum sah plötzlich traurig aus. »Das wäre fast, wie einen entfernten Verwandten umzubringen.«

»Das sind gefährliche Zeiten, und wir müssen entsprechend handeln.«

»Aber die radikalen Naturschützer verlieren immer mehr Rückhalt, wir haben die Oberhand.«

»Deshalb müssen wir ihnen jetzt den Gnadenstoß versetzen.«

»Warum? Wir haben doch schon gewonnen.«

»Die Geschichte ist voller Exempel von Herrschern, die zu nett waren, nachdem sie gewonnen hatten, statt die Chance zu nutzen und ihre Feinde für immer auszumerzen.«

»Wie die Amerikaner in Vietnam?«

Svendsbråten schüttelte den Kopf. »Nein, Viggo. Eher wie Idi Amin in Uganda.«

Hennum wollte noch etwas sagen, aber in diesem Moment kam Linda mit Einkaufstüten in beiden Händen zur

Tür hinein. Aus einer ragte ein Kaktus hervor. Sie erblicke die beiden und ging sofort auf den Tisch zu.

»Du trinkst am Vormittag Bier?« Linda stellte die Taschen neben den Hund, der zu knurren begann.

Viggo Hennum sah aus wie ein kleiner Junge, der mit der Hand in der Keksdose erwischt wurde.

»Wir sind heute Abend bei Wroldsens zum Grillen.« Sie stützte die Hände in die Hüften. »Ich habe Schultersteaks gekauft. Das wär's noch, wenn du besoffen bei denen auftauchst.«

»Was willst du?«, fragte Svendsbråten.

»Entschuldigung?«, sagte Linda.

»Wovon träumst du?«, fragte Svendsbråten, lehnte sich zurück und verschränkte die Hände im Nacken.

Linda starrte ihn und die Schweißflecken auf seinem schwarzen Hemd an. »Wie bitte?«

»Was bewegt dich? Was erwartest du vom Leben?«

»Was ist das für eine Frage?«

»Eine ganz einfache, grundlegende Frage. Wovon träumst du?«

»Das geht dich nichts an«, sagte Linda.

Viggo kratzte sich am Hals.

»Lass mich raten«, sagte Svendsbråten. »Du träumst von einem anderen Leben an einem anderen Ort, von einem anderen Mann, der dir alles gibt, was du verdienst. Du weißt, dass du aufs falsche Pferd gesetzt hast, und langsam beschleicht dich die Befürchtung, dass es zu spät sein könnte und du den Rest deines Lebens in diesem Loch mit diesem Clown verbringen musst.«

Linda starrte ihn mit offenem Mund an.

»Du bist sexuell frustriert«, sagte Svendsbråten. Er stand

auf, ohne den Blick von ihr abzuwenden, und zog die schwarze Jacke an, die über dem Stuhl hing. »Sag Bescheid, wenn du mal Lust auf einen ordentlichen Fick hast, meine Tür steht immer offen.«

Svendsbråten nahm seinen Hund auf den Arm und verließ pfeifend die Kneipe.

»Der beleidigt mich auf die gröbste Art, und du sitzt nur da und tust nichts?«, rief Linda.

Hennum trank einen Schluck Bier.

»Du bist ein elender Feigling«, sagte Linda. »Man sollte sich nie auf einen Mann mit Mauseohren verlassen.«

Hennum schnaubte.

»Erik Svendsbråten kommt aus einer anderen Welt als wir. Das ist eine theologische Wahrheit.«

»Was soll das heißen?«, fragte Hennum.

»Ich habe neulich von ihm geträumt«, sagte Linda. »Er hat mich lebendig in einem Moor vergraben, während du und Liberace nackt daneben gestanden und in die Hände geklatscht habt.«

Hennum kicherte laut und schlug die Hand auf die Tischplatte.

»Was, glaubst du, hat das zu bedeuten?«, sagte Linda.

»Dass du mal zum Psychiater musst.«

»Du hast getrunken.«

»Man wird ja wohl mal einen halben Liter trinken dürfen.«

»Was habt ihr beide vor?«

Hennum beugte sich über den Tisch und flüsterte: »Wir werden den Wolf ausrotten, mein Kleines.«

»*Mein Kleines*? So hast du mich seit 1989 nicht mehr genannt.«

Er lehnte sich zurück, noch immer mit dem Glas in der Hand. »Du bist doch mein Kleines.«

»Klingt, als wärst du ziemlich geil.«

Linda zuckte mit den Schultern und lächelte zum ersten Mal an diesem Tag.

»Wenn keiner die Graubeine aufhält, bevor es zu spät ist, ist es aus und vorbei mit dem schönen Landleben.«

»Glaubst du das wirklich?«

»Ich kämpfe für das Land, für unsere Kinder, für die Zukunft.«

»Unsere Kinder wohnen in Bergen.«

»Dann halt deren Kinder.«

»Sie haben keine Kinder und werden auch keine haben.«

»Ich kämpfe für alle norwegischen Kinder, die auf dem Land leben.«

Sie legte ihm eine Hand auf die Schulter. »Komm, Viggo, wir gehen jetzt heim.«

»Wenn Wölfe nicht wichtig sind, was ist dann wichtig?«, fragte Hennum, als sie zuhause in die Küche kamen.

»Geld«, sagte Linda.

»Geld?«

»Warum benutzt du deine jugendliche Kraft nicht dafür, Geld anzuschaffen?«

»Kojedal hat mir einen Job als Führer für deutsche Elchjäger nächsten Herbst versprochen.« Er kratzte sich am Kopf, sein Körper schrie nach mehr Alkohol. »Je weniger Wölfe, desto mehr Elche, höhere Abschussquoten, mehr Deutsche, mehr Geld in der Kasse.«

»So was von lächerlich«, sagte Linda. »Wann lernst du endlich, ein bisschen größer zu denken?«

Sie stellte sich mit dem Rücken zu ihm und stützte sich mit einer Hand auf die Arbeitsplatte. Mit der anderen zog sie ihren Slip aus, warf ihn auf den Boden und schob ihr geblümtes Sommerkleid über den knochigen, faltigen Hintern.

»Bist du bereit?«

Hennum räusperte sich, sprang vom Küchenstuhl auf, stellte sich dicht hinter seine Frau und ließ Hose und Unterhose bis auf die Knie hinab. Mit einer klammen Hand streichelte er ihr über den Hintern.

»Nur einen Augenblick.«

»Wie lange denn noch?«, fragte Linda.

Wenn du wüsstest, dachte Hennum, während er sein verschrumpeltes Glied in der linken Hand hielt und davon träumte, dass es anschwoll. *Ist der Mord an Norwegens bekanntestem Wissenschaftler groß genug für dich?*

»Das kommt jetzt ein bisschen unerwartet«, sagte Hennum. »Ich bin momentan nicht ganz im Lot.«

»Soll das heißen, dass du ihn nicht hochkriegst?«, fragte Linda.

Sie richtete sich auf und zog das Kleid herunter, fuhr sich mit der Hand durch die Haare und über die Brüste, wie um ihre Würde zurückzugewinnen.

»Er ist irgendwo da draußen«, sagte sie und hob den Slip auf. »Im Wald von Elverum, im Dunkeln.«

»Wer?«

»Svendsbråten, er ist da draußen im Dunkeln. *Er* ist der große, böse Wolf.«

Sie verschwand die Treppe hinauf in Richtung Schlafzimmer.

Einen Augenblick lang wollte Viggo ihr folgen, um sich

noch einmal im Ehebett zu beweisen, das für solche Dinge gedacht war. Vielleicht würden das gedämpfte Licht, die sanften Farben und die Erinnerung an frühere Heldentaten sein Blut in Wallung bringen, damit es endlich an den rechten Ort floss.

Aber er ging nicht die Treppe hinauf. Stattdessen stellte er sich ans Wohnzimmerfenster und spähte nervös zwischen den Vorhängen hindurch. Dasselbe tat er noch einmal am Küchenfenster, ehe er eine Dose Bier aus dem Kühlschrank nahm, die Kellertreppe hinabging und auch dort die Gardinen zuzog. Er klickte sich auf Spotify zu *The Quintessential Billie Holiday, vol. 9* durch, sank aufs Sofa, legte die Beine auf den Glastisch, schloss die Augen und tagträumte, er würde im 19. Jahrhundert in den amerikanischen Südstaaten leben. In einer weißen Villa aus Holz, irgendwo auf dem Land in Georgia, mit einer Baumwollplantage. Er besaß jede Menge Sklaven, mit denen er tun und lassen konnte, was er wollte.

29

In der Nacht hatte Leo einen verwirrenden, angsterfüllten Traum.

Sie befanden sich in der Küche der kleinen Wohnung, Ragna, Siri und er. Jemand versuchte, bei ihnen einzubrechen, um Siri zu entführen. Er rief die Polizei an, aber niemand antwortete. Er versuchte es wieder und wieder, keiner ging ans Telefon. Siri schrie, er hörte den Mann in die Wohnung kommen, fühlte sich feige und hilflos. Er sah zu, wie die Türklinke nach unten gedrückt wurde, und tat nichts. Als die Tür aufging, wachte er auf. Er sah nie, wer der Mann war.

Um halb sieben stand er auf, zog sich an und frühstückte fast allein im Restaurant »Jagdgesellschaft«. Draußen begann ein weiterer schöner Tag in Østerdalen mit blauem Himmel und Sonnenschein. Er dachte an Bill Murray in *Und täglich grüßt das Murmeltier*.

Ein Schwarm Krähen hüpfte auf der anderen Straßenseite im Gras umher und pickte vergeblich nach Würmern.

Leo rührte zwei Zuckerwürfel in den lauwarmen schwarzen Kaffee. Er nahm das Telefon, wählte Siris Nummer, obwohl er wusste, dass niemand antworten würde, und hinterließ eine kurze Nachricht: »Ich liebe dich. Ruf mich jederzeit an.«

Es war doch gar nicht so schwer. Warum hatte er das so lange nicht gesagt? Er selbst zuerst, vor allen Idioten, so war es immer gewesen. Lass sie doch machen, hatte er immer gedacht.

Er rief die Webseite des größten Boulevardblatts auf. Es stand ganz oben, unter dem Archivbild eines knurrenden Wolfs.

MANN (30) VON WÖLFEN GETÖTET

Leo klickte die Überschrift an und las die ersten Zeilen.

»Der dreißigjährige Schwede, der letzten Montag im Wald bei Elverum tot aufgefunden wurde, wurde von Wölfen getötet. Polizeiliche Quellen bestätigten die Vermutung.«

Jemand von der Wache musste es ausgeplaudert haben.

Nachdem er fertig gefrühstückt hatte, ging er aufs Zimmer und packte einen Tagesrucksack mit belegten Broten vom Frühstücksbüfett, einer Flasche Wasser, einem Reserve-T-Shirt und einem Wollpullover. Der Traum steckte ihm noch in den Knochen. Er ging ins Bad und schluckte ein Rivotril, ohne in den Spiegel zu sehen.

Als er wieder in die Rezeption kam, herrschte dort Chaos. Überall Menschen, Kamerataschen, Stative, Koffer. Etliche Gesichter erkannte er wieder. Leo schob sich an den Journalisten vorbei, ging hinaus und setzte sich in den Tesla. Er versuchte vergeblich, Google Maps auf dem großen Display am Armaturenbrett aufzurufen, besann sich auf das gute alte Handy, tippte »Bjørnmyra« ein und machte sich auf die Suche nach Rino Gulliksen. Dem GPS zufolge waren es nur zwanzig Minuten bis dorthin, größtenteils auf Schotterwegen und am Ende ein paar Kilometer zu Fuß.

Rino stand in einer grünen Feldhose und einem schmutzigen, weißen Unterhemd an einer Birke und lehnte sich an den Stamm. Er grinste breit, als er Leo sah, und rollte ein Streichholz von einem Mundwinkel in den anderen. Die massiven, fast lückenlos tätowierten Unterarme waren vor seiner Brust verschränkt, es sah fast aus, als wartete er auf ihn.

»Leonard Vangen«, sagte er. »Du hast mich gefunden!«

»Endlich«, sagte Leo außer Atem und wischte sich den Schweiß mit dem Handrücken von der Stirn.

Rino kam ihm mit ausgestreckten Armen und einem breiten Lächeln entgegen, drückte seinen Freund so fest an die Brust, dass er fast erstickte. Leo ließ die Arme hängen.

»Du bist ja nass geschwitzt«, sagte Rino.

»Es ist ja auch wärmer als im Juli«, sagte Leo.

»Indischer Sommer«, sagte Rino. »Oder heißt es indianisch?«

»Ich glaube indianisch«, sagte Leo. Er betrachtete das Lager: ein schäbiges Zelt in den Büschen, Werkzeuge und andere Gegenstände hingen in den Bäumen, eine Axt, eine Flinte, eine Art Flöte mit Schnitzereien, ein Bogen. An einer Tanne stand ein altes Moped. Ein kleines Tagesfeuer flackerte und verbreitete den angenehmen Duft von brennendem Birkenholz.

»Was für eine nette Überraschung«, sagte Rino. »Ich dachte, du wärst nach Hause gefahren.«

»Ich habe in der Zeitung von dem Schweden gelesen.«

Rino schmunzelte.

»Und dann hast du sofort gedacht, dass ich das war?«

»Findest du das lustig?«

Leo verschränkte die Arme und zog die Schultern bis zu den Ohren hoch.

Rino kroch in sein Zelt und kam mit einer großen Plastikflasche Wasser wieder heraus. Er reichte sie Leo, der einen halben Liter in einem Zug trank.

»Nein, lustig finde ich es nicht.«, sagte Rino. »Wie hast du mich gefunden?«

»Emma Vase.«

»Das kleine Biologen-Mädchen hat mich verraten?«

»Du erinnerst mich an einen extremistischen Einsiedler«, sagte Leo. »Ted Kaczynski.«

»Der Unabomber?«

Leo nickte.

»Schmutzige Klamotten, eine Wildnis von einem Bart, lebt allein im Wald, voll selbstgerechter Verbitterung.«

Rino kratzte sich am Bart.

»Wir sind vielleicht nicht so verschieden, Ted und ich.«

Leo ging in die Hocke und starrte in die Flammen.

»Der Unterschied zwischen dir und Ted ist, dass er wütend auf die Behörden war, das war sein Motiv.«

»Willst du damit sagen, ich hätte keine Wut auf Behörden?« Rino grinste.

»Zumindest ist das nicht dein Hauptmotiv.«

»Die Raubtierpolitik ist ein Skandal.«

»Aber deswegen tötest du nicht.«

»Ich will nur den Wolf retten.« Rino tauchte wieder ins Zelt ein und holte den Südwester und ein schmutziges Schaffell, das er Leo gab. Er bedeutete ihm, sich darauf zu setzen, und kniete sich ans Feuer. »Wenn ich etwas sehe, das mir nicht gefällt, versuche ich, etwas dagegen zu tun.«

»Mit fatalen Konsequenzen für andere Menschen.«

Leo hockte sich im Lotussitz auf das Fell und zog das klitschnasse T-Shirt aus.

»Gibt es eine Alternative?« Rino setzte den gelben Südwester auf. »Die Leo-Vangen-Methode? Im Lotussitz durch die Nase atmen, während gierige Schweine die Erde zerstören?«

»Was soll eigentlich der Südwester?«, fragte Leo. »Unter dem schwitzt man doch?«

»Das ist die praktischste Kopfbedeckung der Welt«, sagte Rino. »Spendet mir Schatten, wenn die Sonne scheint, und hält mich trocken, wenn es regnet. Du solltest dir auch einen kaufen.«

»Du bist fünfundvierzig Jahre alt«, sagt Leo. »Wohnst alleine in einem Zelt im Wald, keiner weiß, dass du existierst. Wenn du morgen stirbst, kümmert das keinen. Du bist nicht in der Position, gute Ratschläge zu geben.«

»Dich würde es kümmern.«

»Was?«

»Wenn ich morgen sterbe.«

Eine Pause.

»Ich bin hier, um ein Blutbad zu verhindern«, sagte Leo.

»Ich auch«, sagte Rino und starrte ins Feuer, als wären die Flammen an allem Übel der Welt schuld.

»Du willst ein kleineres Blutbad anrichten, um ein größeres Blutbad zu verhindern, habe ich recht?«

»Ich habe keine Wahl. Peter Singer würde sagen, dass es moralisch richtig war, den Schweden zu eliminieren. Hätte ich es nicht getan, wären noch mehr Menschen gestorben.«

»Das nimmst du an.«

»Wenn niemand diese Leute stoppt, werden sie immer weitertöten.« Rino sprang auf die Beine. »Man wird nach seinen Taten beurteilt, nicht nach seinen Worten.«

»Wer sagt das?«

»Das steht in der Bibel.«

Leo nahm das frische T-Shirt aus dem Rucksack und zog es an. Er erzählte Rino, dass die Presse bereits den Wölfen die Schuld am Tod des Schweden gegeben hatte. Rino zuckte nur mit den Schultern und sagte, die Leute würden längst nicht alles glauben, was in der Zeitung stand.

Leo betrachtete den elaborierten Bogen und den Köcher mit Pfeilen, die in der Birke neben dem Zelt hingen. »Ist das ein Langbogen?«

»Ja«, sagte Rino. »Eibe. Ich habe ihn selbst gemacht.«

Leo nahm den Bogen in die Hand und untersuchte ihn. Er kannte sich etwas aus, denn im Sommer hatte er mit Kjartan auf Gåsøya viel Bogenschießen geübt.

»Wo hast du das Holz gefunden?«

»In einem Garten in Sunnmøre.«

Leo ließ die Finger über die Sehne gleiten. »Flämische Bogensehne?«

»Jep. Dacron B-50.«

Leo hängte den Bogen an seinen Platz und ging zurück ans Feuer.

»Und jetzt willst du die anderen ebenfalls eliminieren?«

»Wie kommst du darauf?«

»Ich rate nur.«

Rino ging neben Leo in die Hocke.

»Wenn ein Mann nichts hat, wofür er töten würde, verdient er es nicht zu leben.«

»Du und deine Zitate. Wer hat das gesagt? Stalin?«

Rino grinste.

»Martin Luther King.«

Rino verschwand zwischen den Bäumen, kam kurz darauf mit einem Arm voll Birkenscheiten wieder und legte ein paar davon nach.

»Du hast alles gesehen?«, fragte Leo.

Rino nickte mit offenem Mund.

»Hättest du nicht eingreifen können?«

Rino bückte sich und blies in die Glut.

»Ich hatte keine Waffe.«

»Warum hast du mir das nicht gesagt, als wir vor der Polizeiwache standen?«

»Ich wollte dich da nicht hineinziehen.«

»Aber du hast mir gerade genug erzählt, um mich neugierig zu machen.«

»Das habe ich nicht gewollt.«

»Wirklich?«

Rino grinste verschlagen und stocherte planlos mit einem Stock im Feuer.

»Du kannst nicht einfach Menschen töten«, sagte Leo. »So funktioniert das nicht.«

»Was ist die Alternative?«

»Sie verhaften, vor Gericht stellen und ins Gefängnis stecken.«

»Du bist ein guter Mensch, Leo«, sagte Rino.

»Wie zum Teufel willst *du* das beurteilen?«

»Du weißt genauso gut wie ich, dass sie davonkommen würden.« Rino legte den Stock weg. »Wir haben keinerlei Beweise, nichts, was sie mit dem Schweden oder den Halbwölfen in Verbindung bringt.«

»Gewalt ist keine Lösung«, sagte Leo. »Ich bin gegen Gewalt aller Art.«

»Manchmal ist sie leider notwendig«, sagte Rino. »Wenn du verhindern kannst, dass viele sterben, indem du einige tötest, ist dies nicht nur zu verantworten, sondern sogar moralisch richtig. Peter Singer.«

»Dir fehlt wohl jede Empathie?«

»Empathie ist nicht immer gut. Sie führt oft zu Bevorzugung und damit zur Benachteiligung anderer. Singers Ziel ist, dass die Ratio unsere Entscheidungen bestimmt, nicht Gefühle.«

Leo schüttelte den Kopf.

»Hast du überhaupt keine eigene Meinung?«

»Aber so ist es.« Er räuspert sich und spuckte ins Feuer. »Das sind keine normalen Menschen.«

»Der Vizebürgermeister?«

»Der läuft nur den anderen hinterher. Der große böse Wolf heißt Erik Svendsbråten.« Er sprach jede Silbe des Namens mit Verachtung aus. »Oder Lars-Erik Bale, wie er wirklich heißt.«

»Er heißt gar nicht Erik Svendsbråten?«

»Ich habe in der Bibliothek nach seinem Namen gesucht und nichts über ihn gefunden. Der Name existiert nicht in Elverum. Ich hatte ihn nur von Weitem gesehen. Dann rief ich Emma an, fand heraus, wo er wohnt, und fuhr zu seinem kleinen, schmutzigen Haus im Wald bei Myklebu.«

Leo fragte, ob Rino wirklich ein Telefon besaß und warum er ihm das nicht längst gesagt hatte.

»Ich wollte nicht, dass du mich dauernd anrufst«, sagte Rino und grinste.

»Emma scheint in Ordnung zu sein«, sagte Leo. »Sie erinnert mich an meine Tochter.«

»Apropos.« Rino klang plötzlich sanft. »Wie geht es deiner Tochter?«

»Nicht so gut«, sagte Leo.

»Ist sie krank?«

»Sie will nicht essen.«

Rino runzelte die Stirn.

»Ist sie wählerisch?«

»Sie verweigert die Nahrungsaufnahme.«

Rino tat, als würde er verstehen. »Das wird schon wieder«, sage er. »Alles wird gut.«

Beide starrten in die fast unsichtbaren Flammen.

»Die Familie bedeutet alles«, sagte Rino und schlug nach einer Mücke, die ihm im Nacken saß.

Leo dachte an Rinos Sohn. Als er das letzte Mal von ihm gehört hatte, wohnte er bei seiner Mutter in Oslo. Der Kloß in Leos Hals wuchs.

»Was ist mit deinem Sohn?«, fragte er. »Hast du Kontakt mit ihm?«

Rino schüttelte langsam den Kopf.

»Ich habe ihn seit fünf Jahren nicht gesehen.«

»Wie alt ist er jetzt?«

»Zwanzig Jahre und drei Tage.«

»Warum hast du dich nicht bei ihm gemeldet?« Im Grunde kannte Leo die Antwort.

»Das würde alles nur noch komplizierter machen.« Rino warf ein Holzscheit ins Feuer. »Svendsbråten«, sagte er und räusperte sich. »Wir hatten eben über Erik Svendsbråten gesprochen.«

»Ja«, sagte Leo und schluckte.

»Ich war in seiner Bruchbude im Wald und fand ein paar alte Ausweise. Der Typ ist ein ehemaliger Söldner. Kongo, Angola, Liberia, die übliche Route. Ich kenne ihn noch aus der Osloer Szene der Neunziger. Ein Dreckskerl der übelsten Sorte.«

Dann erzählte Rino, dass er die Wolfhunde im Moor vergraben hätte. Vielleicht würden sie einen Freispruch für den

Wolf erreichen, sagte er, aber solche wie Hennum und Lars-Erik Bale würden immer davonkommen.

Leo musste zugeben, dass Rino nicht unrecht hatte. Er ließ den Blick über das Lager seines Freundes schweifen: das ausgeblichene Zelt, die Gegenstände in den Bäumen, Pfeil und Bogen, die rostige Motorsäge, das stinkende Schaffell, das schrottreife Moped, der Gesetzlose in den zerschlissenen Klamotten. Verwildert und einsam. Wie erging es ihm im Winter? Rino tat ihm leid, mutterseelenallein im Wald, niemanden zum Reden. Nicht einmal sein Sohn wusste, dass er lebte. Er war zu einem Leben auf der Flucht und in Einsamkeit verurteilt. Armer Rino Gulliksen.

»Kannst du nicht einfach deine Sachen packen und Elverum den Rücken kehren?«, fragte Leo.

»Warum sollte ich gehen?«

»Hast du das Geld schon verbraucht?«

Rino schüttelte den Kopf.

»Noch vier Millionen im Koffer.«

»Wie wär's mit Brasilien? Oder Vietnam? Du könntest eine Strandbar eröffnen.«

»Sie brauchen mich jetzt und hier.«

»Wer?«

»Die Wölfe.«

Leo stand auf, bürstete Erde und Tannennadeln von der Hose.

»Ich muss jetzt heim. Finde ich den Weg zum Auto?«

»Das glaube ich nicht.« Rino grinste breit, seine Augen waren feucht. »Es ist wohl besser, wenn du hierbleibst.«

Leo stopfte das verschwitzte T-Shirt in den Rucksack, dreht sich um und ging los. Als er zwischen den Birken hindurchging, rief Rino:

»Leonard Vangen!«

Leo blieb stehen und drehte sich um.

»Ja?«

»Lebe, als wäre jeder Tag dein letzter!«

Leo streckte den Daumen in die Höhe und ging weiter.

»Leonard!«

Leo hielt an, diesmal ohne sich umzudrehen.

»Jeder verdammte Tag!«, rief Rino, der nicht die Träne sah, die über Leos Wange lief, während er weiter zum Auto stapfte.

30

Am selben Nachmittag betrat Balder Brekke mit weichen Knien und aufgewühltem Magen die Hochschule von Evenstad. Er war zu einem Gespräch unter vier Augen in Professor Bjarne Gilberts Büro geladen.

Nachdem er Emma sein doppeltes Spiel gestanden hatte, war ihm klar, dass sie es Gilbert erzählen würde. Bis dahin hatte er noch die vage Hoffnung gehegt, dass es unter ihnen bleiben könnte, aber ihre Stimme und ihr Blick waren so kalt wie nie zuvor gewesen.

Er konnte verstehen, dass sie enttäuscht war und den Professor einweihte. Sein Betrug wäre ohnehin spätestens aufgeflogen, wenn er Embret Tomteberget die Wahrheit sagte.

Schluss mit den Lügen, Schluss mit dem Betrug.

Mit pochendem Herzen ging er zum Büro des Professors. Vor der Tür holte er noch einmal tief Luft, zählte langsam bis fünf und klopfte an.

»Komm rein!«, rief Gilbert.

Balder ging hinein und schloss die Tür hinter sich.

Der Professor saß am Schreibtisch und wühlte in einer Schublade. Er würdigte Balder keines Blickes.

»Einen Augenblick«, sagte er und wühlte weiter. »Da ist sie ja!«, rief er und hielt einen länglichen Gegenstand hoch.

Balder räusperte sich.

»Ich rede nicht gern in engen Räumen mit Menschen«, sagt Gilbert. »Geh runter auf den Parkplatz und setz dich in mein Auto, ich komme gleich.«

»Hast du mit Emma gesprochen?«, fragte Balder und runzelte die Stirn.

»Nicht hier«, flüsterte Gilbert und zeigte auf die Tür.

»Hast du die Zeitung gelesen?«, fragte Balder.

Gilbert streckte ihm die Zunge heraus.

»Geh raus und warte im Auto.«

Balder saß auf dem Beifahrersitz des Toyota, als Gilbert über den Parkplatz marschierte. Die Luft war feucht und warm wie in einem Treibhaus. In allen Himmelsrichtungen türmten sich dunkle Wolken auf, aber über ihnen war der Himmel blau. So war es seit zwei Tagen, der Regen kam nie. Gilbert blieb stehen, atmete tief durch die Nase ein und stieg ins Auto.

Balders blau kariertes Flanellhemd hatte Schweißflecken unter den Achseln. Er hatte neben dem Auto in den Kies gekotzt, das Hemd hatte etwas abbekommen, es stank.

»Schlecht in Form?«, fragte Gilbert.

»Mir ist ein bisschen übel.«

»Ich glaube, da zieht ein Unwetter auf«, sagte Gilbert. »Ich kann es riechen.«

»Heute Abend soll es schütten«, sagte Balder. »Die Natur braucht den Regen.«

»Ich habe fast geheult.«

Gilbert schüttelte den Kopf und sah ihn mit einem Hundeblick an.

Balder schwieg.

»Du hast uns ganz schön hinters Licht geführt.« Er drückte auf den Zigarettenanzünder.

»Ich wollte niemandem wehtun«, sagte Balder.

»Was wolltest du dann?«

Gilbert steckte den Joint aus der Schreibtischschublade in den Mundwinkel.

»Ich weiß es nicht«, sagte Balder.

Gilbert wartete.

»Ich wurde quasi großgezogen, um Evenstad zu infiltrieren«, fuhr Balder fort. »Seit meinem fünfzehnten Lebensjahr haben sie davon gesprochen. Bei jedem Familienfest. Ich sei perfekt für den Job, sagten sie. Es war der einzige Grund, warum ich auf der weiterführenden Schule die naturwissenschaftliche Linie wählte.«

»Versuchst du mir zu sagen, dass du keine andere Wahl hattest?«

Gilbert zündete den Joint an und steckte den Anzünder zurück.

»Onkel Gunnar hat mir angeboten, zwei Jahre meine Miete zu zahlen, Onkel Viggo versprach mir ein Auto. Vater sagte, es sei die einzige Chance, etwas Gescheites aus meinem Leben zu machen. Solchen Dingen kann ein Achtzehnjähriger kaum widerstehen.«

»Du Armer!«

Balder lehnte sich an die Autotür und drückte die Stirn an das kühle Glas. »Das ist meine Familie.«

»Hört sich an wie Ku-Klux-Klan.«

Balder lächelte. »Bloß, dass sie die weißen Laken gegen Tarnanzüge eingetauscht haben.«

Er versuchte zu lachen, aber es blieb ihm im Hals stecken.

»Wie lange arbeitest du jetzt hier?«, fragte Gilbert, blies Rauch aus und öffnete das Fenster einen Spalt, um diesen entweichen zu lassen.

»Seit über zwei Jahren.«

Balder sagte nichts zu dem wohlbekannten Duft, er war es von Gilbert gewohnt.

»Und du hast die ganze Zeit für sie gespitzelt?«

Er nickte und starrte auf seine klammen Hände.

»Du weißt, was ich jetzt tun muss? Ich muss an das Wohlergehen des Instituts denken.«

»Du wirfst mich raus?«

»Habe ich eine andere Wahl?«

Ein roter Pick-up fuhr auf den Parkplatz und hielt in ihrer Nähe. Gilbert kurbelte das Fenster hoch, damit niemand sie hörte.

»Ich weiß, dass du illegal Wölfe aussetzt.« Balder spreizte die Nasenflügel und sah dem Professor in die Augen. »Soll ich das etwa Tomteberget erzählen?«

Gilbert wich seinem Blick aus.

»Diesen Vorwurf höre ich seit dreißig Jahren. Hast du Beweise?«

»Tomteberget wird es interessant finden, dass einer deiner eigenen Leute gegen dich aussagt.«

»Willst du mich jetzt auch noch erpressen?«

Gilbert sah Balder mitleidig an, nahm einen letzten Zug aus dem Joint, kurbelte das Fenster herunter und warf die Kippe auf den Asphalt.

»Nicht wirklich.« Balder seufzte. »Ich will nur reinen Tisch machen.«

»Völlig unmöglich«, sagte Gilbert. »Irgendwelche Leichen bleiben immer im Keller.«

»Ich habe das Lügen satt. Ich will endlich die Wahrheit sagen.«

»Die Wahrheit ist das, was geschieht, während du andere Pläne schmiedest«, sagte Gilbert. »John Lennon.«

Balder zog eine Grimasse.

»Das Leben ist das, was geschieht, während du andere Pläne schmiedest.«

»Ist das nicht ungefähr dasselbe?«

»Als ich gemerkt habe, wie verrückt die sind, habe ich es bereut und ihnen immer weniger gesagt.« Balder schniefte. »Ich habe sie sogar auf falsche Fährten angesetzt.«

»Was du getan hast, ist unverzeihlich.« Gilbert legte beide Hände auf das Steuer und setzte sich zurecht. »Aber ich habe nicht umsonst auch Sozialanthropologie studiert. Ich verstehe, dass du nur ein Produkt der lokalen Kultur bist.«

Balder lächelte mit traurigen Augen.

»Am meisten quält mich, dass eine Frau dabei sterben musste.« Er sah den Professor an. »Ich hätte nie gedacht, dass Onkel Viggo so etwas Schreckliches tun würde.«

»Es ist ja gar nicht erwiesen, ob sie es waren. Glaubst du dem wilden Mann und Emmas Intuition?«

»Sie waren es. Ganz sicher. Ich war dabei, als sie die Jagd geplant haben. Wie sie über die Tote geredet und einander angesehen haben …«

»Mich quält am meisten, dass du Emmas Herz gebrochen hast«, sagte Gilbert. »Das arme Mädchen!«

Balder hob die Augenbrauen.

»Wir haben uns ausgesprochen, hat sie das nicht gesagt?«

»Ich glaube, sie fühlt sich übel betrogen.« Der Professor gab Balder einen Knuff. »Emma hat dir bestimmt von unserem Freund in den Wäldern erzählt?«

Balder nickte. »Er scheint sie ziemlich zu faszinieren.«

»Wollen wir nicht einfach der Natur ihren Lauf lassen?«

Der Professor lächelte breit.

»Wie meinst du das?«

»Offenbar hat der wilde Mann den Schweden erledigt. Lass ihn die anderen auch erledigen. Lass sie einander ausrotten. Das sind doch alles wilde Tiere, die ganze Bande.«

»Onkel Viggo gehört zur Familie.«

»Onkel Viggo ist Abschaum.«

»Er tut nur, was Svendsbråten sagt. Er hat es nicht verdient zu sterben.«

Balder pulte mit dem Fingernagel zwischen den Zähnen.

»Wenn du über die Aussetzungen die Schnauze hältst, bleibt das alles unter uns.«

Gilbert streckte die Hand aus.

»Abgemacht«, sagte Balder und nahm Gilberts Hand.

»Viele vergessen, dass wir Menschen auch nur ein Teil der Natur sind.«

Gilbert seufzte und legte die Hände zurück ans Steuer.

In diesem Moment klingelte sein Telefon. Er zog es aus der Hosentasche, las eine Nachricht und sagte, im Moor bei Kråkberget liege ein toter Wolf.

»Von wem ist die Nachricht?«, fragte Balder.

»Von einem gewissen ›Per Nabben‹. Bestimmt ein falsches Profil.« Der Professor zuckte mit den Schultern. »Ich bekomme dauernd solche Meldungen.«

»Willst du etwa dorthin?«

»Ich muss.«

»Warum? Das könnte eine Falle sein.«

Gilbert tippte auf das Display. »Weil es mein Job ist.« Eine Karte erschien. »Da führt ein Schotterweg hin.«

»Wo genau?«

»Kråkmyra, nicht weit vom Ryssjøen. Da war ich noch nie.«

»Ich glaube, da ist irgendwo ein Köderplatz mit Ansitz.«

»Für die Wolfsjagd?«

»Onkel Viggo hat ihn öfter erwähnt. Angeblich haben sie schon einige geschossen da oben.«

Gilbert schaute resigniert.

»Raus mit dir, Brutus!«

»Ich komme mit.«

»Kommt nicht in Frage.« Gilbert streckte die Faust in die Höhe. »*Das Einzige, was wir zu fürchten haben, ist die Furcht selbst!*«

»Hast du die Flinte dabei?«, fragte Balder.

»Raus mit dir!«, rief Gilbert.

Balder kletterte hinaus und schlug die Tür zu.

Der Professor parkte rückwärts aus, schaltete in den ersten Gang und holte Balder ein. Er kurbelte das Fenster runter und sagte: »Wenn ich nicht zurückkomme, sag Emma, dass ich sie liebe.«

Balder erwartete ein ironisches Lächeln, aber es kam nicht. Gilbert schloss das Fenster, gab Gas und ließ Balder in einer Staubwolke stehen.

31

»Bist du sicher, dass die Nachricht sich nicht verfolgen lässt?«, fragte Erik Svendsbråten und trank einen Schluck Brühe direkt aus der Thermosflasche.

»Es ist ein falsches Profil«, sagte Viggo Hennum. »Hundert Prozent sicher.«

»Er hat nicht geantwortet?«

»Er ist neugierig. Er wird kommen.«

Sie saßen im Ansitz bei Kråkmyra, die Gewehre über dem Schoß. Hennum schüttelte das rechte Bein und kratzte sich eifrig in der Leiste. Svendsbråten saß vollkommen still, mit Pupillen wie Murmeln. Loke lag in der Ecke und leckte sich die Genitalien. Eine frische Brise aus Westen wirbelte Laub und Zweige auf und übertönte das Grummeln in Hennums Magen. Trotzdem hörten sie den alten Toyota, der wenige Hundert Meter entfernt am Ende des Weges geparkt wurde.

Svendsbråten lehnte das Gewehr an den Stuhl, ging zur Schießscharte auf der Längsseite, zog die Glaswolle aus dem Loch und erblickte den Professor, der bereits den toten Wolf entdeckt hatte. Das Tier lag an derselben Stelle, an der sie es drei Tage zuvor erlegt hatten. Gilbert lief festen Schrittes auf den Kadaver zu.

»Wie bestellt«, flüsterte Svendsbråten. »Bist du bereit?«

Svendsbråtens Entschlossenheit erschreckte Hennum. Er würde nicht zögern, einen kaltblütigen Mord zu begehen.

»Ist er allein?«, fragte er mit zitternder Stimme und kratzte sich mit beiden Händen am Sack.

»Mutterseelenallein.«

Svendsbråten schlich zurück zum Stuhl, nahm das Gewehr und setzte sich.

»Ich weiß nicht, ob das so klug ist?«, flüsterte Hennum und schob den Lauf durch die Scharte.

»Wahrscheinlich das Klügste, was du je getan hast«, sagte Svendsbråten.

»Ich zittere«, sagte Hennum.

»Atme in den Bauch«, flüsterte Svendsbråten, nahm die Brille ab und steckte das Gewehr durch die Scharte auf seiner Seite. »Ziel auf die Lungen.«

»Ich habe noch nie etwas geschossen«, sagte Hennum.

»Ich weiß«, sagte Svendsbråten. »Das hast du schon gesagt.«

»Ich kenne ihn seit dreißig Jahren.«

»Das ist nicht der Zeitpunkt, um sentimental zu werden.«

»Ich muss pissen«, sagte Hennum. Er zitterte so stark, dass der Gewehrlauf gegen das Holz klopfte.

Der große, dürre Mann am Moor war neben dem Kadaver stehen geblieben. Er sah sich in alle Richtungen um und streckte die Nase in die Höhe, als witterte er Gefahr. Dann kniete er sich neben den Wolf und streichelte ihm über den Rücken und den Bauch, als würde er noch leben. Anschließend stand er auf und stemmte die Hände in die Hüfte.

»Der Typ ist ja nekrophil«, flüsterte Svendsbråten. »Ziel auf die Lungen. Der Winkel ist perfekt.«

»Ich kann nicht«, sagte Viggo. Sein Magen rumorte wie ferner Donner.

»Weißt du, was man sagt?«, flüsterte Svendsbråten und sah ihn an.

»Was?«

»Der Magen ist der Spiegel der Seele.«

Hennum sah seinen Jagdkameraden an.

»Nicht die Augen?«

»Elender Feigling«, grunzte Svendsbråten.

Er neigte den Kopf, drückte ein Auge ans Zielfernrohr, schloss das andre, holte tief Luft, hielt sie fünf Sekunden lang ein und drückte ab.

Ein Knall erfüllte den Ansitz. Hennum zuckte zusammen, schlug mit der Stirn gegen sein Zielfernrohr, der Hund sprang auf und heulte. Die Gestalt am Moor ging in die Knie, streckte die Hände in die Luft und fiel mit dem Gesicht ins Moos. Svendsbråten zischte wie ein brünstiges Chamäleon und stürmte mit dem Gewehr in der Hand aus dem Ansitz. Hennum und der Hund rannten ihm hinterher.

Sie starrten auf die toten Körper, die zwischen Tierknochen und -schädeln, den Überresten alter Köder, auf dem Boden lagen. Der hingestreckte Professor lag teilweise über dem Wolf, als wollte er ihn beschützen. Das Tier sah so klein und fast harmlos aus, mehr wie ein Hund oder ein Fuchs. Die rote Flüssigkeit, die aus Gilberts Brust, Nase und Mund rann, versickerte direkt im Moor. Der Hund beschnupperte aufgeregt den Mann und den Wolf. Er wedelte mit dem Schwanz, fiepte und jaulte, versuchte, etwas Blut aufzuschlecken, ehe es versickerte.

»Lungenschuss«, konstatierte Svendsbråten. »In seinem eigenen Blut ertrunken.«

Ein Telefon klingelte. Svendsbråten bückte sich und zog es aus der Jackentasche des Professors. Er ließ es fertig klingeln, schaltete das Display ein und prüfte, von wem der Anruf gekommen war.

»Das war dein Neffe«, sagte er.

»Was?« Hennum war nur physisch anwesend.

»Balder. Das kann nur er gewesen sein. Willst du ihn zurückrufen?«

Hennum ging in die Knie. Schleim und Rotze troffen aus seinem Mund, er presste beide Hände an die Schläfen und brüllte aus vollem Hals. Ein heiserer gutturaler Schrei aus tiefem Herzen – einem Ort, den er schon lange Zeit nicht mehr befragt hatte.

»Reg dich ab«, sagte Svendsbråten. »Lungenschuss ist die humanste Methode.«

Als ihre Blicke sich trafen, zuckten Hennums Augen wie wild. Es kam ihm vor, als sähe er eine Figur aus einem Traum, über den er nie bei Tageslicht nachgedacht hatte.

»Verdammt, was machen wir jetzt?«, sagte er mit tränenerstickter Stimme.

»Was wir immer tun«, sagte Svendsbråten, nahm die Schiebermütze ab und bürstete sie sauber. »Wir wickeln ihn in Ketten und werfen ihn in den Storsjøen.«

32

Später am selben Abend stand Balder im Garten der rot gestrichenen Hütte, die er zwei Kilometer stromabwärts von Evenstad gemietet hatte, und grub ein Loch. Er wusste nicht, wozu es gut sein sollte, vielleicht würde er es auch nie brauchen.

Der Föhn wehte in Böen, kräuselte das Wasser, riss Blätter von den Birken und blies sie in den Fluss, dessen Oberfläche bereits mit einem träge fließenden, gelben Teppich bedeckt war. Die dunklen Wolken am Horizont hatten sich wie eine schwarze Bergkette aufgetürmt und waren näher herangerückt, aber noch immer so weit entfernt, dass über ihnen der Himmel blau war. Der Regen war unterwegs, er konnte ihn riechen. Die Natur brauchte das Wasser, um den alten Dreck abzuwaschen und sich eine letzte Farbenpracht zu bescheren, bevor der Winter kam und alles Leben zerstörte.

Hätte er Gilbert bloß nicht allein losziehen lassen. Mehrmals war er kurz davor gewesen, in den BMW zu springen und nach Kråkmyra zu fahren, aber der Mut hatte ihn jedes Mal verlassen. Er hatte ihn fünfzigmal angerufen und immer nur die Mailbox erreicht. Vielleicht war dem alten Mann nur der Akku ausgegangen, aber das war noch nie geschehen.

Sollte er zuerst Onkel Viggo konfrontieren und ihm die Chance geben, seine Version zu erzählen, oder sollte er direkt zu Tomteberget gehen? Oder vielleicht Emma anrufen?

Balder legte den Spaten weg, ging ums Haus, nahm das Telefon von dem weißen Tisch vor dem Eingang und wählte die Nummer seines Nennonkels. Keine Antwort. Dann rief er Emma an und erzählte kurz, was geschehen war.

»Ich komme«, sagte Emma kühl.

»Das brauchst du nicht.«

»In einer Viertelstunde bin ich bei dir«, sagte Emma.

Zwanzig Minuten später bog sie um die Ecke, hielt auf dem Grundstück und sprang aus dem Auto. Die Luft war warm und roch nach Erde und Regen. Sie ging ums Haus und fand Balder in grünen Gummistiefeln, Fußballshorts, einem schmutzigen weißen T-Shirt und einem alten Strohhut. Er drosch mit einer Spitzhacke auf den Boden ein. Weit im Südosten zerriss ein Blitz den Himmel über dem grünen Meer aus Bäumen. Sie starrten in die Richtung, als suchten sie ein Zeichen, und warteten auf den Donner, der zwanzig Sekunden später kam, fern und leise.

»Vielleicht zieht es wieder an uns vorbei«, sagte Balder, ohne Emma anzusehen.

»Das bezweifle ich«, sagte Emma.

Sie gingen ohne ein Wort ums Haus.

Balder füllte zwei Gläser mit selbst gemachtem Johannisbeersaft aus einer Karaffe und gab eines davon Emma, die auf einen Plastikstuhl auf der Veranda plumpste.

»Immer noch kein Lebenszeichen?«

Er schüttelte den Kopf.

»Hast du mit ihm geredet?«

»Wir hatten ein langes, gutes Gespräch in seinem Auto.« Balder setzte sich aufs Geländer. »Und jetzt geht er nicht ans Telefon. Er müsste seit drei Stunden zurück sein.«

Emma bekam feuchte Augen.

»Das ist nicht gut«, sagte Balder.

»Nein, das ist gar nicht gut«, sagte Emma.

Eine lange Pause entstand, in der Ferne donnerte es.

»Warum hast du ihn allein fahren lassen?«

Emma funkelte ihn wütend an.

»Du weißt doch, wie stur er ist.«

Emma verbarg das Gesicht in den Händen.

»Was hätte ich tun sollen?« Balder zuckte mit den Schultern und hob die Hände. »Ihn fesseln?«

»Deine Freunde haben ihn umgebracht.«

»Das wissen wir nicht«, sagte Balder. »Und es sind nicht meine Freunde.«

»Ich habe es im Gefühl. Er ist tot. Warum bist du ihm nicht hinterhergefahren?«

Balder wendete sich ab und schaute über den Fluss.

»Ich habe mich nicht getraut.«

Emma biss sich auf die Unterlippe.

»Hast du etwa Angst vor deinem Onkel?«

»Wir können jetzt fahren«, sagte Balder.

»Jetzt ist es zu spät. Er liegt längst am Grund irgendeines Sees.«

»Wir müssen mit Tomteberget reden«, sagte Balder. »Sonst läuft alles aus dem Ruder.«

»Und dann?«

»Dann muss ich von hier weg. Zum Militär oder mich selbst umbringen.«

»Beides ist scheiße.«

Sie lehnte sich an das Geländer und stemmte die Hände in die Hüften.

»Was kann Tomteberget schon tun? Wir haben keinerlei Beweise.« Sie starrte über die gelben, frisch abgeernteten Getreidefelder im Norden. »Bjarne ist tot. Es ist zu spät.«

»Ich kann gegen Onkel Viggo aussagen.«

»Was willst du sagen? Dass du *glaubst*, dein Onkel hätte Gilbert ermordet?«

»Aber ich muss sowieso mit Tomteberget reden. Sie müssen nach Kråkmyra fahren und schauen, was sie dort finden.«

»Versprichst du mir, dass du kein Wort über unseren Freund sagst?«

Tränen liefen über Emmas Wangen.

»Ich kann nicht mehr lügen.«

»Er ist unsere einzige Hoffnung.«

»Hoffnung? Der ist doch vollkommen verrückt!«

»Ist er nicht.« Wieder hielt sie die Hände vors Gesicht. »Er kämpft für das, woran er glaubt.«

»Er hat den Schweden an den Boden gefesselt, das hast du selbst gesagt.«

Jetzt sah sie Balder in die Augen.

»Auf jeden Fall ist er ehrlich. Das ist mehr, als man über die meisten anderen sagen kann.«

Balder sprang vom Geländer, nahm die Autoschlüssel vom Tisch und ging zum Auto. Emma wollte etwas sagen, aber es kam nichts heraus. Er setzte sich ans Steuer, schaltete den Motor ein und sauste die Auffahrt hinab. Die Sonnenstrahlen, die durch das Blattwerk der Espen schienen, tanzten wie Goldmünzen auf dem frisch polierten Fahrzeuglack, und Emmas Worte gingen im Wind und dem aufheulenden Motor unter.

33

Viggo Hennum torkelte in den Tiuren Kro, bestellte einen halben Liter Bier und einen Jägermeister und setzte sich an einen Fenstertisch. Erleichtert stellte er fest, dass er der einzige Gast war. Der Inhaber Halvor Storsveen, ein Biathlet, der die Kneipe beim Pokern gewonnen hatte, stand hinter der Theke und spielte Bajazzo auf dem Handy. Hennum zuckte nervös mit dem rechten Bein, sah aus dem Fenster und widmete sich ganz den Gedanken, die er mit niemandem teilen konnte.

Als er am Abend zuvor heimgekommen war, hatte er sich mit russischem Schmugglerwodka die Lichter ausgeschossen und war im Keller eingeschlafen. Zum Frühstück war noch etwas Wodka übrig gewesen. Der Rausch half ihm über das Allerschlimmste hinweg, aber es war nicht genug.

Die Tür ging auf, und Erik Svendsbråten kam mit seinem Hund auf dem Arm hinein. Er ging direkt an die Theke, schnipste mit den Fingern und bestellte etwas. Dann kam er an den Tisch, setzte Loke behutsam ab, streichelte ihm über den Kopf und setzte sich zu Hennum. »Wie geht es dir, Viggo?«

»Das hab ich dir schon vor ein paar Stunden gesagt«, schniefte Hennum und leerte sein Glas.

Der Alkohol machte ihm Mut, aber er lallte.

»Ich frage nicht, weil ich es wirklich wissen will«, sagte Svendsbråten. »Ich will dir nur eine Chance geben, dich auszusprechen.«

Hennum grunzte und starrte mit blutunterlaufenen Augen auf den Tisch.

Storsveen kam mit einer Flasche lauwarmem Cava und zwei Plastikgläsern zu ihnen, füllte sie bis zum Rand und murmelte etwas Unverständliches.

»Du trinkst?« Hennum stutzte. »Ich dachte, du würdest keinen Alkohol anrühren?«

»Auf den besonderen Anlass«, sagte Svendsbråten. »Das ist ein Freudentag. Weil wir unser Leben gerettet haben. Prost!«

»Wir landen in der Hölle«, sagte Hennum.

»Ich dachte, du glaubst nicht an Gott. Glaubst du etwa an den Teufel?«

Hennum versuchte, den Zusammenhang zu verstehen, aber er war zu benebelt.

»Er ist in seinen Stiefeln gestorben«, sagte Svendsbråten. »Ein schöner Tod.«

Hennum legte die Hände an die Wangen.

»Warum trinkst du eigentlich nicht? Das habe ich mich immer gefragt.«

»Ich vertrage keinen Alkohol.« Svendsbråten lehnte sich zurück und zündete einen Zigarillo an. »Meine Persönlichkeit wandelt sich, wenn ich trinke.«

»Ist das nicht der Sinn der Sache?«

Hennum nahm die Hände vom Gesicht, straffte die Muskeln und versuchte, grimmig auszusehen.

Svendsbråten verzog keine Miene.

»Ich tendiere zum Totschlag, wenn ich trinke.«

»Das tust du auch, wenn du nüchtern bist.«

»Du bist lustig, wenn du betrunken bist«, sagte Svendsbråten und hob sein Glas. »Auf König Alkohol!«

Hennum hob verwirrt das Glas.

Als Svendsbråten sein Glas an die Lippen setzte, ging die Tür auf, und ein Koloss mit Sonnenbrille und einer Schaffellweste über dem nackten Oberkörper kam herein. Der Glatzkopf ging direkt auf ihren Tisch zu, obwohl alle anderen Tische frei waren.

»Okay, wenn ich mich zu euch setze?«, fragte der Fremde.

Hennum starrte ihn mit offenem Mund an. Svendsbråten lehnte sich zurück.

»Du stinkst nach Schaf«, sagte Hennum, der keine Hemmungen mehr kannte. »Da drüben ist auch noch frei.«

Er zeigte auf die andere Seite des Lokals.

»Mir gefällt es aber hier«, sagte der Riese und zog einen Stuhl unter dem Tisch hervor. »Ich bin ein sozialer Mensch und rede gern mit Leuten. Habt ihr was zu feiern?«

»Wer zum Teufel bist du?«, fragte Hennum so bedrohlich wie möglich, was nicht sonderlich bedrohlich klang.

»Nett, dich kennenzulernen, aber wir möchten lieber unter uns sein«, sagte Svendsbråten. »Wir feiern, dass der Vizebürgermeister bald Großvater wird.«

Loke knurrte den Fremden an.

»Wie schön«, sagte Rino. »Ich dachte schon, ihr feiert, dass ihr einen der bekanntesten Wissenschaftler des Landes, drei Wölfe und eine unschuldige Frau umgebracht und einen kleinen Jungen fürs Leben gezeichnet habt.«

Schlagartig hatte er ihre volle Aufmerksamkeit. Sie folgten jeder seiner Bewegungen, als er den massiven Körper auf den Stuhl niederließ. Rino lehnte sich zurück und faltete die Hände über dem Bauch.

»Hallo, Lars-Erik. Oder soll ich dich auch ›Erik Svendsbråten‹ nennen?«

Svendsbråten beugte sich langsam über den Tisch, kein Anzeichen von Panik, und musterte den Mann.

»Rino Gulliksen? Bist du das?«

Rino nahm die Sonnenbrille ab, legte sie auf den Tisch und zwinkerte ihm zu.

»Lange her.«

»Ich dachte, du wärst tot.«

»Die Gerüchte über meinen Tod sind eindeutig übertrieben.«

»Teufel.« Svendsbråten schlug die Faust auf den Tisch. »Ich kenne einige, die einen Batzen Geld für diese Neuigkeit bezahlen würden.«

»Tatsächlich? Wie viel?«

»Zweihundert Kronen. Mindestens!«

Er setzte die Schiebermütze ab und legte sie auf den Tisch. Hennum sah völlig verloren und verwirrt aus.

»*Svendsbråten*«, sagte Rino. »Schöner Einfall. Klingt wie Satansbraten, ländlich auf alle Fälle, passt ganz nach Østerdalen.«

»Nicht wahr? Hat gut funktioniert, bis jetzt.«

»Was hast du so lange gemacht?«, fragte Rino.

»Ich hatte es satt, in Oslo Leute zu verprügeln. Also bin ich nach Afrika gegangen, um dort Leute zu verprügeln.«

»Was soll dieser Amish-Look?«

Der Mann, der sich Erik Svendsbråten nannte, fuhr sich mit der Hand durch den Bart. »Ich tue mein Bestes, um mich anzupassen.«

»Du weißt, dass die Amish Pazifisten sind, oder?«

»Das wusste ich nicht.«

»Weißt du auch, warum sie nur Bärte tragen und keine Schnauzer?«

»Du stellst schwierige Fragen.«

»Weil sie Schnauzbärte zu militärisch finden.«

»Machst du dich über meinen Bart lustig?«, fragte Svendsbråten.

»Wo denkst du hin?« Rino gestikulierte. »Ich könnte auch gar nichts über deinen Bart sagen, aber dann denkst du womöglich, dass ich es mir nur verkneife, um dich nicht zu verärgern, und ich wiederum würde denken, dass du denkst, ich würde nichts sagen, um dich nicht zu verärgern, und dann geht das immer so weiter. Das führt zu nichts. Besser, den Bart gleich zu kommentieren.«

»Du warst schon immer ein Schwätzer«, sagte Svendsbråten.

»Was tust du hier?«, fragte Rino. »Warum Elverum?«

Nichts in Norwegen komme dem Krieg so nahe wie der Wolfskonflikt, erklärte Bale alias Svendsbråten. Mit dem Frieden komme er nicht besonders zurecht, räumte er ein, und die Großstadt habe er satt. Deshalb lebe er hier von der Wilderei, und das Einzige, was sich wirklich lohne, seien Wölfe.

Rino legte beide Hände auf den Tisch und hörte ihm zu, Hennum war still und bleich.

Als Bale fertig mit seiner Geschichte war, sagte Rino: »Der Hummer hat eine Greifschere und eine Knackschere, nicht wahr?«

»Stimmt«, sagte Svendsbråten.

Rino hob den Blick.

»Ein Taschenkrebs hingegen hat zwei identische Scheren.«

Svendsbråten nickte.

»Das ist eine Metapher.«

»Das habe ich verstanden«, sagte Svendsbråten. »Aber ich frage mich, wer der Hummer und wer der Taschenkrebs ist.«

»Darüber darfst du nachdenken, bis wir uns das nächste Mal treffen.«

»Und was zum Teufel treibst *du* hier?«, fragte der alte Söldner. Er bückte sich und kraulte den Hund hinter den Ohren. »Das ist hier die Frage.«

»Ich werde den Wolf vor Leuten wie euch retten.«

»Seit wann kümmerst du dich um Wölfe?«

»Schon immer.«

Svendsbråten gluckste amüsiert.

»Das letzte Mal, als ich dich gesehen habe, waren es eher Geld, Speed und anabole Steroide. Was ist geschehen?«

»Ich habe mich verändert«, sagte Rino. »Jeder kann sich verändern.«

»Du hast dich kein bisschen verändert. Du bist dasselbe Schwein wie immer.«

Rino grinste.

»Ich identifiziere mich mit dem Wolf.«

Svendsbråten klatschte die Handfläche auf den Tisch und lachte, zuerst beherrscht, dann immer lauter, bis er sich schüttelte. Hennum kapierte zwar nicht, warum er lachte, aber er nutzte die Chance und wieherte mit. Er hatte Lars-Erik oder Svendsbråten, oder wie immer er hieß, noch nie so herzlich lachen gehört, und ergriff dankbar die Gelegenheit, die Weltuntergangsstimmung etwas auflockern. Rino sah ihnen mit steinernem Gesicht zu.

Plötzlich hörte Svendsbråten auf zu lachen und setzte die

Brille auf. Hennum beruhigte sich erst wieder, als er merkte, dass außer ihm keiner mehr lachte.

»*Ich identifiziere mich mit dem Wolf*«, äffte Svendsbråten nach. »Wer zum Teufel hat dir ins Hirn geschissen?«

»Ihr habt meinen Helden ermordet.« Rino faltete die Hände. »Das war ein Fehler.«

»Er war ein arroganter Schnösel«, sagte Hennum.

Svendsbråten schickte ihm einen tödlichen Blick.

»Ups«, sagte Hennum und hielt die Hand vor den Mund.

»Er war ein harmloser alter Mann«, sagte Rino.

»Er hat einen Freund von uns getötet«, sagte Hennum. »Und meine Katze.«

Rino bekam eine Zuckung unter dem linken Auge, aber keiner der beiden sah es.

»Ihr habt den falschen Mann umgebracht«, sagte Rino.

»Wir haben uns nur gerächt«, sagte Svendsbråten. »Das wird doch wohl noch erlaubt sein.«

»Hast du nicht gehört, was ich gesagt habe? Professor Gilbert hat keiner Fliege etwas zuleide getan. Auch keiner Katze, und erst recht nicht eurem Kumpan.«

»Wer war es dann?«, fragte Hennum. Er versuchte, Rino in Grund und Boden zu starren, aber seine Augen wurden feucht, und er musste den Blick abwenden.

»Ich war es«, sagte Rino.

Svendsbråten trank einen Schluck Cava und schnalzte mit der Zunge. Er wirkte keineswegs überrascht.

»Und der Hecht im Briefkasten?«, fragte Hennum.

»Ich«, sagte Rino.

»Das Fangeisen?«

»Jep.«

»Die Fallgrube?«

»Ja, ja.«

»Und meine Katze?«, piepste Hennum. »Billie?«

»Tut mir leid«, sagte Rino.

»Du bist ja pervers«, sagte Hennum weinerlich.

»Nein«, sagte Rino. »Ich bin ein ganz normaler Mensch, der versucht, moralisch zu handeln.«

»Du tötest Katzen und Hunde und Menschen, aber den Wolf willst du retten?« Svendsbråten stieß sein helles Gegacker aus, ohne eine Miene zu verziehen. »Wo liegt da die Logik?«

Rino sah Loke an, der leise knurrte.

»Schöner Hund. Welche Rasse ist das?«

»Finnischer Laufhund«, sagte Svendsbråten.

»Er scheint mich nicht sonderlich zu mögen.«

»Du machst ihn nervös.« Svendsbråten bückte sich und streichelte Lokes Rücken. »Er wurde als Welpe misshandelt.«

»Das ist traurig«, sagte Rino.

»Loke ist sehr empfindlich«, sagte Svendsbråten. »Er trägt die Last der Welt auf den Schultern, gewissermaßen.«

Rino erhob sich langsam, setzte die Sonnenbrille auf, schob den Stuhl wieder an den Tisch und stützte sich auf die Lehne.

»Ich habe einen Ratschlag für euch beide.«

Svendsbråten schob den Brustkorb vor.

»Jetzt bin ich aber gespannt.«

»Lebt jeden Tag, als wäre es euer letzter.«

»Warum?«, fragte Hennum.

»Weil es vielleicht irgendwann so ist.«

»War das eine Drohung?«, fragte Svendsbråten.

»Ja«, sagte Rino. »An eurer Stelle würde ich nachts die Tür verriegeln.« Er sah Hennum an. »Vielleicht würde ich sogar die Mauser unters Kopfkissen legen.«

34

In dieser Nacht lag Leo wach. Er schwitzte und wälzte sich hin und her, an Schlaf war nicht zu denken.

Er hatte den ganzen Tag nach Rino gesucht, der nicht auf seine Anrufe antwortete, obwohl er ihm die Nummer gegeben hatte. Mehrere Stunden hatte er vergeblich in Rinos Lager bei Bjørnmyra gesessen und gewartet.

Lastwagen brausten auf dem Weg von und nach Trondheim und Nordnorwegen vorbei, Regenschauer kamen und gingen, ein Hund kläffte unaufhörlich.

Emma Vase hatte ihn angerufen und von Professor Gilbert und dem Überläufer Balder Brekke erzählt und dass sie mit Rino gesprochen hatte. Leo war nicht sonderlich überrascht gewesen, nur traurig.

Gilbert war vermutlich tot, entnommen wie seine geliebten Wölfe, und das würde Rino nie verzeihen.

Warum hatten sie den Professor ermordet? War es Rache, und wenn ja, wofür?

In den Wäldern Norwegens eskalierte die Gewalt.

Sollte er Tomteberget anrufen und von Rino erzählen? Oder heimfahren, sich in seiner Höhle verstecken und sowohl die Verrückten als auch die Wölfe sich selbst überlassen? Sollte er Rino helfen?

Das Laub der Bäume vor dem offenen Fenster raschelte im Wind, ein endloser Güterzug fuhr auf nassen Schienen durch Elverum.

Als er um sechs Uhr aufwachte, nach nur einer Stunde im Nebel zwischen Traum und Wirklichkeit, wusste er genau, was er zu tun hatte.

Er stand auf, schaltete den Fernseher ein und wählte den Nachrichtenkanal. Auf die wenigen internationalen Meldungen folgte ein Interview vor dem Parlament mit dem Vorsitzenden der Zentrumspartei.

Reporter: »Wie reagiert die Zentrumspartei auf die aktuelle Entwicklung in Elverum?«

Trygve Slagsvold Vedum: »Die Menschen in Elverum haben Angst um ihr Leben. Das darf nicht sein. Die Politiker in der Hauptstadt müssen Rücksicht auf die Landbevölkerung nehmen.«

Reporter: »Bedeutet das die Entnahme aller Wölfe auf norwegischer Seite?«

Vedum: »Das hoffen wir.« Kurzes Grinsen. »Die Menschen auf dem Land dürfen nicht in Angst und Schrecken leben.«

Zurück ins Studio: »Die Polizei in Elverum bestätigt inzwischen, dass der am Dienstag tot aufgefundene Mann von Wölfen getötet wurde und dass es sich um dasselbe Rudel handelt, das am 25. August Phung Johansen aus Drammen tötete. Die Polizei enthüllte auch, dass der Mann an Händen und Füßen an den Boden gefesselt war, als man ihn fand.«

Schnitt zu Polizeichef Tomteberget. Er machte sich gut mit seinem eckigen Bart und der Polizeimütze, blickte direkt in die Kamera und redete wie eine Maschine.

»Wir fordern die Bürger von Elverum auf, sich nicht

unnötig im Freien aufzuhalten. Beachten Sie die Verhaltensregeln, gehen Sie nicht allein in den Wald.«

»Glaubt die Polizei, dass es sich um ein Verbrechen handelt?«

»Zum jetzigen Zeitpunkt können wir das nicht ausschließen.«

Um halb sieben zog Leo sich an und ging die Linoleumtreppe hinunter ins Restaurant, das bereits voll mit sensationsgeilen Reportern war. Nach einem leichten Frühstück – Obst, Joghurt, Saft und Kaffee – ging er in den Fitnessraum im Keller und drehte eine Runde auf allen Apparaten. Er begann langsam mit geringer Belastung und steigerte sich schrittweise, bis er sich so anstrengte, dass er an nichts anderes mehr dachte. Dann begab er sich auf die Matte und machte Liegestützen und Sit-ups. Er fühlte das Blut in die Muskeln strömen und wie mies seine Kondition war. Aber er war auf dem Weg, es war ein Anfang.

Nachdem er die Serie durchgezogen hatte, ruhte er sich mit einem Handtuch über den Schultern auf einem niedrigen Stuhl aus und atmete tief ein und aus. In diesem Moment kam der Journalist der *Nationen* herein. Er trug enge schwarze Shorts, die wie eine Unterhose aussahen, ein gelbes Unterhemd, Flip-Flops und ein weißes Stirnband. Er ging direkt zu dem schwarzen Boxsack, der von der Decke hing, und hämmerte trippelnd und tänzelnd mit baren Fäusten darauf ein. Leo versuchte vergeblich, sich mit dem Handtuch über dem Kopf an ihm vorbeizuschleichen.

»Oh, hallo!«, sagte der Journalist.

»Hallihallo«, murmelte Leo.

Er zeigte auf Leos Füße, während er weitertänzelte.

»Du weißt schon, dass Masai-Schuhe nur ein Gimmick sind? Sie haben überhaupt keinen Effekt.«

»Das wusste ich nicht«, sagte Leo.

»Hollywood-Stars haben sie getragen, weil sie dachten, sie würden ihre Verbrennungswerte erhöhen und die Bein- und Pomuskulatur stärken. Physiotherapeuten haben sie empfohlen, weil sie einen ›natürlichen Gang‹ simulieren und Rückenschmerzen vorbeugen sollen.« Zwei rasche Anführungszeichen. »Eine neue englische Studie hat jedoch bewiesen, dass Masai-Schuhe nicht den geringsten Effekt haben, eher im Gegenteil. *Sorry.*«

»Danke für die Aufklärung.« Leo ging in den Umkleideraum und zog die Sportklamotten aus.

Allein, nackt, den weißen Bademantel über dem Arm, den Kulturbeutel in der Hand, eiskalte Fliesen unter den Füßen.

Siri hatte viel Sport getrieben, als sie jünger war. Fußball und Tanz, jeden Tag etwas anderes. Mit etwas mehr Ehrgeiz und Leidenschaft hätte sie sicher an etlichen Turnieren teilnehmen und vielleicht sogar eine sportliche Laufbahn einschlagen können.

Er sah sich in dem Spiegel, der auf der anderen Seite des Raumes hing. Wem wollte er etwas vormachen? In Wahrheit dachte er immer nur zuerst an sich selbst.

Er zog das Glas Rivotril aus dem Kulturbeutel und schüttelte es wie ein Rhythmusinstrument aus einer fremden Kultur. Dann nahm er eine Pille heraus und starrte sie eine Weile an. So klein, so wirksam, eine fantastische Erfindung, Medizin von ihrer besten Seite. Er leerte das Glas in die hohle Hand, 48 Stück, dann ging er fest entschlossen zur Toilette, warf alle hinein und spülte sie hinunter.

Als er nach einer kurzen Dusche barfuß über den blauen Teppichboden auf dem Flur ging, klingelte sein Telefon. Es war Polizeichef Tomteberget.

»Sind Sie noch in Elverum?«

Leo zögerte einen Augenblick.

»Ich war zwischendurch zuhause, aber jetzt bin ich wieder hier.«

»Wroldsen behauptet, sie hätte Sie gestern vor dem Burger-Restaurant gesehen.«

»Gut möglich. Ich wohne im Scandic Elgstua.«

»Wenn schon, denn schon«, sagte der Polizeichef.

»Das Beste ist gerade gut genug für mich«, antwortete Leo.

Kurze Pause.

»Warum sind Sie zurückgekommen?«, fragte Tomteberget.

»Zum Herbstfischen. Äsche in der Glomma.«

Etwas Besseres fiel ihm auf die Schnelle nicht ein.

»Sie sind Fliegenfischer?«

»Ich war es einmal.« Er lehnte sich an die Wand. »Und jetzt habe ich beschlossen, wieder anzufangen.«

Keine Antwort von Tomteberget, als würde er auf etwas warten, vielleicht ein Geständnis.

»Gestern habe ich eine vierhundert Gramm schwere gefangen«, sagte Leo.

»Gratuliere!«, sagte Tomteberget grinsend. »Haben Sie heute schon Zeitung gelesen?«

»Nein. Aber ich habe Sie im Fernsehen gesehen.«

»Ja? Wie habe ich mich geschlagen?«

»Sehr gut. Autoritativ und verantwortungsvoll.«

»Ich würde gern noch einmal mit Ihrem Freund reden.«

Leo bemerkte die subtile Veränderung im Tonfall des Polizeichefs.

»Even?« Leos Herz klopfte. Er dachte an all die schönen Pillen, die er ins Klo gespült hatte. »Ich habe nichts mehr von ihm gehört, seit ich ihn bei euch rausgeholt habe.«

Er hörte selbst, was für ein schlechter Lügner er war.

»Natürlich.« Pause. »Ich hatte ein langes und gutes Gespräch mit Forschungsassistent Balder Brekke. Er hat mir eine schlimme Geschichte erzählt.«

Leo sank mit dem Rücken zur Wand auf den Teppich und winkelte die Beine an.

»Ja, und?«

»Er sagte, ihr Freund habe gesehen, was mit Phung Johansen und dem Jungen geschah, und dass es *keine* Wölfe waren, die die Frau getötet haben.«

»Jesses. Was war es dann?«

»Zum Töten abgerichtete Wolfhunde. Hat er Ihnen das auch erzählt?«

»Kein Wort.«

»Wissen Sie was?« Er zögerte es hinaus. »Ich glaube, Balder Brekke sagt die Wahrheit.«

»Woher hat er das gewusst?«, fragte Leo.

»Er sagt, er habe Ihren Freund im Wald getroffen.«

Balder will Emma aus der Sache raushalten, dachte Leo. Er will das Mädchen schützen, der gute Junge.

»Was hat das zu bedeuten?«, fragte er.

»Das bedeutet, dass Ihr Freund eine Zeugenaussage machen könnte. Vielleicht ist er der Einzige, der dafür sorgen kann, dass die Drecksäcke verurteilt werden.«

»Jesses«, sagte Leo noch einmal, als hätte er nicht selbst daran gedacht.

»Ich vermute ja, Sie wussten es auch«, sagte Tomteberget. »Wahrscheinlich sind Sie deshalb hier.«

Leo antwortete nicht, ihm war schwindlig.

»Er sagte auch, es sei Even gewesen, der den Schweden am Boden gefesselt hat. Als eine Art Rache.«

Leo schwieg.

»Und jetzt ist auch noch Bjarne Gilbert verschwunden.«

»Der Wolfsprofessor?«

Leo spielte überrascht.

»Er ist wie vom Erdboden verschluckt.«

Leo wusste nicht, was er sagen sollte. Ob er log oder die Wahrheit sagte, konnte alles entscheiden, also hielt er den Mund.

»Sie haben vor ein paar Tagen mit Gilbert im Traktøren zu Abend gegessen.«

»Das stimmt.«

»Kennen Sie ihn?«

»Nein.«

»Was hatten Sie miteinander zu besprechen?«

»Er hatte ein paar juridische Fragen, was Wölfe angeht.«

»*Juridische Fragen, was Wölfe angeht*?«, wiederholte Tomteberget. »Balder und ich befürchten, dass Gilbert etwas Ernsthaftes zugestoßen ist.«

»Wie meinen Sie das?«

»Ich weiß es nicht. Was glauben Sie?«

»Jetzt ist die Kacke am Dampfen«, sagte Leo, merkte aber sofort, wie unpassend seine Worte waren.

»Ich glaube, Ihr Freund hat den Schweden gefesselt. Als Rache für Phung Johansen.«

»Das kann ich nicht …«

»Wie gut kennen Sie ›Even‹?«

»Nicht besonders gut.«

»Wie haben Sie ihn kennengelernt?«

»Er hat mir einmal das Leben gerettet, vor vielen Jahren.«

»Wie heißt er wirklich?«

Leo hielt dicht, sein Kopf arbeitete auf Hochtouren, aber er konnte seine Gedanken nicht sammeln.

»Sie wissen, dass ich Sie jederzeit als Zeugen vorladen kann? Und Sie wissen, dass es strafbar ist, unter Eid zu lügen.«

»Ich bin Anwalt«, sagte Leo. »Ich kenne die Gesetze.«

»Jetzt, Leo Vangen, haben Sie die Chance, uns zu helfen. Jetzt oder nie.«

»Ich weiß wirklich nicht, wo er ist, tut mir leid.«, sagte Leo und tippte auf das rote Telefon-Icon auf dem Display.

35

Vizebürgermeister Viggo Hennum wachte auf, weil jemand an die Tür hämmerte. Er sah auf seine Swatch. Viertel vor neun. War es Samstag oder Sonntag? Er wusste es nicht. Wer zum Teufel störte ihn zu einer so unchristlichen Zeit?

Seit der Untat in Kråkmyra und der Begegnung mit dem wilden Mann im Tiuren Kro hatte er fast kein Auge zugetan. Ständig wachte er auf und sah den Kerl mit einer Flinte in der Hand in seinem Schlafzimmer stehen, oft zusammen mit Bjarne Gilbert. Es dauerte immer länger, bis er begriff, dass es nur ein Traum war. Wenn er versuchte einzuschlafen, stürzten die Gedanken auf ihn ein, und sein Kopf schien zu platzen. Gestern Abend hatte er nach drei Stunden vergeblichen Herumwälzens im Wodkarausch drei von Lindas grünen Schlaftabletten genommen und sich im Keller aufs Sofa gelegt.

Lars-Erik Bale – oder wie immer er hieß – ging nicht ans Telefon und beantwortete seine Nachrichten nicht. Er war wie vom Erdboden verschluckt.

Ihm war ziemlich übel, als er sich in einer blauen, mit weißen Elefanten bedruckten Seidenunterhose aus Thailand, einem gelben Unterhemd und der schwarz-weiß gestreiften Schlafmaske auf der Stirn die Treppe hinaufschleppte. Vielleicht war es nur der Nachbar, der sich beschweren wollte, weil sein Rasensprenger die ganze Zeit lief. Doch dann sah er die roten und blauen Blinklichter, und das Blut schoss ihm in den Kopf. Sein Herz klopfte wie der Dieselmotor eines alten Kutters, und der wachsende Kloß im Hals bremste den Atemfluss. Als er die Tür öffnete und sich demonstrativ den Schlaf aus den Augen rieb, sah er Polizeichef Tomteberget und Polizeimeisterin Wroldsen neben zwei gestriegelten Typen in Jeans und Blazer, wahrscheinlich irgendwelche Affen von der Kripo.

Als Tomteberget höflich grüßte und ihn fragte, ob er wisse, wo sich Professor Gilbert befinde und warum in seinem Apfelbaum fünf wolfsähnliche, stinkende Hunde hingen, hatte er keine passende Antwort parat.

Sein Blick flackerte zwischen den vier Personen vor der Tür und den fünf großen Tieren, die an den Ästen baumelten und in der kühlen Morgenbrise schaukelten. Er versuchte, überrascht auszusehen, obwohl er es eigentlich nicht war. Er wusste überhaupt nicht mehr, was er war. Als Tomteberget ihm auch noch ein iPhone mit einem verblüffend scharfen Bild von ihm, Svendsbråten, dem Schweden und den fünf Wolfhunden zeigte, ging es mit Viggo Hennum durch. Mit weit aufgerissenen Augen starrte er auf die Hundekadaver, und das Einzige, was ihm einfiel, war sein Lieblingslied von Billie Holiday. Hell und leise begann er zu singen:

Southern trees bear a strange fruit,
Blood on the leaves and blood at the root,
Black body swinging in the Southern breeze,
Strange fruit hanging from the poplar trees.

Tomteberget runzelte die Stirn, verschränkte die Arme und betrachtete den Mann, der vor seinen Augen zusammenbrach, mit einer Mischung aus Mitleid und Verachtung. Wroldsen schaute bekümmert drein, die zwei Kriminalpolizisten aus Oslo grinsten vor sich hin. Hennum wusste, dass das Lied von der Lynchjustiz an Schwarzen in den amerikanischen Südstaaten handelte, trotzdem fand er Trost in der Musik und fuhr lauter fort:

Pastoral scene of the gallant South,
The bulging eyes and the twisted mouth,
Scent of magnolias sweet and fresh,
And the sudden smell of burning flesh.

Der verwirrte Mann würde nicht flüchten, Tomteberget ließ ihn gewähren. Hennum ging zur Version von Nina Simone über, die ihm noch besser gefiel, weil sie intensiver war.

Here is a fruit for the crows to pluck,
For the rain to gather, for the wind to suck,
For the sun to rot, for the tree to drop,
Here is a strange and bitter crop.

Das Lied war fertig, Viggo buchstäblich am Ende. Er drehte sich um. Da stand Linda im Bademantel, mit einem Handtuch um den Kopf und einer Zigarette in der Hand und sah ihn kopfschüttelnd an. Viggo brach in Tränen aus, seine Lippen zitterten, die Gesichtsmuskeln zuckten, und die Halsschlagader pochte sichtbar. Er fiel auf die Knie und streckte die gefalteten Hände in die Luft. »Die anderen waren es! Sie haben den Schweden dafür bezahlt, seine Meute auf die Alte zu hetzen. Ich habe alles getan, was in meiner Macht lag, um sie aufzuhalten.«

Vor dem Zaun hatten sich ungefähr zehn Nachbarn versammelt, um die merkwürdige Szene zu beobachten, die sich vor Hennums Haus abspielte. Viele hielten Telefone in der Hand und filmten oder fotografierten.

Hennum verbarg das Gesicht in den Händen.

»Und sie haben auch Gilbert abgemurkst!«

»Wen meinst du mit ›sie‹?«, fragte Tomteberget.

Hennum ließ die Arme hängen, schniefte und sah dem Polizeichef in die Augen.

»Erik Svendsbråten und Trym Kojedal. Wer sonst?«

Während Hennum dem Polizeichef und den beiden Kripo-Beamten Lügen auftischte, um seine Haut zu retten und Bürgermeister Kojedal mit sich in den Abgrund zu ziehen, wachte Lars-Erik Bale allein unter der Daunendecke in dem kleinen, rot gestrichenen Haus tief im Wald auf. Er setzte sich auf und tastete im Dunkeln nach Loke, der immer dicht neben ihm schlief, aber der Hund war verschwunden.

Er knipste die Nachttischlampe an, schlug die Decke zur Seite und sprang auf die Beine. Splitternackt und mit Morgenerektion stolzierte er auf die Veranda, um zu sehen, ob Loke vielleicht durch die Klappe in der Tür rausgeschlichen war. Auch das Schaffell in der Ecke, sonst Lokes fester Platz, war leer. Vielleicht hatte er sich draußen unter den Campingtisch gelegt, was er manchmal tat, wenn er seine Ruhe haben wollte. Da erblickte Bale den gelben Zettel, der mit einer Reißzwecke an der Wand befestigt war.

Er holte seine Lesebrille, setzte sie auf die Nase und studierte den Zettel. Die Erektion war längst Geschichte, als er laut las: »Um sechs Uhr bei Grytmyra. Komm allein, sonst stirbt der Hund. Gruß, Rino G.«

Er wippte mit dem Kopf wie ein Komodowaran, die Sehnen an seinem Hals waren wie Stahldrähte, die Wangenmuskeln wie Kiesel unter der glatten Haut. Eine Weile starrte er ins Leere, dann packte er einen verrosteten Schraubenschlüssel, der auf dem Verandatisch lag und warf ihn mit voller Wucht durchs Schlafzimmerfenster. Die Scherben verteilten sich über sein Bett, und er zischte wie ein Geschöpf, das nicht zu dieser Welt gehört.

36

Später am selben Tag spazierte Leo im Nieselregen auf dem Parkplatz vor dem Hamburger-Restaurant auf und ab und kaute an einem Elchburger mit Relish und Salat, das Gesündeste, was er auf der Speisekarte gefunden hatte.

Keine Chemie im System, zum ersten Mal seit über zwei Monaten. Seine Hände zitterten leicht, eine Art Endzeitstimmung beschlich ihn. Es half, sich in Bewegung zu halten.

Er legte den halb aufgegessenen Burger auf einen der Holztische im Freien, zog das Handy aus der Jacke und wählte Rino Gulliksens Nummer.

»Da bist du ja endlich«, sagte Rino. »Ich habe auf deinen Anruf gewartet.«

Er war außer Atem, bei irgendeiner schweren Arbeit, es klang, als würde er graben.

»Was machst du?«, fragte Leo.

»Das willst du nicht wissen«, sagte Rino.

Da hatte er völlig recht.

»Du hast von Gilbert gehört?«

Rino hielt mit der Arbeit ein und atmete fest aus. »Das ist meine Schuld.« Eine Pause. »Ich habe ihn getötet.«

Leo verstand nicht, was er meinte, und fragte, warum er glaube, es sei seine Schuld.

»Die Idioten dachten, Gilbert hätte den Schweden umgebracht«, sagte Rino.

Natürlich, dachte Leo. Sie hatten dem Professor die Schuld für alles gegeben, somit war Rino indirekt für den Tod seines großen Helden verantwortlich.

»Wie kommst du darauf?«, fragte Leo.

»Sie haben es mir selbst gesagt.«

»Was? Du hast mit ihnen geredet?«

»Wir haben uns in einem gemütlichen Café im Zentrum getroffen, ein Glas Cava zusammen getrunken und uns nett unterhalten.«

»Warum in aller Welt hast du das getan?«

»Ich wollte ihnen in die Augen sehen.« Rino grub weiter. »Und sie darauf aufmerksam machen, dass sie nicht davonkommen werden.«

»Siehst du jetzt, was geschieht, wenn du Menschen tötest?« Leo konnte sich nicht zurückhalten. »Wenn du den Schweden in Ruhe gelassen hättest, wäre Gilbert noch am Leben.«

Rino antwortete nicht und grub weiter.

Leo bereute seinen harten Ton. Er erzählte Rino von seinem Gespräch mit Tomteberget und von dem untreuen Forschungsassistenten, der dem Polizisten alles über »sein« Treffen mit dem wilden Even im Wald gesagt hatte.

»Er will also Emma beschützen und sie aus der Sache raushalten«, sagte Rino.

»Sieht so aus«, sagte Leo.

»Und Tomteberget weiß noch immer nicht, wer Even ist?«

»Nein. Er weiß nur, dass der exzentrische Typ, der den Jungen gebracht hat, sich auf dem Kriegspfad gegen die

Wolfsjäger befindet.« Leo nahm den Rest des Elchburgers, biss ein Stück ab und redete mit vollem Mund weiter: »Tomteberget wird dich mit allen Leuten, die er kriegen kann, suchen. Ich glaube, es ist höchste Zeit, aus Elverum zu verschwinden.«

Rino antwortete nicht. Er grub nur weiter. Leo sah ihn vor sich, mit nacktem Oberkörper im Regen und einem Spaten in der Hand, das Handy zwischen Kinn und Schulter geklemmt.

»Hast du die *Østlendingen* von heute im Netz gelesen?«, fragte Leo.

»Ich lese keine Lokalzeitungen«, stöhnte Rino. »Die sind kostenpflichtig.«

»Heute Morgen haben sie Hennum verhaftet. Lustige Idee mit den Wolfhunden im Apfelbaum.«

»Danke«, sagte Rino außer Atem. »Ich habe Tomteberget auch ein paar Bilder geschickt, die ihm bestimmt helfen.«

»Dann ist der Wolf wohl rehabilitiert?«

»Sollte man meinen.« Rino hörte auf zu graben. »Und das ist trotz allem das Wichtigste.«

»Und was jetzt?« Leo ging zum Hotel zurück. »Hast du einen Plan?«

»Ich habe ein Rendezvous mit Lars-Erik.« Er hustete. »Wird Zeit, die Sache zu beenden.«

Leo hatte nichts anderes erwartet. Er fragte, ob er etwas tun könnte, um Rino umzustimmen, aber Rino antwortete: »Er hat Gilbert kaltblütig umgebracht und Phung Johansen an die Hunde verfüttert. Er verdient es nicht zu leben.«

»Er gehört ins Gefängnis«, sagte Leo ohne Überzeugung.

»Viggo Hennum gehört ins Gefängnis«, sagte Rino. »Lars-Erik Bale gehört woandershin.«

Leo hörte ein leises Kläffen und Winseln im Hintergrund. »Hast du dir einen Hund angeschafft?«

»Um die richtig großen und gefährlichen Biester zu fangen, braucht man Köder«, sagte Rino.

»Wo steckst du?«

»Das geht dich nichts an, Leonard. Fahr heim in die Stadt. Das ist nicht dein Krieg. Ich liebe dich trotzdem«, sagte Rino und beendete das Gespräch.

Leo starrte auf das Display, das voll kleiner Wassertropfen war. Es war zwei Uhr. Er aß den Rest des Elchburgers im Stehen, dann ging er auf sein Hotelzimmer, packte den Rollkoffer, ging zum letzten Mal die Linoleumtreppe hinunter, beglich seine Rechnung und verabschiedete sich von dem wohlduftenden Schweden. Auf dem Parkplatz ging er zur Ladestation für Elektroautos, packte das Ladekabel ein und setzte sich in den blauen Tesla.

37

Dunkelgraue Wolken hingen tief am Himmel, als Lars-Erik Bale in das verschlafene Dorf rollte. Sonntagnachmittag in Rena, die Straßen wie ausgestorben, winzige Regentropfen auf der Windschutzscheibe, kurze Schauer kamen und gingen. Das Unwetter hatte sie noch nicht getroffen, aber es war nur eine Frage der Zeit.

Er parkte den kohlschwarzen Toyota 4Runner vor der Holzvilla am Ortsrand, stieg aus und ging die Außentreppe zum ersten Stock hinauf. Dabei schaute er sich nach allen Seiten um und versicherte sich, dass niemand ihn gesehen hatte, bevor er klingelte.

Emma Vase öffnete die Tür im Slip und einem überdimensionalen Che-Guevara-T-Shirt und war sehr überrascht, einen Mann mit einem Revolver in der Hand zu sehen. Mit ruhiger Stimme forderte er sie auf, sich anzuziehen, und sagte, sie würden einen kleinen Ausflug machen.

Auf dem Weg nach Grytmyra, die linke Hand am Steuer und die antiquarische Waffe in der rechten, behielt er das verschreckte Mädchen mit den Pippi-Langstrumpf-Zöpfen im Auge. Sie saß auf dem Beifahrersitz und tat ihr Bestes, um tough und gleichgültig zu wirken.

Es war immer das Gleiche. Warum taten fast alle Menschen, als hätten sie keine Angst? Warum gaben sie nicht einfach zu, dass sie sich gleich in die Hose pissten?

»Wo fahren wir hin?«, fragte sie. »Was wollen Sie von mir?« »Wer sind Sie?« *Bla bla bla.* Dieselbe alte Leier. Er wollte nicht antworten, wollte ihr nichts geben, sondern sie zittern lassen. Er kannte sie nicht, hatte nichts persönlich gegen sie. Sie war für ihn nur ein Mittel, um zwei Ziele zu erreichen: Loke zurückzubekommen und sich an Rino Gulliksen zu rächen. Aber er verachtete alles an Menschen ihres Schlags, diesen reich geborenen, privilegierten Kindern der Oberklasse mit teurer Ausbildung, pseudo-linke Samariter, die mit einem Silberlöffel im Arsch geboren waren. Wie selbstverständlich schöpften sie die Sahne in den ärmsten Ländern der Welt ab. Sie taten, als kümmerten sie sich um Schwarze, aber in Wirklichkeit sahen sie auf sie herab.

Diese gebildeten, viel gereisten Herrenmenschen gehörten alle demselben Club an, von dem er auf Lebenszeit ausgeschlossen war. Mit Leuten wie ihm wollten sie nichts zu tun haben, aber sie überließen ihnen gerne die Dreckarbeit. Auch Bürgermeister Kojedal war so einer, er lud ihn nie ein und hatte nie persönlich mit ihm gesprochen, sondern hielt ihn auf Abstand.

Er spürte den Revolver in der Hand, ein Smith & Wesson No. 10, Kaliber .38, mit kobaltblauem Guttapercha-Schaft, den er einem schwedischen Neonazi für zweitausend schwedische Kronen abgekauft hatte. Er lag perfekt in der Hand, war aber schwer, weshalb er ihn auf die Kiste zwischen den Sitzen stützte.

Mit dem behaglichen Rentnerdasein in Østerdalen war es vorbei. Hennum würde plappern, das war der Preis, den man bezahlte, wenn man sich auf Schwächlinge einließ. Aber bevor er untertauchte, musste er Loke retten und Rino zeigen, wo der Hammer hing. Er hatte ein paar gute Jahre in Elverum verbracht, jetzt könnte er jederzeit zurück nach Angola oder in Oslo neu anfangen.

»Sie müssen das nicht tun«, piepste das Mädchen neben ihm.

»Was tun?«, fragte er und hatte ihre Nörgelei jetzt schon satt.

»Was Sie vorhaben.«

»Doch, muss ich«, sagte er. »Ich habe es mir selbst geschworen.«

»Was haben Sie vor?«

»Wieso sagst du, dass ich es nicht tun muss, wenn du gar nicht weißt, was ich vorhabe?«

»Weil Sie noch umkehren können.«

»Ich werde einen Mann töten.«

»Das dürfen Sie nicht.«

»Er hat meinen Hund gekidnappt.«

»Das ist doch nur ein Tier.«

Er hatte große Lust, sie auf der Stelle zu erschießen, aber er brauchte sie. Das Mädchen gab nicht auf, nervte ihn weiter mit Fragen. Glaubte sie ernsthaft, sie könne die Dinge noch wenden? Er legte den Revolver auf den Schoß, zog die Thermoskanne unter dem Sitz hervor, schraubte sie auf und schüttete sich einen Deziliter lauwarme Brühe in den Mund. Der Pfeffer war großzügig dosiert, er musste gut in Form sein.

Sollte er anhalten und der Göre zeigen, wer hier das Sagen hatte? Der Gedanke erregte ihn, aber er hatte es eilig. Alles zu seiner Zeit, jetzt ging es um Loke.

Er parkte am Ende des Waldwegs und stieg aus in den Wind und den Regen. Warum hatte er die tarnfarbene Decke nicht dabei, die er sonst bei Schlechtwetter zur Jagd mitnahm? In der rechten Hand hielt er den Revolver, in der linken die Thermoskanne. Er streckte die Nase in die Luft, sog den Duft von Nadelwald, Regen, feuchtem Moos und Moor ein. Der Geruch des nassen Waldes beruhigte ihn. Er ging ums Auto, befahl dem Mädchen auszusteigen, packte ihre Schulter und schob sie auf dem kaum sichtbaren Pfad vor sich her.

Rino hatte ihn nicht zum Reden hierherbestellt, so viel stand fest.

Er richtete den Revolver auf Emmas Hinterkopf und benutzte sie als Schutzschild.

Der Wind fegte von den Bergen herab durchs Tal, schüttelte Büsche und Bäume und wirbelte Blätter und Zweige durch die Luft. Der Regen peitschte ihm ins Gesicht wie feine Nadeln, graue Schleier zogen sich von den Wolken bis in die Baumwipfel, ein dunkler Deckel legte sich über das Moor. Das Mädchen wusste nicht, wie nah sie dem Tod gewesen war, und würde es nie erfahren. Einmal war er hier oben auf der Jagd gewesen. Er hatte ein Elchkalb angeschossen und es stundenlang verfolgt. Als es schließlich ins Heidekraut sank, hatte er ihm mit dem Samenmesser die Kehle durchgeschnitten und es auf den Schultern zehn Kilometer bis zum Auto getragen.

38

Er war so nahe, dass Emma seinen Schweiß und den Tabak in seinem Speichel roch. Sie roch die Fleischreste zwischen seinen Zähnen und die Brühe, die er unterwegs getrunken hatte. Sie sah seine wilden Augen, die dämliche Brille, den Pastorenbart, die Adlernase und die kleinen, runden Ohren. Sie fragte sich, wer unter der schwarzen Schiebermütze steckte. Als sie zum zwanzigsten Mal fragte, wohin sie unterwegs waren und wen sie treffen wollten, antwortete er endlich.

»Ich werde ein Schwein treffen.«

»Rino Gulliksen?«, fragte Emma.

Der Schwarzgekleidete antwortete nicht. Stattdessen pfiff er ein Lied, das Emma noch von Autofahrten mit ihren Eltern kannte. *New World in the Morning* von Roger Whittaker, dem weißen Liedermacher aus Kenia. Ihre Mutter war ein großer Fan von ihm gewesen.

Als sie das kleine Moor erreichten, das ungefähr so groß wie zwei Fußballfelder war, sahen sie den Hund. Er saß mitten auf der Lichtung, die mit rotbraunem Torf, gelbem Gras, Moltebeersträuchern und Wollgras bedeckt war, das sich im Wind bog. Er saß ganz still, wie eine ägyptische Anubis-Statue. Der exaltierte Kidnapper hörte auf zu pfeifen und trank einen Schluck Brühe. Er stieß Emma vor sich her und befahl ihr, schneller zu gehen.

Als sie sich dem Hund näherten, sah Emma, dass er ein dickes Halsband trug und an einen Pflock gekettet war, der tief in der Erde steckte. Das Tier erkannte sein Herrchen, sprang auf, fiepte und winselte und wedelte wild mit dem Schwanz. Es riss vergeblich an der Kette. Svendsbråten redete laut auf ihn ein.

»Ja, Wuffsemann, mein Junge, ich bin's, mein kleiner Loke.« Emma sah ihn an. Er hatte Tränen in den Augen, lächelte aber. Der professionelle Gewalttäter war am Boden zerstört wegen eines Hundes und gleichzeitig erleichtert, weil das Tier noch am Leben war.

Emmas Augen scannten die Umgebung. Keine Spur von Rino Gulliksen, nur Moor, Heide und nass glänzender Nadelwald, so weit das Auge reichte. Der Wind frischte auf, zerrte an ihren nassen Zöpfen und blies direkt durch die triefnasse Hose. Sie klapperte mit den Zähnen. Ihren Kidnapper, der nur ein dünnes, schwarzes Hemd trug, schien die Kälte nicht im Geringsten zu stören.

Als sie dicht bei dem Hund waren und der Schwarzgekleidete sich um Emma herumdrückte, um ihn loszubinden, während er »Komm zu Papa, Wuffsemann, komm zu Papa« flüsterte, gab der Boden unter ihnen nach.

Es ging so schnell, dass Emma nicht denken konnte. Der Boden verschwand einfach unter ihren Füßen, und sie spürte eine seltsame Mischung aus Todesangst und der Erleichterung, dem Griff des lallenden Psychopathen entkommen zu sein. Torf, Sand und nasse Erde spritzten durch die Luft, Dunkelheit umgab sie, bis sie weich auf dem Hintern landete.

Sie blieb kurz auf dem Rücken liegen, um nachzufühlen, ob sie unverletzt war. Sie hustete und spuckte, Mund und Nase waren voller Dreck. Sie rappelte sich auf und schüttelte den Kopf, um klar zu sehen. Ihre Schläfe pochte. Sie klopfte Sand und Erde von Bauch, Beinen und Armen und rieb sich Schlamm aus dem Gesicht. Sie befand sich in einer dunklen Grube, umgeben von drei Meter hohen, schwarzen Erdwänden.

Einen Augenblick lang dachte sie, sie sei allein dort unten, aber dann hörte sie einen gurgelnden Laut, warf sich herum und erblickte Svendsbråten. Er lag drei Meter von ihr entfernt auf dem Rücken, teilweise bedeckt von Erde und Torf und zielte mit dem Revolver auf sie. Sein Gesicht war schlammverkrustet, die Brille und die Thermoskanne waren verschwunden, aber die Schiebermütze saß fest auf seinem Kopf, wenn auch etwas schräg. Seine Augen funkelten wie Lämpchen im Halbdunkel. Als er sich aufrichtete, sah Emma, dass sein rechter Unterarm in einem grotesken Winkel herabhing. Er war unter dem Ellbogen gebrochen. Svendsbråten fluchte laut, fuchtelte mit der Waffe in der linken Hand und brüllte:

»Rino!«

Keine Antwort.

»Rino Gulliksen!«

Emma hörte Bellen und Winseln, und vor dem dunkelgrauen Himmel streckte Loke den Kopf über den Rand der Grube. Seine großen Ohren flatterten im Wind. Lebender Köder, dachte Emma. Wie in den alten Tagen eine Ziege in einer Wolfsfalle.

»Komm mit erhobenen Händen an den Rand, sonst blase ich ihr den Kopf weg!«, schrie Bale und spuckte Dreck.

»Und was geschieht dann?« Rino Gulliksen stand am Rand der Grube, aber sie konnten ihn nicht sehen. Emma sah den flügellahmen Gewalttäter an, der mit dem Revolver gestikulierte und ihr signalisierte, im Schlamm niederzuknien.

»Dann stirbt der Hund«, sagte Rino ruhig und beherrscht. »Und dann stirbst du.«

Emma konnte ihn kaum hören, weil der kläffende Hund, der heulende Wind und der prasselnde Regen ihn übertönten.

»Sieht aus, als wäre die Situation festgefahren«, brüllte Svendsbråten geifernd und sah ein, dass es keine gute Idee war, seine Geisel zu töten.

»Warum hast du das Mädchen mitgebracht?«, fragte Rino. »Das war nicht ausgemacht.«

Svendsbråten gackerte und wischte sich mit der Revolverhand den Rotz von der Oberlippe.

»Hast du wirklich geglaubt, ich würde mit leeren Händen kommen?«

»Ich habe gehofft, dein aufgeblasenes Ego würde dich ins Verderben locken.«

»Das Leben des Mädchens ist mehr wert als das eines Hundes!«

Er schrie, um die grausame Natur zu übertönen.

Rino zeigte sich. Er hatte den gelben Südwester unter dem Kinn festgebunden. Sein Oberkörper war mit einem schwarzen Müllsack drapiert. In einer Hand hielt er eine abgesägte Flinte.

»Hei, Emma«, sagte er und lächelte.

Emma versuchte, das Lächeln zu erwidern, was ihr nicht gelang, weil Svendsbråten den Revolver an ihre Schläfe presste.

»Jeder weiß, dass ein Menschenleben mehr wert ist als ein Tierleben«, argumentierte Svendsbråten.

»Nicht nach Peter Singer.«

»Wer zum Teufel …?«

»Ich weiß, dass Loke dein einziger Freund ist«, sagte Rino seelenruhig.

Svendsbråten versuchte, höhnisch zu lachen, doch es blieb ihm im Hals stecken, als er sah, dass sich der Hund an Rinos Beine schmiegte. Er hatte einen neuen Freund gefunden, bellte nicht mehr und wedelte mit dem Schwanz. Rino bückte sich und streichelte ihm über den Kopf.

»Ist er böse zu dir, Wuffsemann?«, sagte Svendsbråten mit kindlicher Stimme und schlecht verborgener Eifersucht. »Papa kommt gleich und rettet dich.«

»Jesses«, sagte Rino. »Was ist mit deinem Arm passiert?«

Svendsbråten starrte auf seinen Unterarm, der wie das Pendel einer Standuhr hin und her schwang, als gehörte er nicht zu ihm.

»Ich habe einen Vorschlag«, sagte er und stieß das lose Körperteil mit dem Revolver an. »Du holst eine Leiter und kommst runter, dann sind wir alle im selben Boot. Ich verlasse die Grube, nehme meinen Hund und verschwinde aus deinem Leben.«

Rino antwortete nicht, er stand nur da und sah in die Grube.

»Du musst dich entscheiden!«, brüllte Svendsbråten.

Er drückte den Revolver so fest an Emmas Stirn, dass sie den Kopf nach hinten neigen musste. Starr vor Schreck sah sie Rino an, der sie in dem flatternden Müllsackponcho an einen Teufelsrochen erinnerte. In ihrer Kindheit hatte sie ein halbes Jahr auf Tobago gelebt, wo sie einen Rochen mit sechs Meter Spannweite aus dem Wasser springen und wie ein Riesenvogel zwanzig Meter durch die Luft schweben sehen hatte. Für den Bruchteil einer Sekunde war ihr bewusst, wie privilegiert ihr Leben gewesen war, und doch war es viel zu früh, es schon zu verlassen. Während sie dies dachte, registrierte sie, dass Rino ganz kurz den Kopf hob und ein Lächeln andeutete, ehe er aus ihrem Blickfeld entschwand. Sie hörten, dass er den Hund von der Kette befreite. Gleich darauf stand er mit dem winselnden Tier unter dem Arm wieder am Rand der Grube, atmete tief ein und sprang.

Er landete geschmeidig wie eine Katze, ließ den Hund los, rollte sich ab und sprang sofort wieder auf die Beine.

Emma sah ihn schockiert an. Was in aller Welt hatte er vor?

Svendsbråten ging in die Knie und umarmte den Hund mit dem schlaffen gebrochenen Arm. Er rieb seine Nase an Lokes feuchter Schnauze und versuchte vergeblich, seinen Liebling mit der rechten Hand zu streicheln. Es sah jämmerlich aus.

Emma sah Rino vorwurfsvoll an, er zwinkerte ihr zu.

»Du hast die Leiter vergessen«, sagte der Gewalttäter und richtete sich auf.

»Wirklich?«, sagte Rino.

»Was machen wir jetzt?«

»Du hast den Revolver.«

»Ich habe über deine Schalentiermetapher nachgedacht.« Svendsbråten fuchtelte mit dem Revolver und bedeutete Rino, dass er sich neben Emma in den Schlamm knien sollte. »Ich verstehe sie immer noch nicht.«

»Du musst was mit deinem Arm tun«, sagte Rino.

»Das ist nichts«, sagte Svendsbråten und hob die Thermosflasche mit der Revolverhand auf. Er hielt sie zwischen den Beinen fest, schraubte sie auf und trank einen großen Schluck.

»Was verstehst du an der Metapher nicht?«, sagte Rino.

»Bist du der Hummer und ich der Taschenkrebs?«

»Das kannst du selbst entscheiden.«

»Was soll das heißen?« Svendsbråten verzog das Gesicht. »Selbst entscheiden?«

»Ist mir einfach so eingefallen«, sagte Rino.

»Soll das heißen, dass ich meine kostbare Zeit damit verschwendet habe?«

Rino zuckte mit den Schultern.

»Sieht ganz so aus.«

Svendsbråten räusperte sich und spuckte einen Schleimklumpen in den Matsch.

»Legt die Hände hinter den Nacken.«

»Was soll das, Lars-Erik?«, sagte Rino. »Willst du uns hinrichten?«

Emma verstand nicht, warum Rino ihn Lars-Erik nannte, überhaupt verstand sie vieles nicht, zum Beispiel, warum Rino in die Grube gesprungen war.

»Warum bist du in die Grube gesprungen?«, fragte Svendsbråten. »Es stand doch unentschieden?«

»Manchmal tut man Dinge, die man erst hinterher erklären kann«, sagte Rino.

Svendsbråten lachte und fuchtelte mit dem Revolver. Der Hund schmiegte sich an seine Beine. Er bückte sich und streichelte ihm durchs nasse Fell. »Dinge, die man hinterher *nicht* erklären kann«, sagte er hofierend. »Das meintest du doch, oder? Dinge, die man *nicht* erklären kann.«

Rino sagte nichts.

Emma zitterte wie Espenlaub, aber sie wandte den Blick nicht von dem Gewalttäter ab. Sie wollte stark sein, doch ihre Augen waren feucht. Gut, dass der Østerdalsregen die Tränen abwäscht, dachte sie. Sie gönnte dem Schurken nicht die Genugtuung, sie weinen zu sehen. Sie hatte sich damit abgefunden, dass sie sterben musste. Der brutale schwarz gekleidete Kerl war anders als alle anderen Menschen, die sie in ihrem Leben kennengelernt hatte. Eine Sekunde lang überlegte sie, ob sie sich aus purer Verzweiflung auf ihn stürzen und versuchen sollte, ihn zu überwältigen. Sie hatte sich immer gefragt, warum sich Menschen bei Hinrichtungen, die sie in Filmen gesehen hatte, oft so passiv verhielten. Juden in Konzentrationslagern, Sklaven in den Südstaaten, Urvölker im Amazonas – warum versuchten sie nicht zu fliehen? Warum ließen sie sich einfach niedermähen? Sie hatten doch nichts mehr zu verlieren. Aber jetzt fühlten ihre eigenen Beine sich nutzlos an, alle Energie und jeder Überlebensinstinkt waren aus ihrem Körper gewichen. Sie schämte sich, weil sie immer von sich gedacht hatte, in einer solchen Lage bis zum letzten Atemzug zu kämpfen.

Svendsbråten genoss offenbar den Moment, sein Gesichtsausdruck zeugte von Triumph und tiefster Befriedigung, bis zu dem Augenblick, als ein kleiner Gegenstand durch sein klatschnasses, schwarzes Hemd drang. Ungläubig starrte er den Fremdkörper zwischen Nabel und Brustkorb an und sank auf die Knie.

Emma hatte diesen Gegenstand vor nicht allzu langer Zeit in Rinos Lager gesehen, es war eine seiner Retro-Pfeilspitzen aus Obsidian.

Svendsbråten ließ die Arme sinken, der Revolver glitt ihm

aus der Hand und fiel in den Matsch. Mit der linken Hand griff er nach der Spitze und versuchte, sie zurückzudrücken, aber sie bewegte sich keinen Millimeter. Dann tastete er am Rücken nach dem Pfeilschaft und versuchte, den Pfeil so herauszuziehen. Er fluchte laut, der lose herunterhängende rechte Unterarm gehorchte ihm nicht. Er sah aus wie ein gestrandeter Tintenfisch.

Emma betrachtete fasziniert die zappelnde, geifernde Gestalt, die vor ihr im Dreck kniete. Er murmelte etwas in einer Sprache, die sie nie gehört hatte, starrte in den Himmel, als wolle er mit jemandem dort oben kommunizieren, bis die großen schwarzen Pupillen im Schädel verschwanden. Dann kippte er vornüber und blieb mit dem Gesicht im Schlamm liegen.

Am Rand der Grube kam eine andere Gestalt zum Vorschein, mit einem großen Bogen in der Hand und Pfeilköcher auf dem Rücken. Es war Rinos Wikingerbogen aus Eibe, auf den er so stolz war. Obwohl das Gesicht des Schützen halb unter einem hellblauen Südwester verborgen war, erkannte sie ihn. Leo Vangen schaute mit großen, verwunderten Augen in die Grube, als wüsste er nicht, was er getan hatte, und wartete auf eine Schelte.

»Das war höchste Zeit«, sagte Rino und stand auf. »Warum hast du so lange gewartet?«

Leo sagte nichts und starrte weiter auf die leblose Gestalt am Boden der Grube. Der Regen und der Wind hatten nachgelassen, es nieselte. Der Hund winselte und fiepte, er wedelte mit dem Schwanz und ging zu seinem Herrchen. Irgendetwas stimmte nicht, das begriff er. Er schnüffelte an Bales Hinterkopf, dann hob er ein Hinterbein und pisste ihm auf den Rücken.

»Ich hatte keine Wahl«, sagte Leo und ließ den Bogen fallen.

»Toller neuer Hut!«, sagte Rino.

»Danke«, sagte Leo.

»Genau das habe ich versucht, dir zu erklären.«, sagte Rino. »Manchmal hat man einfach keine Wahl.«

»Du hast uns das Leben gerettet«, sagte Emma.

»Ich hatte keine Wahl«, wiederholte Leo und starrte weiter auf Bale, den Pfeil und die Schlammpfütze, die sich langsam rot färbte.

Rino bückte sich und legte einen Finger auf Bales Halsschlagader.

»Ist er tot?«, fragte Leo.

»Tot wie ein Fisch«, sagte Rino.

»Glaubst du, er hätte es getan?«, fragte Leo und wischte sich Wasser aus dem Gesicht.

»Was?«, fragte Rino.

»Glaubst du, er hätte euch getötet?«

»Sicher«, sagte Rino.

Der Hund schlabberte aus der rotbraunen Pfütze, in der Bale lag.

»Natürlich hätte er uns getötet«, sagt Emma, die sah, dass der zitternde Anwalt ihre Unterstützung brauchte.

»Leo«, sagte Rino. »Könntest du so nett sein und die Leiter holen? Sie liegt hundert Meter rechts von dir zwischen den Birken.«

Sie standen am Rand der Grube und betrachteten den toten Mann mit dem Pfeil im Rücken. Der Hund saß noch immer neben ihm und schaute winselnd zu ihnen hinauf. Die Wolkendecke hatte sich gehoben, und im Westen riss der

Himmel auf – türkisfarbene Spalten im unendlichen grauen Wolkenmeer.

»Das wird schwierig zu erklären«, sagte Leo.

»Erklären?« Rino sah ihn an. »Wir werden überhaupt nichts erklären.«

»Was willst du tun?« Emma war verblüfft, dass sie wieder etwas klarer denken konnte.

»Ihr fahrt heim und tut, als ob nichts gewesen wäre. Wenn Tomteberget euch fragt, sagt ihr, dass ich es war.«

»Aber ich habe ihn getötet«, sagte Leo, der den Blick nicht von dem kalten, nassen Grab abwenden konnte. »Ich habe ihn in den Rücken geschossen.«

»Stimmt«, sagte Rino. »Du hast moralisch richtig gehandelt. Du hast einen Menschen getötet und damit zweien das Leben gerettet, wahrscheinlich sogar noch vielen mehr. Singer wäre stolz auf dich.«

»Aber es ist nicht sicher, ob er euch getötet hätte.«

»Klar hätte er das!«, sagte Emma.

»Mit dieser Unsicherheit musst du leben.«

»Ich wollte noch mal nach dir schauen«, sagte Leo.

»Schon verstanden«, sagte Rino und deutete auf Leos grüne Gummistiefel. »Was hast du mit deinen Masai-Schuhen gemacht?«

»Masai-Schuhe sind bloß ein Gimmick, sie helfen überhaupt nicht.«

Leo nahm den Köcher ab und legte ihn neben den Bogen.

»Wie hast du uns gefunden?«, fragte Rino.

»Ich bin zu Bales Hütte gefahren, weil ich dachte, ihr würdet euch dort treffen. Ich habe den gelben Zettel gesehen.«

»Du hast gehandelt«, sagte Rino. »Ich bin stolz auf dich.«

Er ging zu Leo, nahm ihn fest in die Arme und klopfte ihm auf den Rücken.

»Deshalb bist du in die Grube gesprungen?«, sagte Emma und zeigte auf Rino. »Weil du gesehen hast, dass Leo kam?«

Rino lächelte und legte das Kinn auf Leos Südwester. »Es war der einzige Ausweg, wenn alle Guten überleben sollten.«

»Was machen wir mit der Leiche?«, fragte Emma, als hätte sie dies schon oft getan.

»Das ist nicht eure Sorge.« Rino schob seinen zitternden Freund auf Armlänge von sich. »Bring Emma nach Hause, und dann fährst du sofort heim nach Gåsøya. Niemand wird je erfahren, dass ihr zwei hier oben wart.«

»Was ist mit dem Hund?«, fragte Emma.

»Ich kann ihn nehmen«, sagte Leo und schluckte. »Ich habe mir immer einen Hund gewünscht.«

Rino kletterte in die Grube, holte Loke heraus und legte den schmutzigen Hund in Leos Arme. »Vergiss nicht, ihn zu füttern«, sagte er. »Und sprich mit deiner Tochter.«

»Und du?«, sagte Leo. »Was wird aus dir?«

»Ich bringe das hier zu Ende, dann kann ich gehen, wohin ich will.« Er zeigte auf einen Schwarm Wildgänse, die hoch am Himmel nach Süden flogen. »Ich bin frei wie ein Vogel.«

»Strandbar in Brasilien?«, fragte Leo.

Rino grinste.

»Alle Menschen, die ich mag, leben in Norwegen.«

»Du kannst mich auf Gåsøya besuchen«, sagte Leo. »Dann koche ich was Schönes.«

»Das wäre schön«, sagte Rino. »Dann würde ich auch Siri kennenlernen.«

»Du bist jederzeit willkommen.«

Rino sah zu Bale in die Grube und kratzte sich am Bart.

»Ich muss noch hier aufräumen und ein paar andere Dinge erledigen.«

»Komm, wann immer du willst«, sagte Leo mit feuchten Augen.

»Ja, das wäre schön.« Rino lächelte wehmütig. »Das wäre wirklich schön.«

39

Drei Tage nach dem blutigen Ereignis in Østerdalen wachte Leo früh in seinem Bett auf. Er fühlte sich ausgeruht und machte sich kaum Sorgen darüber, was der Tag bringen würde. Zum ersten Mal seit ewiger Zeit hatte er drei Nächte hintereinander ohne Hilfsmittel wie ein kleines Kind geschlafen. Durch das offene Fenster hörte er, wie die Wellen ans Ufer schlugen, den Wind in den Bäumen und Möwenschreie. Als ihm wieder einfiel, dass er einen Menschen getötet hatte, durchfuhr ihn ein Stoß, als hätte er einen elektrischen Zaun berührt, aber bald kam die Ruhe wieder zurück. Er hatte einen Mann hinterrücks mit Pfeil und Bogen erschossen, und trotzdem fühlte er sich so leicht wie lange nicht mehr. Er hatte zwei Menschen vor dem sicheren Tod gerettet, und Bale hatte es verdient.

Er atmete tief ein, nahm das Telefon vom Nachttisch und rief mit einem Lächeln auf den Lippen Ragna an.

»Wie geht es ihr?«, fragte er.

»Besser«, sagte Ragna. »Gestern ist sie entlassen worden, und heute hat sie eine Banane gegessen.«

»Gut«, sagte er mit einem Kloß im Hals.

»Und sie hat von dir gesprochen.«

»Ja? Was hat sie gesagt?«

»Dass du im Krankenhaus ziemlich komisch warst.«

Leo schmunzelte.

»Aber sie hat sich gefreut, dass du gekommen bist.«

»Ist sie daheim?«

»Ich würde dir vorschlagen, dass du persönlich bei ihr anrufst.«

»Das werde ich.«

»Aber warte ein paar Tage. Sie ist noch sehr schwach.«

»Ich warte, so lange sie will.«

»Das braucht Zeit, Leo, ich hoffe, das ist dir klar.«

Leo nickte, obwohl Ragna ihn nicht sah.

»Vielleicht ein ganzes Leben.«

»Ich habe alle Zeit der Welt. Ich melde mich bald wieder«, sagte er und beendete das Gespräch.

Nach einer langen, warmen Dusche ging er in dem weißen Bademantel, den er im Rollkoffer aus dem Hotel Scandic Elgstua geschmuggelt hatte, in die Küche und suchte die Zutaten für einen gesunden Smoothie – Banane, gefrorene Erdbeeren, Haferflocken und Joghurt. Während der Mixer lärmte, klingelte das Telefon. Leo sah auf das Display und verzog das Gesicht. Vor diesem Anruf hatte es ihm gegraust. Es war Embret Tomteberget. Leo stellte die Küchenmaschine ab und nahm das Telefon.

»Sind Sie nicht mehr in Elverum?«, fragte der Polizeichef.

»Ich musste wieder zur Arbeit.«

»Schlechter Fang?«

»Miese Verhältnisse. Zu viel Wind.«

»Der Fluss ist braun wie der Amazonas«, sagte Tomteberget. »Haben Sie etwas von Ihrem Freund gehört?«

»Nein, nichts.«

»Das ist schade. Hoffentlich ist ihm nichts zugestoßen.«

»Das hoffe ich auch«, sagte Leo, als hätte er den ironischen Ton des Polizeichefs nicht bemerkt.

»Wollen Sie mir nicht etwas mehr über Even erzählen?«

»Ich habe Ihnen alles gesagt.«

Leo setzte sich an den Küchentisch.

»Er ist verschwunden«, sagte Tomteberget. »Wir haben sein Lager gefunden, aber der Vogel ist ausgeflogen.«

»Soviel ich weiß, lebt er wie ein Nomade«, sagte Leo.

»Sie wollen mir nicht verraten, wie er wirklich heißt?«

»Heißt er nicht Even?«

Tomteberget schmunzelte.

»Ich glaube, dass die schlimmsten Verbrechen, die ein Mensch begeht, fast immer die Folge einer willkürlichen Aneinanderreihung von Ereignissen sind. Wenn ein Schritt anders oder in einer anderen Reihenfolge gelaufen wäre, wären die Verbrechen wahrscheinlich nie geschehen.«

»Wollen Sie damit sagen, dass der Zufall das Leben bestimmt?«

»Ich will sagen, dass wir alle im Stande sind, schreckliche Dinge zu tun.«

Leo fror am Rücken. Er stand auf und ging ans Fenster. »Der Vizebürgermeister hat gestanden? Ich habe es im Fernsehen gesehen.«

»Hennum ist eingeknickt wie ein trockener Zweig. Er hat alles über die Wolfsjagd, den Schweden, Svendsbråten, Phung Johansen, Gilbert und Balder erzählt – die ganze Geschichte. Außerdem hat er versucht, den Bürgermeister mit reinzuziehen. Er habe die Morde in Auftrag gegeben, behauptete er.«

»Waren die beiden nicht Kindheitsfreunde?«

»Ich interpretiere das als einen ungeschickten Versuch der Rache nach vielen Jahren unter Kojedals Knute.«

»Aber Professor Gilbert hat behauptet, dass der Bürgermeister die Wolfsjagd finanziert.«

»Das wird unabhängig von den Morden ermittelt.«

»Das heißt, dass Kojedal ungestraft davonkommt?«

»Fürs Erste«, sagte Tomteberget. »Vielleicht tröstet es Sie ja, dass sein Hof gestern Nacht bis auf die Grundmauern abgebrannt ist. Die Löscharbeiten sind noch im Gange. Wir sind noch nicht sicher, aber vieles deutet auf Brandstiftung hin. Der Stall ist auch abgebrannt, obwohl er hundert Meter vom Wohnhaus entfernt steht und alles klitschnass war. Die dreißig Kühe und fünfzehn Kälber sind unbeschadet rausgekommen, ehe das Feuer übergriff.«

»Der Brandstifter hat zuerst die Tiere gerettet?«

»Ich habe keine andere Erklärung.«

Leo lächelte. Vor seinem inneren Auge sah er Rino mit dem Benzinkanister in der Hand.

»Wirklich tragisch ist, dass der Bürgermeister nicht versichert war. Nach zwanzig Jahren in der Versicherungsbranche fand er, dass Versicherungen ein großer Schwindel und hinausgeworfenes Geld sind.«

»Das ist ja herzzerreißend«, sagte Leo. »Aber wegen der Wolfsjagd kommt er ungeschoren davon?«

»Die Kriminalpolizei hat den Fall übernommen. Die interessieren sich nur für Mord, die Wolfsjagd ist ihnen egal.«

»Welch ein Schlag für Elverum, dass der Wolf freigesprochen ist.«

»Ja, viele sehen das so …«

Tomteberget machte eine Pause.

»Hennum behauptet, Ihr Freund hätte den Schweden gefesselt«, sagte Tomteberget.

»So?« Leo versuchte, überrascht zu klingen.

»Rino Gulliksen.«

Leo lief es kalt den Rücken hinunter. Er hustete, weil er nicht wusste, was er sagen sollte.

»Hennum hat seinen Namen verraten. Ich habe nachgeforscht und ein paar alte Dokumente und Bilder gefunden. Interessanter Typ. Mord an Terje Klavenes 2011 in Bærum. Der Konflikt mit Thorvald und Gunnar Vega in Brønnøysund und die Flutwelle in Storbørja. Rino Gulliksen lebt.«

»Haben Sie das jemandem gesagt?«

»Die Kripo sitzt auf derselben Information.«

»Haben Sie mich erwähnt?«

»Warum sollte ich? Sie haben doch nichts getan?«

Leo schaute durchs Fenster und sah Kjartan, der mit Hammer und Meißel an einer Statue arbeitete.

»Ich habe einen Anruf bekommen«, log er. »Dass Rino Gulliksen am Leben war, wusste ich erst, als ich ihn bei Ihnen auf der Wache gesehen habe.«

»Sie haben gelogen«, sagte Tomteberget. »Sie sagten, er hieße Even.«

»Ich wollte ihn nicht verraten. Er hat es nicht leicht gehabt.«

In der langen Pause fühlte Leo das Blut auf eine gute Art durch seine Adern rauschen.

»Die Kriminaltechniker haben Blut und andere Überreste von fünfzehn verschiedenen Tierarten an dem Köderplatz gefunden, wo Gilbert hingerichtet wurde«, sagte Tomteberget.

»Uff«, sagte Leo, dessen Puls sich beruhigte.

»Sogar Seehund war dabei. Ziemlich pervers.«

»Und Gilbert?«, fragte Leo.

»Es gab große Mengen Menschenblut dort. Wir rechnen

damit, dass es von dem Professor stammt. Die Ergebnisse sind noch nicht da.«

»Was haben sie mit der Leiche gemacht?«

»Hennum sagt, sie hätten sie im Storsjøen versenkt, aber wir haben noch nichts gefunden. Der See ist groß und tief.«

»Ich habe die Pressekonferenz gesehen. Guter Auftritt.«

»Danke. Hennum schiebt alle Schuld auf Svendsbråten, der übrigens gar nicht Svendsbråten heißt.«

Leo setzte sich wieder. Als er den Namen hörte, bekam er eiskalte Hände und Füße, sein Herz pochte.

»Wie heißt er denn?«

»Lars-Erik Bale. Aus Oslo. Ein alter Bekannter der Polizei.«

»Jesus.«

Er sah Bale vor sich, mit dem Pfeil im Rücken und dem Gesicht im Schlamm in der Grube.

»Bale ist wie vom Erdboden verschluckt. In seinem Haus fehlt nichts, aber der Mann, sein Auto und sein Hund sind spurlos verschwunden.«

Leo schaute auf den finnischen Laufhund, der auf einem blauen Kissen in der Ecke lag und ihn friedlich ansah.

Der Polizeichef räusperte sich.

»Passen Sie auf sich auf, Leonard Vangen.«

»Ich werde mein Bestes tun.«

»Ich hätte gegen Sie ermitteln können«, sagte Tomteberget. »Das sollen Sie wissen. Aber im Großen und Ganzen scheint mir, dass jeder bekommen hat, was er verdient.«

»Das will ich hoffen«, sagte Leo. »Danke.«

»Rufen Sie mich an, wenn Sie glauben, dass Sie einen Beitrag leisten können.«

»Das werde ich tun«, sagte Leo und beendete das Gespräch.

40

Polizeimeisterin Sigrun Wroldsen war stets von sich selbst überzeugt gewesen. Diese verzerrte Selbstwahrnehmung hatte sie zu dem Irrtum verleitet, sie könne sich mit viel Charme bei ihrem Chef herausreden, nachdem Viggo Hennum auch sie hatte auffliegen lassen.

Ihre Überraschung war deshalb groß, als Embret ihr tief in die Augen sah und ihr zwei Möglichkeiten ließ. Entweder: Kündige deinen Job und verschwinde aus Elverum. Oder: Nimm ein Jahr unbezahlten Urlaub vom Polizeidienst und übernimm in der Zeit die freie Stelle als Aktivitätsleiterin im Asylantenwohnheim für ledige Männer im ehemaligen Berghotel von Alvdal.

Nach wenigen Sekunden Bedenkzeit entschied sie sich für Letzteres, und als Tomteberget am Mittwochmorgen um acht zur Arbeit kam, stand sie in ihrem Büro und packte alle Jagdbücher und Schützendiplome in Pappkartons.

Tomteberget hatte es sich gerade in dem Chefsessel an seinem Schreibtisch bequem gemacht, als das Telefon klingelte. Es war der Hausmeister aus dem Rathaus, der meldete, dass ein ziemlich zerlumpt aussehender Mann schlafend im Haupteingang saß. Er hätte ihn gern aus dem Weg, ehe die Angestellten zur Arbeit kamen. Bestimmt sei das einer dieser Zigeuner, die den ganzen Sommer vor dem Einkaufszentrum rumgelungert und die Leute belästigt hatten.

Am liebsten hätte Tomteberget Wroldsen geschickt, um den Mann zu verjagen, aber wahrscheinlich hätte ihr das auch noch Spaß gemacht, weshalb er entschied, selbst hinzufahren. Er füllte seinen Morgenkaffee in einen Pappbecher um und begab sich hinaus in die Kälte. Es war ein grauer Tag, nur wenige Grad über null Schneeregen und Windstille. Der Herbst war ausgefallen, das Wetter direkt in den Winter umgeschlagen.

Er sah die Gestalt schon von Weitem. Als er die Treppe erreichte, erkannte er die Kopfbedeckung wieder, eine schwarze Schiebermütze aus Leder, und als er näher kam, sah er, dass das schwarze Hemd blutgetränkt war. Hose, Hemd, der Predigerbart und das aschgraue Gesicht waren schlammverkrustet. Ein Auge war geöffnet und starrte leer in den Himmel, das andere war geschlossen. In seinem Mund steckte ein Stock, neben dem die bläuliche Zunge heraushing. Tomteberget bückte sich, um den Gegenstand genauer zu untersuchen. Es war eine Art Flöte mit filigranen Schnitzereien. Das Instrument schob die bleiche Oberlippe nach oben und entblößte die großen, braunen Eckzähne. Lars-Erik Bale sah aus wie ein zähnefletschendes Raubtier und erinnerte Tomteberget an den Vegårsheiwolf, dessen Bild in seinem Büro hing.